ALEX LAIN

SEXDIENER²

EROTISCHER SM-ROMAN

www.blue-panther-books.de

BLUE PANTHER BOOKS TASCHENBUCH
BAND 2210
1. AUFLAGE: JULI 2015

VOLLSTÄNDIGE TASCHENBUCHAUSGABE

ORIGINALAUSGABE

COVER: © BEZIKUS @ SHUTTERSTOCK.COM
UMSCHLAGGESTALTUNG: WWW.HEUBACH-MEDIA.DE
GESETZT IN DER TRAJAN PRO UND ADOBE GARAMOND PRO

PRINTED IN GERMANY

ISBN 978-3-86277-425-8
WWW.BLUE-PANTHER-BOOKS.DE

INHALT

Mit dem Gutschein-Code

AX3TBORFX

erhalten Sie auf **www.blue-panther-books.de** diese exklusive Zusatzgeschichte als E-Book in den Formaten PDF, E-PUB und Kindle. Registrieren Sie sich einfach online oder schicken Sie uns die beiliegende Postkarte ausgefüllt zurück!

1. DamenKränzchen

Es war halb sieben Uhr morgens. Der schrille Ton einer eingehenden Shortmessage riss mich unbarmherzig aus dem Sonntagmorgenschlaf. Mit geschlossenen Augen und leicht fluchend tastete ich nach dem Handy.

Damenrunde 4 bei mir, Fs um 9, las ich zwischen leichten Nebelschleiern. Begeistert ließ ich mich in das warme Kissen zurückfallen und war mit der Welt zufrieden.

Seit nunmehr zwei Jahren durfte ich einer wunderbaren Herrin zu Diensten sein und sie nahm das Wort »Dienst« sehr ernst, auch wenn sie kein ernster Mensch war. Sie war und ist noch immer eine sehr vielschichtige Frau, die sich ihren Launen hingibt und diese nach wie vor an mir genussvoll auslässt. Seitdem ich mich dankend als ihr Eigentum bezeichnen und vor allem fühlen darf, ist mein Leben vollkommen.

Oft denke ich an jene Zeiten zurück, in denen ich verzweifelt nach einer passenden Herrin gesucht und doch nur Enttäuschungen gefunden hatte. Die meisten dominanten Damen lebten ihre Neigung nicht, sie verkauften sie und machten sich somit zu Sklaven ihrer Kundschaft. Andere waren nicht dominant, sondern einfach nur ohne Selbstbewusstsein und versuchten dies, in Form von aufgesetzter Dominanz, zu überspielen. Sie dachten offensichtlich, eine Gerte schwingen zu können, macht einen devoten Mann schon zum Untertan, zu ihrem Besitz.

Meine erste richtige Herrin hatte ich vor zwei Jahren gefunden und ich würde alles in meiner Macht stehende tun, um sie auch als meine Herrin zu behalten.

Seelenruhig lag ich in meinem heimeligen Bett und träumte von alten Zeiten, in denen ich wie ein gehetzter junger Hund durchs Leben gelaufen war. Mittlerweile war ich Mitte dreißig und dort angekommen, wo ich sein wollte.

Doch inmitten meiner freudigen Gedanken schob sich das Gewissen in den Vordergrund und mahnte mich zur Disziplin. Immerhin war ich zu meiner Gebieterin beordert worden und es war mittlerweile sieben Uhr einundzwanzig!

In Sekundenschnelle war ich hellwach und mit den Beinen aus dem Bett. Ich hatte nicht allzu viel Zeit, um alles vorzubereiten. Die Shortmessage besagte, dass meine Herrin drei Damen um neun Uhr zum Frühstück in ihrem Hause geladen hatte und ich die Verantwortung für den reibungslosen Ablauf zu tragen hatte. Ich war jedoch nicht nur für die kulinarischen Belange zuständig, sondern auch für alle anderen leiblichen und geistigen Bedürfnisse der Damen. Die Richtung des Ablaufes sowie das Ausmaß der Spiele gaben allerdings die Besucherinnen und auch meine Herrin vor.

Rasch verschwand ich im Badezimmer, um mich zu rasieren. Gesicht, Achseln, Scham und zwischen den Pobacken. Glücklicherweise bin ich am Körper nicht behaart, was mir sehr viel an Zeit, Schmerz und Rasierern spart. Eine ausgiebige Dusche mit duftendem Gel sowie anschließender Bodylotion garantierten mir, auch noch nach zwei, drei Stunden frisch zu riechen. Dem Kleiderschrank entnahm ich meine Dieneruniform in schwarz, die ich mir extra auf Wunsch der Herrin für das Bedienen ihrer Gäste zugelegt hatte. Durch meine schlanke, sportliche Figur sowie meiner Größe von einem Meter siebenundachtzig passten mir die meisten Kleidungsstücke perfekt.

Ich achte sehr auf meinen Körper. Er wird hochwertig ernährt, täglich trainiert und gepflegt. Schließlich habe ich die Pflicht, meiner Gebieterin sowie ihren Freundinnen und Bekannten einen tadellosen Körper für ihr Vergnügen zur Verfügung zu stellen.

Als ich fertig war, fuhr ich rasch in einen Feinkostladen, in dem Madame ein Konto eingerichtet hatte. Ich nahm russischen Sekt, Orangensaft, frisches Gebäck, dänischen Räucherlachs, irische Butter und noch ein paar andere Köstlichkeiten, die Damenherzen höher schlagen lassen, verstaute alles im Kofferraum und fuhr zum Haus meiner Herrin.

Es war bereits acht Uhr zweiundzwanzig und ich hatte noch sehr viel Arbeit vor mir. In aller Eile band ich mir die Schürze um, deckte den Tisch im sonnendurchfluteten Wintergarten und begab mich dann in die Küche, um die Speisekarten zu schreiben. Die Getränkekarten blieben immer gleich, denn verschiedene Kaffee-, Tee- sowie Saftsorten waren vorrätig.

Die vier Karten stellte ich auf den Tisch, strich das Tischtuch zum dritten Mal glatt und überprüfte den Wintergarten auf seine Sauberkeit. In der Küche dekorierte ich die Speisen und stellte sie in den Kühlschrank und in den Ofen. Zufrieden sah ich meine Kunstwerke an und dachte lächelnd: *Von mir aus können die Gäste kommen – ich bin bereit.*

Natürlich konnte ich trotz der häuslichen Arbeit eine gewisse Erregung spüren. Mein Innerstes vibrierte leicht in der Magengegend und das Ziehen in den Lenden war ein angenehmer Nebeneffekt dieser wenig herausfordernden Arbeit. Das Geheimnis, wer und was kommt, versetzte mich immer wieder in geile Stimmung, in der ich ständig meinen Schwanz wixen wollte. Auch jetzt hatte ich das Bedürfnis, ins Bad zu verschwinden, um mich noch schnell zu befriedigen. Ich steckte meine rechte Hand in die Hosentasche und drückte ein wenig an meinem bereits aufrecht stehenden Schwanz herum. Wohlige Schauer durchliefen meinen Körper, mein Herz schlug eine Spur schneller und sanfte Wärme breitete sich in mir aus. Meine Gedanken schweiften ab und landeten bei den imaginären Damen, die sicherlich nicht nur gekommen waren, um den kulinarischen Köstlichkeiten zu frönen. Viel mehr hatten sie sexuelle Gelüste, die sie mit mir ausleben wollten; beziehungsweise an mir oder auch durch mich.

Ich schloss die Augen und sah mich auf dem Strafbock: nackt, mit gespreizten Beinen. Außerdem eine nackte junge Frau in schwarzen glänzenden High Heels, die die Gerte auf meinem roten, bereits gestriemten Arsch tanzen ließ. Die beiden anderen Damen standen vor mir und ließen mich ihre Muschis mit den Fingern verwöhnen. Sie kicherten und stöhnten immer wieder, leckten einander an den Nippeln und drängten meine Finger tiefer in ihre nassen Spalten.

Das lodernde Feuer auf meinem Arsch trieb geile Schauer durch meinen gespannten Körper und ließ mich immer wieder schmerzerfüllt aufstöhnen. Je mehr ich stöhnte, desto heftiger züchtigte mich die Lady und ich begann, mich auf dem harten Strafbock zu winden. Zuerst nur zögerlich, dann immer heftiger. Doch die Fesseln an meinen Beinen und um die Leibesmitte ließen keinen Spielraum. Ich war fixiert, spürte das harte Holz unter mir, die beißende Gerte hinter mir und die nassen Spalten vor mir. Und genau in diesem Augenblick ertönte die Haustürklingel. Sie holte mich schlagartig in die Wirklichkeit zurück.

Noch etwas verwirrt strich ich meinen ohnehin makellosen Anzug glatt, überprüfte zum letzten Mal den Sitz meiner Frisur und begab mich rasch zur Haustür. Mit gesenktem Blick und leicht vorgebeugter Haltung deutete ich einen flüchtigen Handkuss bei der ersten Dame an. Sie lächelte wohlwollend und trat ein. Auch die nächste Dame bedachte ich mit einem angedeuteten Handkuss und geleitete sie charmant in den Flur. Die dritte Lady war noch hinter dem Gartenzaun und somit kam ich in Bedrängnis. Sollte ich auf sie warten, um sie galant hereinzubitten oder den beiden anderen Damen die Jacken abnehmen?

Ich zögerte, entschied mich dann aber, die Jacken abzunehmen. Und just in diesem Moment stand die dritte Dame vor der Tür. Sie sah mich herausfordernd an, während die zweite Lady umständlich ihre Jacke an mich übergab. Mit den beiden Jacken auf dem Arm geleitete ich die zuletzt angekommene Dame ins Haus und führte sie mit schlechtem Gewissen in den Wintergarten, wo ich sie meiner Herrin übergeben konnte.

Während die Speisekarten studiert wurden, bemerkte eine der Damen ganz nebenbei, dass sie ein Glas Sekt wünschte, aber sicher keine Wollfuseln eines Anzuges darin finde möchte. Da diese Aussage nicht direkt an mich gerichtet war, blieb ich regungslos stehen. Ein stechender Blick aus den Augenwinkeln meiner Herrin, der mich mitten ins Herz traf, verriet nichts Gutes. Reumütig senkte ich den Blick auf meine Schuhe und wartete mit kribbelnder Kopfhaut, was nun kommen würde. Weiterhin die Karte lesend murmelte meine Herrin mit einer gewissen Schärfe in der Stimme: »Wenn dich die Damen nackt haben wollen, dann hast du ihnen diesen Wunsch zu erfüllen! Und zwar sofort!«

Wortlos knöpfte ich mein Jackett auf und erntete dafür ein verständnisloses Kopfschütteln von der Blondine.

»Ist dein Sklave immer so schwer von Begriff? Wie ist *der* denn erzogen?«

Auch von den beiden anderen erntete ich verwunderte Blicke. Unsicher starrte ich meine Herrin an. Diese rückte ihren Stuhl zur Seite, schlug ein Bein über das andere, legte ihren Ellenbogen auf das Knie und wippte ungehalten mit dem schwarzen Lackschuh gegen ihre Ferse.

»Wie du gehört hast, möchten die Damen einen Strip sehen. Sollen wir dich demütigst auf Knien darum bitten oder hast du mittlerweile kapiert, was du zu tun hast?«

Ohne ein Wort zu verlieren, sorgte ich für Begleitmusik des CD-Players und bot den Damen einen Stripteasetanz mit wahrer Hingabe. Alle drei hatten ihre Stühle ein wenig vom Tisch weggeschoben und beobachteten mich mit Wohlwollen. Hin und wieder tuschelten und lachten sie. Ich hatte das Gefühl, dass sie auch über mich lachten und fühlte mich gedemütigt. Wie ein Stück Vieh auf einer Auktion zur Schau gestellt, ausgelacht und verspottet.

Dieses Gefühl ließ meinen Schwanz in kurzer Zeit zur vollen Größe anschwellen und ich schämte mich noch mehr. Bei jedem Schritt, jeder kleinsten Bewegung wippte er von links nach rechts und von oben nach unten. Ich dachte an tote Fische, Krampfadern und Hornhaut, aber mein Schwanz ließ sich davon nicht beeinflussen. Die Belustigung seitens der Damen wurde immer größer und ich wünschte mich weit weg.

Die kecke Blondine öffnete ihre Handtasche und kramte unter dem Tisch etwas zutage, zeigte es den anderen und als alle erfreut nickten, stand sie auf, kam auf mich zu und grinste mir breit ins Gesicht.

»Der lasche Lümmel hier zeigt aber keinen besonders guten Hüftschwung!«, ließ sie die anderen wissen. Gespielt enttäuscht zog sie ihre Mundwinkel nach unten. »Da werde ich ein bisschen nachhelfen müssen, wenn es dir recht ist«, sagte sie und wandte sich an meine Herrin, die wohlwollend nickte und in sich hineinlächelte.

Die Blondine nahm meinen Schwanz ganz oben an der Eichel, drückte sie so zusammen, dass sich meine Harnröhre als runde Öffnung darbot. Gekonnt ließ sie einen dicken Speichelfaden direkt darauf landen und führte einen wellenförmigen Edelstahlplug ein, der sich nach oben hin verdickte. Der stechende Schmerz ließ mich auf die Zehenspitzen schnellen und mein Becken leicht nach hinten ziehen.

»Na bitte! Das funktioniert ja schon, noch ehe ich begonnen habe!«

Alle lachten und ich schämte mich erneut. Sie fixierte meinen Schwanz mit einem Band an meinem Unterbauch, sodass er auch noch im schlaffen Zustand nach oben gerichtet sein würde.

Im ersten Moment registrierte ich gar nicht, dass am Ende des Harnröhrenplugs ein recht langes Kabel zu einem kleinen Schaltkasten führte, das mir die Blondine provokant vor die Augen hielt. »Und jetzt wollen wir doch mal sehen, ob du nicht doch zu ansprechenden Hüftschwüngen fähig bist, Kleiner!«

Mit glänzenden Augen sahen mich alle erwartungsvoll an.

Lüstern drehte die Blondine das Gerät auf. Schon allein die grüne Lampe ließ mir den Angstschweiß aus den Poren treten. Ich presste meinen Arsch zusammen und spannte auch den restlichen Körper an, als eine leichte Vibration einsetzte. Sanfte Wellen durchströmten die Mitte meines Schwanzes und ließen mich schlagartig entspannen, wohl fühlen, geil sein, ja sogar extrem erregt sein. Ich gab mich dem wohligen, noch nie erlebten Gefühl hin und ließ mich mit geschlossenen Augen treiben.

Doch plötzlich steigerte diese kleine Sadistin die Intensität des Stromflusses und er wurde unangenehm. Erneut spannte sich mein Körper und ich begann zu zappeln. Zufrieden grinste meine Peinigerin und schaltete einen weiteren Gang höher. Die Zuckungen meines Schwanzes waren jetzt deutlich sichtbar und die Rothaarige hinter dem Tisch ließ ein entzücktes »Oh yeah« vernehmen. Es hörte sich an, als wäre sie in einer Wildwest-Show und würde einen knackigen Cowboy anfeuern, der gerade ein verängstigtes Kalb mit dem Lasso einfing.

An diesem Punkt wünschte ich mir bereits, dass das Gerät am Limit seiner Kapazität angelangt wäre und nicht noch höhere Spannung erzeugen konnte. Zur Belustigung der Damen und zu meinem Pech würde ich jedoch spüren müssen, dass das Gerät noch sehr viel an mehr Kapazität aufwies. Die Show ging weiter und die Intensität des Stromflusses in meinem Schwanz wurde ständig erhöht.

Ich zuckte, wand mich, jammerte leise, versuchte, dem kribbelnden Strom durch heftige Vor- und Rückwärtsbewegungen zu entkommen und wollte letztendlich den Stab aus meiner Harnröhre ziehen. Die beiden Damen am Tisch jubelten, feuerten meine Peinigerin an und drohten lautstark mit Bestrafung, sollte ich es wagen, meine Hände auch nur in die Nähe meines Schwanzes kommen zu lassen. Und um ganz sicher zu sein, dass ich ihnen nicht die Show vermasseln würde, legte mir meine Herrin kommentarlos Handschellen an, die sie auf meinem Rücken fixierte.

Die Fesselung hatte mich nun endgültig den gierigen Weibern ausgesetzt und ich tanzte wie auf glühenden Kohlen mit wild zuckendem Schwanz herum. Ich ging in die Hocke, bog mich vornüber, seitlich, hüpfte, ließ mein Becken kreisen, aber nichts minderte diese Mischung aus Brennen, Kribbeln, Ziehen, Massage, Angst und unendlicher Geilheit. Kurz bevor ich am Limit angelangt war, ebbten die Vibrationen ab und versiegten nach und nach vollständig. Erschöpft blieb ich mit hängendem Kopf stehen, ging auf die Knie und bedankte mich aufrichtig bei der Lady.

Mir wurden die Handschellen abgenommen und der Plug entfernt. Keuchend kniete ich nackt und völlig übererregt vor den vier Damen, die sich die Lachmuskeln ihrer Gesichter ausstreifen mussten.

»Jetzt haben wir uns aber ein Glas Sekt verdient!«, rief meine Herrin. »Wer ist noch meiner Ansicht?«

Freudige Zustimmung durchflutete das Zimmer. Ich war bereits auf dem Weg in die Küche, obwohl ich noch ein paar Minuten zum Verschnaufen gebraucht hätte. Aber ich wollte nicht unangenehm auffallen, denn diese drei Biester im Wohnzimmer schienen echt fies zu sein. Also wollte ich sie lieber nicht provozieren und war ab sofort noch hellhöriger als ich es ohnehin schon war.

Mit brennendem und leicht kribbelndem Schwanz servierte ich stilvoll den Sekt, konnte aber an nichts anderes als ans Pinkeln denken. Obwohl ich vermutlich eine leere Blase hatte, war das Bedürfnis, Wasser zu lassen, durch die Stromreizung ziemlich groß. Irgendwie hatte ich das Gefühl, als würde durch meinen Luststab noch immer Strom fließen. Er juckte fürchterlich und ich stellte mir vor, einfach den Plug zu nehmen, um mich damit innerlich zu kratzen. Doch ich hegte keinerlei Hoffnung, von dieser Tortur befreit zu werden. So gut es ging, stand ich still und wartete auf den nächsten Befehl.

Dieser ließ auch nicht lange auf sich warten, denn die Damen schienen hungrig zu sein. Man rief nach dem dänischen Räucherlachs, den eisgekühlten Minibutterskulpturen und dem warmen Ajourgebäck – alles auf einem silbernen Tablett auf meinem Rücken in der Hündchenstellung serviert.

Mir wurde kurz übel, als ich in die Küche ging. Ich hatte keine Ahnung, wie ich das Tablett auf meinen Rücken bekommen und dann noch damit auf allen vieren in den Wintergarten gehen sollte!

In Windeseile bestückte ich das Tablett, musste jedoch feststellen, dass die Glasschüsseln schon bei geringer Neigung zur Seite rutschten. Ich legte unter die Schüsseln leicht angefeuchtetes Tortenpapier und kippte das Tablett erneut; sie blieben nun viel länger in Position. Zufrieden stellte ich es auf den Boden, kniete mich hin und versuchte, es auf meinen Rücken zu hieven. Es war nicht einfach, aber irgendwie hielt es dann doch und ich bewegte mich langsam und äußerst vorsichtig in Richtung Wintergarten. Ich mochte nicht daran denken, was geschehen würde, wenn eine Schüssel oder gar das ganze Tablett zu Boden fallen würde.

Die unbeschwerte Plauderei der Damen ließ mich hoffen, dass sie nicht auf mich achten würden und ich weiterhin so langsam und vorsichtig den Raum durchqueren konnte. Doch den vieren entging nichts und kaum war ich am Eingang des Wintergartens, waren auch schon alle Augen auf mich gerichtet.

Die Rothaarige beugte sich über den Tisch und rief mir zu: »Na, wie sagt denn ein braves Hundi, wenn es wo reinkommt?« Sie lachte schrill auf und fand bei den anderen Unterstützung. »Na, wie denn? Na komm – sei schön brav. Gib Laut!«

Diese Demütigung trieb mir die Schamesröte ins Gesicht und ich brachte keinen Ton hervor. Panisch räusperte ich mich und gab ein verzagtes »Wuff« von mir.

Empört umrundete die Rothaarige den Tisch und zog mir unvermittelt mit einem Rohrstock zwei kurz hinter einander gesetzte Hiebe über den Arsch. Ich stöhnte laut auf, hatte mich aber so weit in der Hand, dass ich nicht zuckte.

»Na, hat das Hundi jetzt seine Stimme wiedergefunden?« Abermals lachte sie hämisch und noch ehe ich Laut geben konnte, verpasste sie mir zwei weitere Hiebe; dieses Mal auf die Rückseite der Oberschenkel. Durch den brennenden Schmerz in die Bahnen gelenkt, gab ich ein kraftvolles »WUFF« von mir und als sie mir den Kopf tätschelte, war ich stolz auf mich.

»Bist ja doch ein braves Hundi«, sagte sie zufrieden und setzte sich.

Ich kroch die letzten paar Schritte auf die Blondine zu und verharrte kniend neben ihr.

Nachdem sie gewählt und sich bedient hatte, kroch ich zur Rothaarigen weiter und nahm die gleiche Position wie gerade eben ein. Doch sie zog ihren roten Lederschuh aus und drängte ihren Fuß gegen meine Wange. Ich wich ein wenig zur Seite.

Während sie sich etwas nahm, streckte sie mir ihre Zehen zwischen die Lippen und ließ mich daran saugen und lecken. Das leichte Aroma von altem Käse ließ diesen Dienst nicht gerade zum Genuss werden, aber ich leckte brav mit sehr nasser Zunge ihre Zehen, die Zwischenräume etwas trockener und sanfter. Als ich zu Lutschen begann, entzog sie mir den Fuß und ich musste mich mit leicht schalem Geschmack im Mund zur dritten Dame begeben, die sich bislang noch nicht an mir vergriffen hatte. Aber ich war mir sicher, dass sie auch eine Spezialität für mich im Sinn hatte. Sie nahm sich etwas vom Tablett und schickte mich allerdings weiter zu meiner Herrin, die sich ebenfalls bediente.

Ich war schon im Begriff, mich von ihr zu entfernen, als ich etwas Hartes an meiner Rosette spürte. Es war relativ schlank und wurde mir in den Arsch geschoben. Dieses Ding verbreiterte sich mit jedem Millimeter und war ziemlich lang. Ich nahm an, dass mir meine Herrin eine Karotte in den

Arsch geschoben hatte. Nun spürte ich auch das Grünzeug, das an der Hinterseite meiner Oberschenkel ganz leicht kitzelte. Ich mochte mir gar nicht vorstellen, wie dämlich ich aussah: nackt, auf allen vieren wie ein Hund mit einem Essenstablett auf dem Rücken und einer Karotte mit Grünzeug im Arsch. Erneut breitete sich Schamesröte über mein Gesicht und ich ließ beschämt den Kopf hängen.

Die ganze Aufregung hatte mich schon enorm viel an Energie gekostet und ich hatte Angst, jetzt schlapp zu machen. Obwohl man mir die Müdigkeit ansehen musste, gaben mir die Damen keine Möglichkeit, eine kleine Verschnaufpause einzulegen. Ständig schickten sie mich rund um den Tisch, weil immer eine der Grazien vom anderen Ende des Tisches etwas vom Tablett haben wollte. Und noch ehe ich weiterkriechen konnte, wurde ich mit der Karotte in den Arsch gefickt. Es schien ihnen großen Spaß zu machen, ihren Servierhund mit einem Stück Gemüse demütigend zu behandeln, denn sie lachten und meine Herrin schoss zu allem Überfluss auch noch ein paar Fotos.

Nachdem die Damen den ersten Gang genüsslich verzehrt hatten, trieben sie mich zu zweit mit Gertenschlägen in die Küche. Sie ließen die beißenden Ledergerten auf meinem Arsch sowie meinen Fußsohlen kräftig tanzen, um mich zum Laufen anzuspornen.

Um den harten Schlägen entgehen zu können, trippelte ich hastig den Gang entlang, immer darauf bedacht, das Tablett oder die daraufstehende Schüssel nicht zu verlieren. Jeder Schlag brannte wie eine Wunde, in die Salz gestreut wurde. Ich stöhnte, winselte, kniff die Augen zusammen und versuchte, zumindest die Fußsohlen so in Bewegung zu halten, dass mich nicht jeder Schlag voll traf. Doch die Damen schienen mit Treibjagden sehr viel Erfahrung zu haben, denn ihre Treffsicherheit war enorm. Kurz vor dem Eingang in die Küche ließen sie von mir ab und gingen kichernd in den Wintergarten zurück.

Ich lud mein Tablett vom Rücken, stellte es auf die Arbeitsfläche und legte mich kurz auf die kalten Fliesen, um meine Schmerzen zu lindern. Meine Knie brannten ebenso wie meine Handflächen, mein Arsch und meine Fußsohlen. Doch ich wagte es nicht, lange auszuruhen, denn die Damen warteten mit Sicherheit schon auf den nächsten Gang.

Rasch wärmte ich die Croissants, stellte die kleinen Gläser mit Marmelade auf das Tablett, holte vier Stück von den Blaubeertörtchen aus dem Kühlschrank und leerte den Waffelteig aufs Eisen. In wenigen Minuten würde ich servieren können – doch ich wusste nicht, wie es den Schnepfen da draußen genehm war. Inständig hoffte ich, dass sie mich nicht wieder auf die Knie zwingen würden, denn sie schmerzten schon ziemlich.

Vorsichtig lugte ich um die Ecke, sah die vier jedoch noch immer im Wintergarten sitzen und miteinander reden. Von weitem wirkten sie so ausgelassen wie vier harmlose Hausfrauen, die sich über die Ergebnisse der neuesten Putzmittel freuten. Doch sie waren alles andere als harmlos ...

Gerade als die Waffeln und die Croissants fertig waren, rief die Herrin nach mir, ich möge jetzt servieren. Da es keine Anweisung gab, nahm ich – nackt wie ich war – das Tablett in die Hand und trug es in den Wintergarten.

Dort wurde ich angewiesen, es zur Selbstbedienung auf den Tisch zu stellen und sich um die Kaffeewünsche der Damen zu kümmern. Rasch waren die vier Kaffeearten aus der Maschine geflossen und ich stand wie ein Zinnsoldat neben den essenden und schwatzenden Frauen, bereit, weitere Befehle entgegenzunehmen.

»Wie wäre es mit einem kleinen Spiel?«, fragte meine Herrin in die Runde und hatte sofort die gesamte Aufmerksamkeit auf ihrer Seite. »Mein kleiner Sklave«, sie deutete grinsend mit dem Kopf auf mich, »leckt unsere Muschis unter dem Tisch. Er muss immer wieder zu einer anderen gehen, aber keine darf sich anmerken lassen, dass sie gerade geleckt wird. Die anderen müssen raten, wer gerade dran ist. Und wer richtig geraten hat, der darf sich von seinem schönen Schwanz ficken lassen. Wer ist dabei?«

Allgemeiner Beifall wurde laut und sofort hatten die Damen sich ihrer Strings entledigt. Ohne einen weiteren Befehl abzuwarten, kniete ich mich nieder und kroch unter den Tisch, wo es durch das relativ dichte Tischtuch etwas dunkel war. Doch ich war im Paradies! Vier gespreizte Beinpaare mit herrlich saftigen Mösen boten sich mir offen dar, begierig danach, geleckt zu werden. Die Beine waren allesamt mit zarten Nylons bestrumpft und die zierlichen Füße steckten in aufreizenden High Heels, die den Waden der Damen eleganten Schwung verliehen. So konnte eigentlich nur der Himmel aussehen! Doch inmitten der Schwärmerei musste ich mich aus meiner Faszination reißen und meiner Arbeit nachgehen.

Ohne zu überlegen, kroch ich auf die Rothaarige zu, die ihren Busch nicht abrasiert hatte. Orangeblonde, gekräuselte Haare standen keck von ihrem Venushügel ab und luden mich zum Verwöhnen ein. Lächelnd begann ich, ihre pralle Lustperle, die sich hinter den Haaren und den roten Schamlippen versteckte, zu lecken und daran zu saugen, während ich am Rande oberflächliches Geschnatter wahrnahm.

Ich war so richtig schön in Fahrt, als mir einfiel, dass ich in unterschiedlichen Abständen die Möse wechseln musste, damit sie das Ratespiel durchführen konnten. Mit leichtem

Bedauern gab ich dem roten Busch noch einen schmatzenden Abschiedskuss und drehte mich zu meiner Herrin um, die wie immer glatt war. Die Rasur hatte stets ich an ihr durchzuführen und ich war immer sehr genau.

Sie zu lecken, war nichts neues, weil ich ihre Spalte bereits seit langem kannte. Deshalb wollte ich mich auch nicht lange bei ihr aufhalten, sondern mich zur frechen Blondine begeben, um sie so lange zu lecken, bis sie ihre Lust nicht mehr verheimlichen konnte. Auf diese Weise war es mir erlaubt, mich an ihr zu rächen.

Doch die Rothaarige rief plötzlich ein lautes: »Du wirst gerade geleckt! Du bist es!« aus und meine Herrin schloss blitzschnell ihre Beine. Mit Mühe zog ich meinen Kopf zwischen ihren Schenkeln heraus und kroch unter dem Tisch hervor. Jetzt musste ich die Rothaarige ficken – wie auch immer sie es wollte.

Ohne Scheu vor den anderen, stellte sie ein Bein auf den Tisch, schob den Mini ein Stück über ihre Hüften und sah meinen steifen Schwanz erwartungsvoll an. Unsicher ging ich auf sie zu und gerade, als ich mich nach meiner Herrin umdrehen wollte, um ihr Einverständnis einzuholen, packte mich die rote Lady an beiden Arschbacken, zog mich unwirsch an sich und drückte meinen Schwanz in ihre vom Lecken noch immer nasse Pussy. Ohne zu zögern, hielt ich sie an den Hüften in Position und fickte sie hemmungslos im Stehen durch. Sie beugte sich ein wenig nach hinten und gab mir somit mehr Bewegungsfreiheit. Durch die kleine Leckorgie von vorhin war sie sichtlich aufgeheizt und begann sofort, tiefer zu atmen und zu stöhnen.

Nun gab ich mein Bestes und stieß tief und heftig in sie. Plötzlich schlang sie die Arme um meinen Hals, umspannte mit ihren Beinen meine Leibesmitte und schrie förmlich ihren Orgasmus in mein linkes Ohr. Ihr leicht zuckender Körper hing an mir, stöhnte und wand sich auf meinem Schwanz. Ich schloss die Augen und konzentrierte mich auf meinen Schwanz, damit er sich nicht hinreißen ließ und sich ebenfalls ergoss.

Als sie langsam aber sicher in meinen Armen erschlaffte, verharrte sie kurz und stellte sich dann wieder auf die Beine. Sie schüttelte mit geschlossenen Augen den Kopf, als wollte sie sich in die Realität zurückholen, lächelte zufrieden und meinte lapidar: »Auf in die nächste Runde.«

Um das ganze Spiel etwas spannender zu gestalten, steuerte ich unter dem Tisch erneut die Rothaarige an und prompt riet die Blondine falsch. Sie hatte sicher nicht angenommen, dass ich jetzt noch einmal »Misses Red« lecken würde. Ich freute mich diebisch, dass ich sie in die Irre geführt hatte. Schelmisch aber lautlos lachte ich unter dem Tisch und musste mich sehr zusammennehmen, nicht lauthals meinen Hohn herauszuprusten.

»Was machen wir nun mit dir?«, fragte die rote Lady. »Über eine Bestrafung haben wir noch nicht gesprochen.«

Die Ladies schienen zu überlegen, denn es war kurz still im Raum. Dann erhob die Blonde wieder ihre Stimme. »Wir werden dem Nichtsnutz unter dem Tisch Aufgaben erteilen, die wir nicht ausstehen können. Jede von euch weiß, dass ich es hasse, wenn sich jemand an meiner Rosette vergreift. Also wird mir der da unten die Rosette lecken und sie mit einem Finger bearbeiten. Seid ihr damit einverstanden?«

Erfreute Zustimmung war zu vernehmen und ich wurde unter dem Tisch hervorgeholt.

Zögernd schob die Blonde ihr Kleid hoch und lehnte sich ein wenig nach vorn, sodass ich mein Gesicht zwischen ihre doch recht üppigen Pobacken pressen musste. Nur mühevoll konnte ich sie mit der Zungenspitze an der Rosette lecken.

Doch die drei anderen Damen wollten tiefes Algierfranzösisch sehen, weshalb sie die Blondine aufforderten, ihren Oberkörper auf die Tischplatte zu legen, um ihre Rosette frei zugänglich und sichtbar zu machen.

Beschämt beugte sie sich weiter nach vorn und ich bekam freien Zugang zu ihrer rosa leuchtenden Rosette. Mit echtem Genuss leckte ich sie und knetete dabei die dicken Backen. Immer wieder schob ich entweder meine Zunge oder meinen Zeigefinger in die Enge ihres Loches, wobei sie jedes Mal zusammenzuckte. Als meine Herrin meinte, sie wäre genug bestraft, drückte sie sofort ihren Hintern zusammen und mein Gesicht steckte zwischen den dicken Backen fest.

Nachdem sie mich wieder freigegeben hatte, sah ich in ihr Gesicht und bemerkte einen Hauch von Schamesröte, die von ihrem Hals aus zu den Ohren aufgestiegen war.

Na, wo ist jetzt dein vorlautes Mundwerk?, fragte ich mich im Stillen und begab mich wieder triumphierend unter den Tisch, um auf die anderen saftigen Mösen zu warten, die es noch zu lecken galt.

Nachdem das Spiel einige Runden lang gespielt wurde, holte man mich unter dem Tisch hervor und stellte mich wie einen kleinen Schuljungen, der sich danebenbenommen hatte, in die Ecke des Wintergartens. Dicht an der Mauer senkte ich meinen Kopf, dachte darüber nach, ob ich etwas falsch gemacht hatte.

Die Damen aßen ihre inzwischen längst kalt gewordenen Croissants und Waffeln, schlürften ihren ausgekühlten Kaffee und unterhielten sich. Obwohl ich gerade den Himmel auf Erden gehabt hatte, fühlte ich mich in der Ecke kein bisschen wohl. Ständig befiel mich das Gefühl, als würde mich von hinten jemand berühren. Das dringende Bedürfnis, mich umzudrehen, war groß. Da es mir jedoch normalerweise nicht gestattet war, mich zu bewegen, stand ich still und lauschte, ob sich jemand anschlich. Es war sehr unangenehm und ich betete, dass sie mich bald wieder in Verwendung nehmen würden.

Mein Stoßgebet ging rasch in Erfüllung, denn ich sollte Sekt nachschenken. Zu meiner Überraschung standen fünf Gläser auf dem Tisch und ich fragte mich, ob ich denn auch ein Glas mittrinken dürfte. Als ich jedoch das vierte Glas befüllte, wurde ich gestoppt.

»Dieses hier«, sagte meine Herrin und deutete auf das fünfte Glas, »werden wir für dich einschenken. Schließlich hast du uns bis jetzt gute Dienste geleistet und wir möchten uns damit bei dir bedanken.«

Stolz überflutete mich und ich konnte mir ein triumphierendes Lächeln nicht verkneifen. Erwartungsvoll sah ich der Blonden zu, wie sie das Glas nahm, aber zu meiner Enttäuschung füllte sie keinen Sekt ein, sondern hielt ihn an ihre Pussy und ließ ein paar Tropfen ihres Natursektes hineinlaufen. Dann gab sie das Glas weiter und die »Red Lady« füllte es bis zur Hälfte auf. Als es an mich gereich wurde, hatte ich ein volles Glas mit dem Natursekt der vier Damen. Der schmale freie Rand hatte sich bereits von dem warmen Inhalt beschlagen und ein widerlicher Geruch setzte sich in meiner Nase fest.

Als die vier auf den gelungenen Tag anstießen, musste auch ich mein Glas mitklingen lassen. Ich atmete tief ein und wollte es hinunterstürzen. Aber noch bevor ich meine Lippen ansetzen konnte, machten sie mich eindringlich darauf aufmerksam, dass sie erwarteten, mich langsam genießen zu sehen. Sie warteten darauf, dass ihr Sekt genüsslich meine Kehle hinunterlaufen würde und starrten mich erwartungsvoll an.

Nachdem es mir die Sprache verschlagen hatte und ich nicht fähig war, ein gebührliches »Jawohl« hervorzubringen, seufzte und gehorchte ich. Mit einigem Widerwillen setzte ich das Glas an und trank es langsam, aber ohne es abzusetzen, aus. Als ich fertig war, blieb ein schaler Geschmack in meinem Mund zurück, der mich noch lange an diese Einladung zum Sekttrinken erinnern sollte. Die vier allerdings lachten amüsiert und äfften mich mit gespieltem Ekel nach. In diesem Moment fühlte ich mich völlig hilflos und ausgeliefert. Und dennoch war ich dafür absolut dankbar.

Ich glaubte, dass die Damen nun genug hätten und nach dem Sekt gehen wollten, doch die Blonde bat meine Herrin um eine Hausführung.

»Und diesen Pipitrinker hier nehmen wir mit!«, beschloss sie eigenmächtig.

Aus ihrer Handtasche holte sie eine dünne, geflochtene Schnur, mit der sie auf mich zukam. Sie band das Ende der Schnur um meinen Schwanz sowie meine Hoden und zurrte sie fest zusammen. Schmerzhaft klemmte sie dabei eine Hautfalte von mir ein und ich schrie auf.

»Na, na, wer wird denn so empfindlich sein?«, fragte sie schnippisch und versetze meinem abgebundenen Gemächt einen Schlag mit der Hand.

Da sich das Blut vor der Schnur staute, war es dick und prall, und leider auch sehr schmerzempfindlich. Ich wollte schon jammern, biss mir aber auf die Unterlippe, damit kein Ton meinen Mund verließ. Ich wollte mich nicht unnötig einer Bestrafung unterziehen. Nicht genug, dass sie mir den Schwanz abgebunden hatte, sie holte auch noch Stahlhandschellen aus ihrer Tasche und fixierte meine Arme hinter meinem Rücken.

Und kaum war sie damit fertig, band sie meine Knie mit einem etwas dickeren Seil zusammen. Lediglich eine Spannweite von rund fünfzehn Zentimetern blieb mir zum Gehen. Sie reichte für eine normale Gehgeschwindigkeit niemals aus – und Treppensteigen konnte ich damit sicherlich auch nicht.

Wie befürchtet, nahm sie die Schnur von meinem Schwanz in die Hand und zog mich wie einen alten Dackel hinter sich her. Sie ging von einem Zimmer ins andere und ich watschelte mehr, als dass ich ging – ganz zum Leidwesen meines armen Schwanzes, der dick, prall und bereits leicht bläulich bei jeder Bewegung von einer Seite zur anderen schwang und dabei ziemlich schmerzte.

Dass meine Hände auf dem Rücken gefesselt waren, schränkte mich zusätzlich beim Gehen ein und ich hatte Schwierigkeiten, die Balance zu halten. Während ich hinter der Blondine herstolperte, drehten sich die anderen drei Damen immer wieder um und amüsierten sich köstlich, denn mein Anblick entlockte den Dreien ein teuflisches Grinsen.

Nachdem die Hausführung im Erdgeschoss abgeschlossen war, begaben sich die Damen in den ersten Stock. Meine Führerin zog mich weiterhin wie einen alten Hund an der Schwanzleine hinter sich her.

Als ich die Treppen hinaufsah, krampfte sich mein Magen leicht zusammen. Noch nie waren sie mir so steil und endlos lang vorgekommen. Da ich nicht auf Rücksicht seitens der Madame hoffen konnte, wagte ich einen Sprung mit beiden Beinen auf die erste Stufe. Ich schwankte ein wenig, doch ich fand rasch festen Stand. Wie beim Sackhüpfen quälte ich mich die Stufen hinauf und je schneller ich sprang, desto fester wurde an meiner Schwanzleine gezogen. Mit jeder Stufe wurde die Blondine ungeduldiger.

Oben angekommen, war ich ziemlich außer Puste und hätte gern ein wenig Luft geholt. Doch ich wurde gnadenlos von einem Zimmer ins nächste gezerrt. Auch mein Schwanz brauchte ganz dringend wieder Luft, denn er war schon nicht mehr blau, sondern leicht violett verfärbt und schmerzte, selbst wenn er sich nicht im Takt meiner Entenschritte bewegen musste. Auch die metallenen Handschellen rieben durch die ständige Bewegung an meinen Handgelenken und ich hegte die Befürchtung, dass meine Haut an diesen Stellen der Handgelenke wundgescheuert sein könnte.

Als wir wieder auf der Treppe waren, wollte mich die Blondine nach unten hüpfen lassen. Doch noch ehe ich Protest einlegen konnte, kam meine Herrin mit raschem Schritt auf sie zu, nahm ihr die Leine weg und schickte sie allein die Stufen hinunter.

»Meinen Sklaven zu verwenden und zu quälen ist eine Sache – ihn zu gefährden eine andere! Das werde ich nicht zulassen. Du handelst unverantwortlich und solltest mal darüber nachdenken!«

Die Blonde warf meiner Herrin, die mir gerade die Leine abnahm und somit wohl den Schwanz rettete, giftige Blicke zu.

»Pah!«, stieß sie verächtlich aus. »Das ist ja nur ein Wurm ...«

Meiner Herrin stockte der Atem. Die anderen beiden Damen hielten in ihren Bewegungen inne, um die kommende Szene mitzuverfolgen. Rasch hatte meine Herrin wieder ihre feste Stimme gefunden und rief in ruhigem lautem Ton: »Deine Jacke findest du in der Garderobe. Schönen Tag noch!« Dann wandte sie sich meinen Handschellen sowie dem Knieseil zu.

Während wir vier die Treppen schweigend nach unten gingen, war das Knallen der Eingangstür zu hören.

Blondie war weg.

In diesem Moment liebte ich meine Herrin mehr denn je und wollte sie küssen. Jedoch hielt ich mich dezent zurück und bedankte mich gebührend mit einigen herzlichen Fußküssen.

Kurz darauf bedankten sich auch die anderen beiden Damen – natürlich nicht bei mir – und verabschiedeten sich. Daraufhin zog sich meine Herrin zurück.

Ich erledigte noch rasch das Aufräumen sowie den Abwasch. Während ich die Arbeiten verrichtete, begutachtete ich besorgt immer wieder meinen Schwanz. Er schmerzte noch höllisch, aber zum Glück kehrte er langsam wieder zur normalen Hautfarbe zurück.

Nachdem ich die Küche sowie den Wintergarten perfekt aufgeräumt hatte, schlüpfte ich in meine Kleider und musste feststellen, dass selbst die Reibung der Hose an meinem Schwanz Schmerzen verursachte. Mit gespreizten Beinen und vorsichtigen Schritten stakste ich zum Auto und war mir sicher, am heutigen Abend nicht mehr Hand anlegen zu können, obwohl ich durch die Spiele und Demütigungen ziemlich spitz geworden war.

Zu Hause angekommen, legte ich mich in die Badewanne und rekelte mich in heißem Wasser, das meinem Schwanz guttat. Ich ließ den Vormittag gedanklich noch einmal an mir vorbeiziehen und die Geilheit erwachte erneut zum Leben. Obwohl die Erektion schmerzhaft war, musste ich mir jetzt Erleichterung verschaffen. Daran führte kein Weg vorbei.

Vorsichtig schob ich die Vorhaut vor und zurück, schloss die Augen, fickte noch einmal die engen Muschis und schmeckte ihre weibliche Nässe auf meiner Zunge. Das Spiel hatte mich so scharf gemacht, dass ich innerhalb nur weniger Minuten laut stöhnend einen heißen Schwall auf meine Brust spritzte und ihm zusah, wie er langsam ins Badewasser glitt und sich dort verteilte.

2. SexShop

Am nächsten Morgen inspizierte ich mein bestes Stück und stellte fest, dass es wieder vollkommen in Ordnung war. Selbst die Morgenlatte konnte sich schmerzfrei entfalten.

Gut gelaunt und scharf startete ich früh in den Arbeitstag. Ich hatte mir vorgenommen, nach der Arbeit noch Laufen zu gehen und vielleicht sogar mein Hanteltraining zu absolvieren. Schließlich war mein Körper mein Kapital, wenn ich weiterhin als Sklave dienen wollte. Und das wollte ich – nein, das *musste* ich! Ein Leben ohne Knechtschaft und Bevormundung wäre die Hölle auf Erden und für mich keinesfalls vorstellbar. Und dass die Herrschaft nicht nur Unterwürfigkeit, Loyalität sowie vollkommene Hingabe forderte, war mir klar. Sie wollten sich auch an einem schönen Körper erfreuen.

Die Arbeit ging mir nach dem gestrigen Tag leicht von der Hand und ich war guter Dinge. Zumindest so lange, bis mein Handy läutete und ich die Nummer meiner Herrin erkannte. In freudiger Erwartung auf einen geilen Auftrag hob ich ab und meldete mich mit untergebenen, leisen Worten – peinlich darauf bedacht, nicht so laut zu reden, dass die Kollegen es hören konnten.

Wie immer gab mir meine Herrin ganz präzise, direkte Anweisungen. Mit umständlichem Geschwafel hielt sie sich niemals auf. Ich lauschte konzentriert, denn auf eine Wiederholung ihrer Worte konnte ich nicht hoffen. Sie gab alles nur ein Mal von sich und duldete auch keine Fragen, denn ihre Anweisungen waren so formuliert, dass keine Fragen offen blieben. Noch während sie sprach, wurde mir warm in der Hose. Sie schilderte gerade einen äußerst peinlichen Auftrag, den ich noch während des Zuhörens bereits hinter mir haben wollte. Mit weit aufgerissenen Augen hörte ich ihr zu und verabschiedete mich gebührend, als sie fertig war.

Die nächsten paar Minuten saß ich an meinem Schreibtisch und starrte ins Leere. Mittlerweile war ich einiges gewohnt, aber wie ich ihr den jetzigen Wunsch erfüllen sollte, wusste ich wirklich nicht. Die Scheu, mich vor Fremden zu präsentieren, beziehungsweise mich von ihnen benutzen zu lassen, hatte ich mittlerweile abgelegt, obwohl ich noch immer Lampenfieber vor solchen Aktionen hatte und mich schämte. Was sie jedoch von mir am heutigen Abend verlangte, war nicht nur neu für mich, sondern auch sehr beschämend.

Den Rest des Arbeitstages verbrachte ich in Gedanken beim Auftrag und konnte mich nicht mehr wirklich konzentrieren. Deshalb verließ ich die Firma eine Stunde früher und wollte mit dem Joggen die ständig kreisenden Gedanken vertreiben.

Nachdem ich eineinhalb Stunden im Freien unterwegs gewesen war, ruhte ich mich ein wenig aus. Um nicht wieder in die Gedankenspirale zu geraten, rief ich Max, meinen Freund an und unterhielt mich mit ihm über Alltägliches. Danach fuhr ich ins Fitnesscenter, um mein Hanteltraining zu absolvieren. Frische Kleidung für meinen Auftrag hatte ich bereits in die Sporttasche gepackt, um nicht erneut nach Hause fahren zu müssen.

Während des Trainings konzentrierte ich mich auf das Zählen der Sätze und malte mir die einzelnen Muskelgruppen, die durch die jeweiligen Übungen gestärkt werden sollten, aus. So brachte ich auch dieses Training hinter mich, ohne zu viel über die kommende Stunde nachdenken zu müssen. Doch schon unter der Dusche war ich wieder in meinen Gedanken gefangen und vibrierte innerlich vor Aufregung.

Nachdem ich das Fitnesscenter verlassen hatte, wusste ich nicht so recht, wohin ich fahren sollte. Mein Auftrag sollte mich in einen Sexshop führen, aber ich hatte keine Vorgabe, in welchen. Obwohl ich in keinem der drei mir bekannten Shops in Ontario bekannt war, wollte ich natürlich nicht Gefahr laufen, die Verkäuferin doch zu kennen. Deshalb beschloss ich, ans andere Ende der Stadt zu fahren und dort einen Shop aufzusuchen, in dem ich noch nie war. Ich hoffte auch, dass ich dort keine Bekannten treffen würde. Es reichte schon, wenn ich meinen Auftrag ausführte, ohne dass mich dabei jemand beobachtete, den ich kannte.

Im Laden selbst drückte ich mich eine Zeitlang herum und beobachtete den Betrieb. Es waren nur wenige Kunden vor Ort und zwei Verkäuferinnen. Ich schätzte anhand des Umgangs mit den Kunden ab, welche von den zwei Verkäuferinnen die offenere Einstellung zu Sex und Abartigkeiten hatte, doch beide gaben sich sehr locker und ungezwungen.

Ein Blick auf die Uhr ermahnte mich, langsam mit der Aktion zu beginnen, denn ich hatte noch genau sieben Minuten Zeit. Als ich auf die Abteilung mit den Vibratoren und Dildos zuging, wurde mir ziemlich heiß. Dankbar stellte ich fest, dass ich allein war und es keinen Kunden gab, der mich aus den Augenwinkeln beobachtete. Rasch fand ich die Abteilung und die Stange, an der die Strap-ons hingen. Es gab sie in verschiedenen Ausführungen, Farben und Materialien. Ich wählte einen großen schwarzen Latex-Strap-on mit Doppeldildo und einen aus Plastik in violett. Mit zitternden Händen nahm ich die beiden Artikel vom Haken und sah mich nach den Verkäuferinnen um. Da ich mich laut Anweisung meiner Herrin zum Verkaufspult begeben musste, blieb mir ohnehin nichts anderes übrig, als jene zu nehmen, die gerade an der Kasse stand und Schreibkram erledigte. Ich sah auf die Uhr und musste mich jetzt sofort auf den Weg machen, denn es war eine Minute vor sieben Uhr abends und meine Herrin erwartete meinen Anruf um Punkt sieben.

Ich atmete noch einmal tief durch und ging mit meinen beiden Strap-ons in Richtung Kasse. Während des Gehens wählte ich die Nummer meiner Herrin.

»Darf ich beginnen?«, fragte ich kleinlaut und mit weichen Knien.

»Du darfst!«, kam die knappe Antwort. Darauf folgte Stille.

Ich legte das Handy mit aufrechter Verbindung zu meiner Herrin auf den Tresen und fragte die Verkäuferin, ob sie kurz Zeit hätte. Dann holte ich die beiden Strap-ons hervor und stammelte, ohne sie anzusehen: »Meine Herrin hat mir aufgetragen, einen Strap-on zu kaufen. Sie will mich ein wenig zureiten, um mich für diverse Herrenschwänze gefügig zu machen. Und jetzt habe ich das Problem, nicht zu wissen, welchen ich nehmen soll. Meine Herrin ist sehr streng und ich habe leider keine Ahnung, welcher von den beiden der Bessere ist.« Um ein Haar hätte meine Stimme versagt und ich hatte Mühe, deutlich zu sprechen. Mein Kopf glühte und ich pisste mir beinahe die Hosen voll. Dennoch verspürte ich ein absolut geiles Ziehen in meinem Schwanz, der aufrecht in meiner Hose stand.

Die Verkäuferin sah mich ein wenig irritiert an, nahm dann die beiden Umschnalldildos in die Hand und erklärte, dass meine Herrin vom Doppeldildo auch etwas hätte und ob sie ihn nur für diesen einen Zweck brauchen würde. Sie sprach auch nicht gerade so, als würde sie über Bücher sprechen und das Gespräch war auch ihr sichtlich peinlich. Als ich ihre Unsicherheit spürte, war es mir umso peinlicher, noch weiter reden zu müssen.

»Meine Herrin will auch, dass ich einen Mann damit ficke. Weil ich aber immer wieder Probleme mit meinem kümmerlichen Schwänzchen habe, soll ich das mit einem Strap-on machen. Meine Potenz ist nicht die beste und mein Schwänzchen nur knapp elf Zentimeter lang. Damit ist es leider unmöglich, eine Frau oder einen Mann zu befriedigen. Sie meinte, das wäre so ein Art Prothese für meinen verschrumpelten Zwerg, der eigentlich zu gar nichts zu gebrauchen ist, außer in einem Käfig zu stecken.«

Meine Knie wurden immer weicher und ich dachte, ich würde ohnmächtig werden. Meine Hände presste ich auf den Tresen ganz fest ineinander, damit die Verkäuferin das Zittern nicht bemerkte. Die zittrigen Schwingungen meiner Stimme hatte sie mit Sicherheit vernommen, auch wenn zeitweise nur ein angestrengtes Krächzen aus meinem Mund kam.

Da ihr das Ganze sichtlich immer unangenehmer wurde, meinte sie, ich sollte doch beide Modelle nehmen und meine Herrin wählen lassen. Ich würde den zweiten zurückgeben können, wenn ich ihn originalverpackt ließe. Aber beim Doppeldildomodell hätte meine Herrin auch ihren Genuss und mit dem Solo-Plastikpimmel könnte ich meine Probleme ausgleichen.

»Soll ich sie einpacken?«, fragte sie rasch, um aus dieser peinlichen Situation zu kommen.

Kleinlaut stimmte ich zu.

»Ja bitte, aber eine Plastiktüte reicht. Meine Herrin wird mich jetzt gleich empfangen, um mir mit dem Strap-on die Rosette zu dehnen. Da wird einer der beiden Strap-ons ohnehin gleich verwendet. Ich hoffe nur, das tut nicht weh. Bis jetzt hat sich noch niemand an meiner Rosette zu schaffen gemacht und ich muss zugeben, dass ich davor auch ein wenig Angst habe. Aber ein niedriges Subjekt darf keine Ansprüche stellen. Es hat zu gehorchen und zu dienen!«

Ich bekam beinahe keine Luft mehr und fingerte nervös meine Geldbörse aus der Hosentasche. Als ich das Kleingeld zählen wollte, fielen einige Münzen zu Boden und ich bückte mich, um sie aufzuheben und um aus dem Blickfeld der Verkäuferin zu kommen. Meine zittrigen Finger nestelten an den Geldmünzen herum, ohne sie zu fassen zu bekommen. Ich ließ sie liegen, denn sie waren es nicht wert, mich noch länger in dieser peinlichen Situation zu lassen. Hastig trocknete ich mit dem Shirtkragen den Schweiß auf meiner Stirn. Sie fühlte sich so heiß an, als hätte ich hohes Fieber.

Rasch bezahlte ich, nahm die schwarze Tüte sowie mein Handy und verließ im Laufschritt, ohne zu grüßen, das Geschäft, obwohl sich das die Verkäuferin nicht verdient hatte. Ihr Verhalten war mehr als bemerkenswert.

Blindlings rannte ich um die Ecke des Ladens, an dessen Mauer ein Feld grenzte. In der Dunkelheit lehnte ich mich an die grob verputzten Ziegel und fragte meine Herrin, ob sie zufrieden war. Doch sie hatte bereits aufgelegt. An der Anrufdauer konnte ich jedoch erkennen, dass sie das Gespräch mit der Verkäuferin bis zum Ende mitgehört und sich dabei vermutlich köstlich amüsiert hatte.

Keuchend stand ich vornübergebeugt an der Wand und hechelte nach Luft. Meine Knie zitterten noch immer und das Adrenalin in meinem Blut kribbelte auf meiner Haut. Mein Schwanz war zum Explodieren prall und ich öffnete den Reißverschluss meiner Jeans, um ihm ein wenig Platz zu verschaffen. Wie eine Feder sprang er in die Freiheit und prangte mir dick und dunkelrot entgegen.

Obwohl mir bewusst war, dass ich hier in der Öffentlichkeit stand, konnte ich nicht anders, als ihn heftig zu reiben und zu drücken. Ich war von der ganzen Szene im Laden so scharf geworden, dass nach nur wenigen Sekunden ein heißer Strahl weißen Spermas aus ihm herausschoss und auf den Blättern der Früchte des Feldes landete.

Keuchend rieb ich noch ein wenig weiter und genoss die satte Befriedigung, die ich soeben erfahren hatte.

Ich küsste das Handy, bedankte mich leise bei meiner Herrin, zog den Reißverschluss hoch und fuhr wie in einen Traumnebel eingehüllt nach Hause.

3. Benutzt

Nach diesen beiden aufregenden Tagen gönnte mir meine Herrin eine Verschnaufpause. Ich ging meiner Arbeit nach, trieb Sport und traf mich mit Freunden. Da ich kein Onanierverbot auferlegt bekommen hatte, vergnügte ich mich deshalb ab und zu mit mir selbst, wobei die Orgasmen bei weitem nicht so intensiv waren wie jene, die ich durch meine Herrin, auf welche Art auch immer, erfahren durfte.

Ich sparte mich auch gern für sie auf, denn je enthaltsamer ich lebte, desto intensiver wurden die Sessions und Aufträge. Mittlerweile interessierte mich Vanillasex überhaupt nicht mehr. Sie hatte es in nur knapp zwei Jahren geschafft, mich völlig von ihr abhängig zu machen und liebend gern auf andere Frauen zu verzichten. Ich ging zwar mit Freunden aus und flirtete auch mit der einen oder anderen Frau, dennoch hatte ich nicht wirklich das Bedürfnis, ihnen sexuell näher zu kommen. Die wahre Erfüllung fand ich nur in meiner Herrin.

Als ich es mir am Freitagabend bei Freunden gemütlich gemacht hatte, um mit ihnen ein Fußballspiel anzusehen, rief meine Herrin an. Sie wollte mich am Samstagabend für eine Abendgestaltung mit Freunden bei sich haben. Um zwanzig Uhr hatte ich mich in ihrem Haus einzufinden. Dresscode gab es keinen.

Gut gelaunt und zufrieden genoss ich das Spiel sowie die Gesellschaft meiner Freunde. Einer von ihnen wusste zwar von meiner Dienerschaft, aber er erkundigte sich nie genauer, was ich eigentlich bei meiner Herrin zu tun hatte. Ob er dies nun aus Diskretion tat oder ob er mich einfach so nahm, wie ich war, weiß ich bis heute nicht. Vor den anderen hielt ich meine Neigung geheim, obwohl ich ihnen vertraute. Dennoch hatte ich nicht das Gefühl, als würden sie mich in dem Punkt verstehen oder es akzeptieren. Und soweit ich wusste, outeten sich nur sehr wenige Menschen mit solchen speziellen Neigungen. Die Menschheit schien im Allgemeinen noch nicht so weit zu sein. Viel zu viel falsche Moral hing in ihren Köpfen, von der sie sich nur allzugern leiten ließen. Lieber überließen sie die Wertung gewisser Tatsachen der Moral, anstatt eigenverantwortlich zu entscheiden. Ein leichter Weg, wenn auch kein individueller.

Während des ganzen nächsten Tages dachte ich darüber nach, was wohl eine »Abendgestaltung mit Freunden« sein mochte. Das konnte heißen, dass ich servieren musste, aber auch, dass ich wieder für Spiele und die Befriedigung ihrer Freunde zuständig sein würde. Ich überlegte, ob es etwas mit den Strap-ons zu tun hätte. Ich beschloss, sie mitzunehmen und im Wagen liegen zu lassen, denn ich hatte keine Anordnung, sie mitzubringen. Aber für den Fall, dass sie verlangt wurden, wäre ich gewappnet.

Kurz vor sieben Uhr abends kam eine SMS, in der ich aufgefordert wurde, die beiden Strap-ons mitzubringen. Als ich diese Nachricht las, wurde mir kurz flau im Magen. Ich hatte zwar im Sexshop darüber gesprochen, dass ich mit einem von den beiden penetriert werden würde, aber dass es wirklich passieren sollte, damit hatte ich nicht gerechnet. Und ich hatte auch nach meinem damaligen Superorgasmus nicht mehr über das Gespräch mit der Verkäuferin im Einzelnen nachgedacht.

Nur noch die saugeile Situation war mir in Erinnerung.

Doch zum Nachdenken blieb jetzt keine Zeit mehr. Ich musste mich noch oben und unten rasieren, eine Dusche nehmen, mich ankleiden und zum Haus meiner Herrin fahren. Viel Zeit durfte ich mir nicht lassen, sonst würde ich zu spät kommen und dafür würde ich schwerstens bestraft werden.

Punkt acht Uhr stand ich also mit den beiden Lustwerkzeugen vor der Tür meiner Herrin und wartete geduldig auf Einlass. Vor dem Haus parkten zwei Wagen, die ich bislang noch nie gesehen hatte. Ich war auf diese Freunde unheimlich neugierig, auch wenn ich ein wenig Angst vor den Strap-ons hatte.

Als mir die Tür von einem eher schmächtigen, mehr als mittelalterlichen Mann mit dicker Brille und Glatze geöffnet wurde, war ich etwas verwirrt. Er passte überhaupt nicht in den Freundeskreis der Herrin, der normalerweise aus stattlichen, gutaussehenden Männern in meinem Alter bestand.

Auch der andere Herr, der sich im Wohnzimmer mit meiner Herrin unterhielt, war schon an die sechzig oder sogar noch darüber, ziemlich kahl, groß und recht korpulent. Die beiden machten auf mich einen sehr lüsternen Eindruck und ich fragte mich, ob die zwei sich vor dem Treffen mit den kleinen blauen Pillen vollgestopft hatten. Unwillkürlich musste ich lächeln, hielt mich jedoch sofort zurück. Es geziemte sich nicht, über Gäste der Herrin zu schmunzeln.

Wie gewohnt legte ich rasch meine Kleidung in einem kleinen Raum ab und begab mich ins Wohnzimmer, wo ich nackt auf weitere Befehle wartete.

Die beiden schlichen um mich herum, begutachteten mich genauestens. Ihre Hände glitten forschend über meinen Körper und in ihren Augen blitzte Lüsternheit – wäre ihnen noch der Sabber aus dem Mund geflossen, hätte ich es ihnen auch abgenommen.

Innerhalb weniger Minuten waren die Männer splitternackt und ihre halbsteifen Schwänze ragten neugierig aus dem ergrauten, nicht rasierten, schütteren Schamhaar hervor. Der Schwanz des Dicken versteckte sich unter dem Bauch und es sah aus, als würde er unter einem weitläufigen Balkon stehen. Während eines plötzlichen Regens würde er mit Sicherheit nicht nass werden. Vorsichtig lugte ich zu meiner Herrin, denn ich hatte Angst, sie würde meine Gedanken aus meinem Gesicht lesen können. Aber sie war damit beschäftigt, die beiden Schachteln mit den Strap-ons zu begutachten. Vermutlich rief sie sich auch das Gespräch zwischen mir und der Verkäuferin in Erinnerung und war zwischen den Beinen bereits feucht, wenn nicht gar nass. Solche Demütigungen erregten sie nämlich ganz besonders.

Die beiden Herren bewegten sich trotz der Nacktheit ihrer nicht mehr ganz so glanzvollen Körper völlig frei im Raum. Und sie schienen von der Qualität meines Körpers beeindruckt zu sein, denn sie nickten meiner Herrin wohlwollend zu.

Der Schmächtige stieß in kurzen Intervallen immer wieder ein erfreutes »Sehr schön« aus. Sie lächelte, nippte an ihrem Drink und lehnte sich entspannt zurück, um dem ganzen Treiben passiv beizuwohnen. Es sah nicht so aus, als würde sie an dieser »Abendgestaltung mit Freunden«, wie sie es genannt hatte, teilnehmen.

Der schmächtige Besucher griff selbstbewusst an meinen Schwanz und rieb ihn lüstern in seiner Faust. Gleichzeitig rieb er den seines dicken Freundes, der mich wiederum gierig anstarrte. Als der Dicke ein wenig zu zappeln begann, forderte er mich auf, ihnen zu folgen. Sie führten mich in die strenge Kammer, wo ich mich auf das riesige, hohe Bett legte. Der Schmächtige kletterte über mich und setzte sich rittlings auf meine Brust. Seine Rosette schwebte direkt über meinen Lippen. Dann richtete er sich auf und befahl mir, ihm das Lustloch zu lecken; nass und fest.

Obwohl ich kein Fan von algierfranzösisch bei Männern bin, führte ich den Befehl aus. Während ich leckte, saugte und massierte, hatte sich der Dicke auf mich gelegt und den Schwanz seines Freundes in den Mund genommen. Grunzend und schmatzend blies er offensichtlich mit Hingabe das kümmerliche Schwänzchen des Alten. Gleichzeitig steckte er mir seinen Schwanz zwischen die Oberschenkel und führte vorsichtige Fickbewegungen aus. Ich vermutete, dass er den Orgasmus hinauszögern wollte, aber schon kurz davor stand.

Der Mann auf meinem Gesicht wippte ganz leicht in schnellem Rhythmus mit und stöhnte unentwegt. Er schien in den Mund des anderen Mannes zu ficken. Mit einem Blow Job hatte das nicht mehr viel zu tun.

In diesem Moment wünschte ich, die Kameras würden laufen, denn dieses Bild hätte ich gern sehen. Aber in meiner Position konnte ich nur erahnen, wie witzig diese Szene aussehen würde.

Als der Oldie auf meinem Gesicht seine Rosette immer fester auf meinen Mund drückte und sein Becken schneller wippen ließ, wusste ich, dass er gleich kommen würde. Rasch sammelte ich allen Speichel, den ich zu bieten hatte, und drückte ihn mit der Zunge direkt in seinen Hintereingang. Die Zunge schob ich noch ein wenig nach, sodass sie ein quatschendes Geräusch erzeugte. In diesem Augenblick presste er die Schenkel so heftig zusammen und drückte seinen Arsch so fest auf mein Gesicht, dass ich keine Luft mehr bekam. Er stieß einen Schrei aus, der schon eher ein Brüllen war. Wenige Sekunden darauf fiel er einfach von meinem Gesicht und blieb regungslos neben mir liegen.

Im ersten Moment dachte ich, er wäre tot. Doch dann hörte ich seine gepresste Atmung, die stoßweise aus seinem Mund kam. Der Dicke lächelte seinen Freund an, was mir ebenfalls die Sicherheit gab, dass es ihm gut ging.

Dann rappelte sich der Dicke auf und kniete sich so aufs Bett, dass sein Schwanz direkt über dem Gesicht seines Freundes hing. Dieser öffnete lächelnd den Mund und saugte sich sofort an dem Kümmerling fest.

Zufrieden sah er auf die schlaffe, befriedigte Nudel seines Freundes. Dann spreizte er die Beine und wandte sich an mich.

»Du darfst mich jetzt ficken, Kleiner. Aber schön vorsichtig und langsam, hörst du? Ich will das so richtig genießen!« Verträumt schloss er die Augen und wartete auf meinen Schwanz, den er in seinem Anus spüren wollte.

Panisch setzte ich mich auf und holte tief Luft. Mein Schwanz war nicht annähernd steif, denn ich war nicht darauf vorbereitet, aktiv ficken zu müssen. Langsam krabbelte ich hinter den dicken Kerl und ließ mein Kopfkino laufen. Doch als ich die behaarten Backen mit der dunkelroten Spalte sah, wurde mein Schwanz sofort wieder weich. In dieses Loch zu ficken würde eine ungeheure Überwindung und Herausforderung sein.

Während der schlanke Mann heftig an dem Schwanz über ihm lutschte, forderte mich der andere nochmals auf, ihm meinen Schwanz schön vorsichtig in die Arschspalte zu stecken. Hektisch blickte ich an mir hinunter und sah meine müde Nudel schlaff zwischen den Beinen hängen. Meine Herrin würde mich schwer bestrafen, wenn ich dem Wunsch ihres

Gastes nicht nachkommen würde. Deshalb nahm ich einen erneuten Anlauf, schloss meine Augen und rief mir die Szenen im Sexshop in Erinnerung. Noch im gleichen Moment reckte mein großer Freund seinen Kopf in die Höhe.

Jetzt oder nie!, dachte ich, rubbelte ihn noch ein wenig härter und schob mich dann zwischen die Beine des Mannes.

Im Blindflug setzte ich an der Rosette zwischen den dicken Backen an und schob meinen Schwanz Zentimeter für Zentimeter hinein. Zwar hörte ich ihn lustvoll stöhnen, doch ich blieb weiterhin gedanklich im Sexshop. Als meine Eier seinen Arsch berührten, verharrte ich kurz und zog ihn wieder bis zum Eichelrand heraus. Er stöhnte erneut auf, was ich als Zeichen wertete, dass ich so weitermachen konnte. Langsam und behutsam begann ich nun, den Dicken zu ficken und blieb in meiner Fantasie im Sexshop. Doch nach kaum zwei Minuten bäumte sich der Mann vor mir auf und begann, seinen Schwanz hektisch in den Mund seines Freundes zu stoßen. Unfreiwillig fickte er sich damit auch mit meinem Schwanz selbst. Seine Geilheit schien ihn alles vergessen zu lassen.

Nach wenigen heftigen Stößen gab er einen erstickten Laut von sich, bohrte sich ein letztes Mal in den Mund des Schmächtigen und ließ sich zur Seite fallen. Er ächzte und stöhnte, atmete so heftig, als wäre er gerade nach einem Marathonlauf im Ziel angekommen.

Ungläubig sah ich ihn an, dann seinen Freund. Der Freund jedoch lächelte meinen Schwanz an und begann, ihn wieder hochzuwichsen, denn er war mittlerweile wieder in sich zusammengesunken. Schließlich legte er auch Hand an sich an und wichste beide Schwänze. Nach kurzer Zeit kniete er sich neben mich und drückte mich auf das Bett. Dann kletterte er auf meinen Bauch, sah mir lüstern in die Augen und wies mich an, ihm meinen Schwanz in den Arsch zu stecken.

Langsam ließ er sich darauf nieder und stellte die Füße auf die Matratze. Mit meiner rechten Hand, die er an sein halbsteifes Glied legte, begann er zu wichsen. Ich kapierte, dass ich auch ohne seine Hilfe weitermachen sollte und tat ihm diesen Gefallen. Dann bewegte er sein Becken vor und zurück, sodass mein Schwanz sich wenige Zentimeter in seiner Rosette verschob. Ein richtiger Fick war es nicht.

Ich hatte große Mühe, die Erektion aufrechtzuerhalten, denn der Alte starrte mich direkt an. Seine schlaffen Hängebrüste, die Falten am Bauch sowie seine langgezogenen Eier, die auf meinem Bauch lagen, waren nicht gerade ein erotischer Anblick. Um diesen Fick durchzustehen, schloss ich die Augen und begab mich wieder in den Sexshop. Doch kaum hatte ich sie geschlossen, bekam ich eine schallende Ohrfeige.

»Du sollst mir in die Augen sehen, während ich mich um deinen Schwanz kümmere, du undankbares Nichts!«, keifte er mich an.

In diesem Moment zuckte mein Schwanz, dehnte sich zu seiner vollen Breite und Länge aus und war steinhart. Die Rosette des Oldies wurde dadurch noch weiter gedehnt, was ihm ein Stöhnen entlockte.

Endlich sah ich meine Chance, ihn rasch zum Orgasmus zu führen und wichste ihn mit großer Hingabe. Ich stöhnte nun ebenso, aber nur leise und tat so, als würde mir dieser Fick unheimliches Vergnügen bereiten. Und meine Bemühungen wurden alsbald belohnt. Er wippte noch ein paar Mal auf meinem Bauch vor und zurück, krallte sich in meine Schultern und ergoss zwei müde, gelbliche Tropfen auf meine Finger.

Der Anblick war so grauenhaft, dass mein Schwanz in derselben Sekunde in seiner Rosette schlaff wurde. Der Mann blieb noch eine Weile auf mir sitzen und atmete schwer. Dann rollte er sich von mir und kuschelte sich an den Dicken, der die ganze Szene mit Wohlwollen beobachtet hatte. Seine Finger hatten die ganze Zeit über mit seiner schlaffen Nudel gespielt. Nun aber zog er seinen Freund an sich, legte ihm schützend die Hand auf den Rücken und streichelte ihn zärtlich. In diesem Augenblick wurde mir klar, dass die beiden ein Liebespaar waren und sich wahrscheinlich als den ganz besonderen Kick einen jungen Stecher gegönnt hatten. Obwohl die beiden alt und nicht sonderlich ansehnlich waren, hatten sie jetzt eine ganz besondere Ausstrahlung, die sie beinahe attraktiv machte. Aber eben nur beinahe.

Um diese Harmonie nicht zu stören, blieb ich regungslos liegen und starrte an die Decke. Obwohl ich mich mittlerweile nicht mehr vor den beiden ekelte, so betete ich inständig, dass sie beide vollends befriedigt waren und mich nicht ein weiteres Mal für ihre Lust benutzen wollten. Ein drittes Mal würde ich es nicht schaffen, eine Erektion zu bekommen, geschweige denn, sie für einen ganzen Fick lang aufrecht zu halten.

Und zum Glück waren die beiden Männer absolut befriedigt. Ohne mich noch eines Blickes zu würdigen, schlenderten sie aus der Kammer und ließen mich zurück. Ich hörte, wie sie mit meiner Herrin sprachen, konnte aber die Worte im Einzelnen nicht verstehen. Wie üblich blieb ich in der Kammer und wartete auf neue Befehle.

Nachdem die Haustür ins Schloss gefallen war, kam meine Herrin in die Kammer, schaltete die Kameras aus und meinte lapidar: »Diese Bänder werden den beiden gefallen – und mir sicherlich auch. Du kannst gehen.«

In aller Eile zog ich mich im Vorraum an und verließ das Haus. In meinem Kopf hallten die Worte meiner Gebieterin noch nach »Diese Bänder werden den beiden gefallen – und mir sicherlich auch ... Und mir sicherlich auch ... Und mir sicherlich auch ...«

Ich konnte ein zufriedenes Lächeln nicht unterdrücken. Die beiden Herren waren ganz offensichtlich mit meiner Leistung zufrieden und somit war es auch meine Gebieterin. Ich war stolz auf mich, dass ich meiner Herrin Freude bereitet hatte und mit den Bändern noch Freude machen würde. Und ich war mir einmal mehr sicher, dass ich so ziemlich alles tun würde, um sie weiterhin glücklich zu machen.

Zwar hätte ich auch gern eines der Videos gesehen, aber dazu würde es vermutlich nicht kommen. Einfach darum zu bitten, war nicht angemessen und von sich aus würde sie es mir niemals anbieten. In diesem Punkt wünschte ich, sie würde sich etwas mehr in mich hineinversetzen und mir die Zeugen meiner Gehorsamkeit sowie Unterwürfigkeit überlassen.

Was mir allerdings von diesem Abend blieb, war die Erinnerung und die würde auch ewig bleiben. Ich konnte mir vorstellen, wie wir drei auf den Bändern aussehen würden. Damit musste ich mich zufrieden geben und es würde höchst wahrscheinlich auch so bleiben. Dennoch genoss ich meine Dienerschaft und dankte der Herrin im Stillen, dass sie sich die Mühe machte, mich als ihren Sklaven zu behalten.

4. StrapOnEvent

Nachdem ich dieses eher witzige Event mit dem schwulen Oldiepaar hinter mich gebracht hatte, lief ich unrund. Meine Stimmung war im Keller, immer öfter reagierte ich gereizt auf Kollegen und wollte mir die meisten Geschichten meiner Freunde nicht anhören. Zeitweise konnte ich mich nicht im Spiegel betrachten, weil ich mir sogar selbst auf die Nerven ging. Unruhig rannte ich herum und wusste nichts mit mir anzufangen. Alles schien bedeutungslos zu sein. Ich stand unter Hochspannung, die ich weder mit Sport noch mit einem Glas Wein abbauen konnte. Selbst Lesen oder ein Kinofilm nervten mich. So kannte ich mich gar nicht und ich überlegte, welchen Auslöser es für dieses Stimmungstief gegeben haben konnte.

Nachdem ich mich dazu zwang, meine letzten Tage zu analysieren, kam ich zu dem Schluss, dass es an meiner Herrin, beziehungsweise an der momentanen Art ihres Umgangs mit mir, lag. Ich hatte seit mehr als einer Woche keinen richtigen Kontakt zu ihr gehabt, denn nur ihre bloße Anwesenheit bei den Spielen gab mir keine echte Befriedigung. Ich hatte diese Spiele zwar für sie gespielt, keine Frage, aber dennoch spürte ich, dass es nicht das war, was ich wirklich brauchte. Ich fühlte, dass ich ihr nicht nur dienen und mich ihr vollkommen hingeben wollte, sondern dass ich ihre Nähe, ihre direkte

Dominanz und vielleicht auch in einem gewissen Maß ihren Körper brauchte. Und so begann ich, mich nach ihr zu sehnen und hoffte auf ein möglichst rasches Treffen, bei dem ich ihr nach dieser langen Durststrecke wieder allein dienen durfte.

Zum Glück ließ meine Herrin mich nicht mehr lange warten. Sie rief noch am selben Abend an und gab mir die Order, am nächsten Tag zu ihr zu kommen. Der Dresscode lautete: schwarze Lederhose mit weißem Seidenhemd. Das ließ schon einiges vermuten. Ich nahm an, dass sie mich in feinere Gesellschaft mitnehmen würde. Womöglich wäre ihr Gatte auch dabei, der sich normalerweise sehr dezent im Hintergrund hielt und ihr die uneingeschränkte Freiheit ließ, sich mit ihrem Spielzeug zu vergnügen.

Als ich ihre Worte hörte, waren im gleichen Moment meine Spannungszustände verflogen. Ich fühlte mich leicht und unbeschwert, hatte ein Lächeln auf den Lippen und die Welt war wieder bunt. Mit einer gewissen Art von Zufriedenheit machte ich es mir mit einem Buch auf der Couch gemütlich und wartete völlig gelassen auf den nächsten Abend und die Begegnung mit meiner Herrin.

***

Madame erwartete mich am nächsten Abend ausnahmsweise in der Kammer, die zwar sehr gut eingerichtet, aber eher selten verwendet wurde. Die meisten Gerätschaften in der Kammer waren Vergnügungsgeräte und keine Werkzeuge, die mich Demut lehren sollten. Sie war eine Frau mit natürlicher Dominanz und viel Fantasie und sie weckte den Wunsch in jedem devoten Sklaven, automatisch auf die Knie zu fallen. Dazu bedurfte es keines Instrumentes.

An diesem Tag hatte sie zwei der vier Kameras im Raum positioniert und die Spots auf einen Punkt in der Mitte des

Raumes gerichtet. Ich wunderte mich, dass sie nicht aufs Andreaskreuz oder auf den Gynstuhl gerichtet waren, wo üblicherweise Kurzfilme für ihr Vergnügen gedreht wurden. Mit mir hatte meine Herrin zwar erst drei Filme gedreht, aber ich war bei einigen anderen Paaren anwesend, die die Kammer gemietet und meine Unterstützung gebraucht hatten. Meine Herrin ließ auch ihr Equipment nicht gern unbeobachtet in fremden Händen. Deshalb hatte ich ein paar Mal die ehrenvolle Aufgabe, einigen Film-Sessions beizuwohnen.

Meine Herrin sah mich an und dann auf den Boden. Sofort war ich aus meinen Kleidern und stand nackt mit erigiertem Schwanz in der Mitte der Scheinwerferlichter. Ich schämte mich, ihr meine Latte entgegenstrecken zu müssen und versuchte, meine Geilheit, die ich bereits seit dem Telefonat verspürte, in den Griff zu bekommen. Doch es war vergeblich. Keiner meiner Psychotricks war stark genug, um meinen Schwanz weich und somit respektvoll werden zu lassen.

Meine Herrin trug ein glänzendes Lackkorsett mit ledernen Overknees und Lackhandschuhe, die bis zu ihren schlanken Oberarmen reichten. Die weiße Perlenkette, die sich eng um ihren Hals schlang, verlieh ihrem Äußeren eine biedere und doch glanzvolle Note. An diesem Abend war sie einen Hauch mehr, ja beinahe lasziv, geschminkt. Ich hegte den Verdacht, dass noch Gäste kommen würden.

Als die Herrin jedoch die beiden Videokameras einschaltete, war ich mir dessen nicht mehr so sicher. Sie würde doch nicht mit dem Filmen beginnen, ehe die restlichen Mitwirkenden anwesend waren ...

Umso besser, dachte ich leicht grinsend und freute mich, meine Gebieterin endlich ein paar Stunden nur für mich allein zu haben. Dass ich egoistisch war, störte mich kein bisschen.

Ich nahm, was sie mir gab und war überglücklich, wenn sie allein mit mir spielte.

Noch während ich mich freute, tippte sie mit dem Rohrstock ein paar Mal leicht auf meinen erigierten Schwanz und fragte mich, was ich mir dabei dachte, ihr meinen Schwanz entgegenzustrecken. Ich wusste genau, dass sie diese Geste für respektlos hielt, aber ich konnte nicht mehr tun, als ein verhaltenes »Entschuldigung« von mir zu geben.

Beinahe im gleichen Moment schlug sie mit dem Rohrstock auf meinen Schwanz und fauchte mich an: »Habe ich nach dem Grund deiner Erektion gefragt oder wollte ich eine Entschuldigung hören? Bist du taub oder dumm? Oder gar beides?«

Noch während des Sprechens zischte der Rohrstock drei Mal über meinen blanken Arsch und ich schrie schmerzerfüllt sowie erschrocken auf. Hämisch grinsend umrundete sie mich und schlug ein weiteres Mal auf meinen Schwanz ein, der bereits zu schrumpfen begann.

»Mich erregt diese Situation hier, Herrin«, flüsterte ich und hoffte, damit die passende Antwort gefunden zu haben. »Die Kameras und auch die Tatsache, wieder einmal eine Session nur für sie machen zu dürfen.«

»Na bitte«, meinte sie lapidar, »geht doch! Und wieso erregt dich diese Situation? Vielleicht, weil du ein notgeiler Drecksack bist? Ein kleiner Wixer, der Zehen lutscht, alte Säcke bumst und allein vom Anblick einer strengen Kammer so heiß wird, dass sein Schwanz sich aufrichtet?«

Lüstern sah sie mir in die Augen und ich war unfähig zu sprechen. Erst als mich eine schallende Ohrfeige traf, lockerte sich meine Zunge.

»Jawohl, Herrin! Ich bin ein geiler, zehenlutschender Wixer, der geil wird, wenn er Foltergeräte sieht. Verzeiht Madame!«

Sie stand nun so knapp vor mir, dass mich ihre Nasenspitze beinahe an der Wange berührte. Ein heißer Schauer überflutete meinen Körper und jeder Muskel versteifte sich. Sie hauchte mir einen flüchtigen Kuss auf die Wange, packte mich aber gleichzeitig im Nacken und drückte mich blitzschnell mit dem Kopf nach unten. Nun stand mein Arsch blank und ungeschützt in die Höhe und lud zum Schlagen ein. Ich stützte mich mit den Händen an meinen Schienbeinen ab, um Halt zu finden. Kaum waren meine Hände an meinen Beinen, sauste auch schon der erste Schlag des Rohrstocks auf mich nieder. Er biss sich tief ins Fleisch und ließ mich kurz aufstöhnen. Der zweite, dritte und vierte Schlag waren noch weniger erträglich, weil die Schläge präzise auf den ersten Striemen gesetzt wurden. Einen Moment lang dachte ich, sie wollte mir eine tiefe Rinne in den Arsch schlagen, um das Wasser des nächsten Regens ablaufen zu lassen. Dass ich diese Bestrafung verdient hatte, war mir allerdings klar und ich nahm mir vor, in Zukunft sofort zu antworten und direkt auf die Frage einzugehen.

Der achte Schlag trieb mir die Tränen in die Augen und der neunte war das absolute Limit. Gerade als ich darum bitten wollte, die Bestrafung einzustellen, hörte ich den hohlen Klang ihrer Overknees auf den Fliesen. Offensichtlich legte sie den Rohrstock zur Seite. Erleichtert atmete ich tief durch und konzentrierte mich auf weitere Geräusche. Damit konnte ich auch ein wenig den Schmerz ausblenden.

Als ich den Klang ihrer Stiefel wieder auf mich zukommen hörte, wurde mir schlagartig heiß. Ich konnte nicht zwischen meinen Beinen durchsehen und diese Ungewissheit machte mich völlig nervös. Sie stand eine kurze Zeit hinter mir, als würde sie diese Unsicherheit spüren und weidlich auskosten.

Ohne ein Wort an mich zu verschwenden, drückte sie meinen Arsch ein wenig in Richtung Boden, sodass ich die Knie beugen musste. Nun konnte ich meine Handfläche am Boden abstützen und fand somit besseren Halt. Meine Bauchmuskeln waren zwar gut trainiert, aber ewig hätten sie dieser Belastung sicherlich nicht standgehalten. Insgeheim dankte ich meiner Herrin jedoch für diesen Stellungswechsel, weil der Striemen, der sicher schon ziemlich rot und geschwollen war, dadurch entlastet wurde.

Als ich jedoch ihre Hand an meiner linken Hüfte und etwas an meiner Rosette spürte, setzte mein Herz kurz aus. Mir verschlug es den Atem, als einer der Strap-ons sich den Weg durch meine Rosette in den Arsch bahnte. Und da meine Herrin niemals zimperlich mit mir umging, drückte sie ihn bis zum Anschlag in mich. Ich spürte ihre Netzstrümpfe und auch den Rand der Korsage auf meiner Haut. Sie verweilte kurz in mir und versuchte dann, noch ein wenig tiefer in mich zu dringen. Als sie den Dildo zurückzog, musste ich mich nach vorn lehnen, um nicht das Gleichgewicht zu verlieren.

Nachdem sie noch zwei, drei Mal langsam in mich hineingestoßen hatte, wurden ihre Bewegungen rhythmischer und gleitend. Sie packte mich nun auch mit der rechten Hand an der Hüfte und ritt mich regelrecht zu. Immer schneller und heftiger stieß sie mit dem Plastikdildo in meinen Arsch, krallte sich an meinen Hüften fest und beugte sich weit über mich.

»Nun, du kleiner arschgeiler Drecksack!«, rief sie freudig aus. »Wie gefällt es dir, zugeritten zu werden?«, fragte sie in euphorischem Ton.

Die Plastikeier des Strap-ons klatschten in schnellem Rhythmus gegen die meinen und verursachten einen feinen, geilen Schmerz, der sich auf meine mittlerweile pralle Erektion auswirkte. Obwohl ich nur wenig Luft bekam, stöhnte ich kaum hörbar. Die Demütigung, die sie mir zuteilwerden ließ, entfachte in mir ein Feuer, das sich zu einem Flächenbrand auszubreiten drohte.

»Sieh in die Kamera und sag, was du bist!«, herrschte sie mich an. »Na los, sag es!«

Beschämt schloss ich die Augen, atmete tief durch und sah direkt in die Kamera, ohne die Hände vom Boden zu nehmen. Mein Körper wippte unter den Stößen leicht vor und zurück. Dennoch versuchte ich, ruhig zu sprechen, aber ich hörte mich nur mit erstickter Stimme krächzen: »Ich bin ein schwanzgeiler Drecksack, der es liebt, von seiner Herrin geritten zu werden.« Die letzten Worte waren kaum verständlich. Meine Scham ließ meine Stimme versagen.

Die Stöße in meinen Arsch wurden härter und schneller.

»Niemand kann dich verstehen! Sag es noch mal, aber dieses Mal laut und verständlich. Oder muss dich der Rohrstock wieder zum Sprechen bringen?«

»Nein, Herrin«, beeilte ich mich zu sagen. »Ich bin ein schwanzgeiler Drecksack, der es liebt, von seiner Herrin zugeritten zu werden. Ich bin ein Nichtsnutz, der seinen Arsch ficken lässt und dabei auch noch Lust empfindet. Ich bin eine kleine Schwanzhure, die es nicht anders verdient, als mit einem Plastikschwanz zugeritten zu werden.«

Meine Wangen glühten und ich hatte den Wunsch, mich in der letzten Ecke der Kammer zu verkriechen.

Der Dildo pumpte unbarmherzig in sehr schnellem Rhythmus in mich hinein und ich hatte das Gefühl, kein Mann mehr zu sein. Ich wurde hier gefickt, als wäre ich eine Straßendirne. Ich schämte mich beinahe zu Tode.

Noch während ich versuchte, meine Scham zu unterdrücken, packte die Reiterin mein Haar und zog meinen Kopf nach hinten. »Erzähl doch, was du gerade machst. Na komm, sag es schon!«

Es fiel mir schwer, mit einem Dildo im Arsch die richtigen Worte zu finden, also brabbelte ich mehr vor mich hin, als dass ich deutlich sprach.

»Meine Herrin fickt mich gerade mit einem Strap-on und ich liebe es. Ich mag es, wenn ich wie eine Frau gefickt werde. Mein Arsch ist ganz geil auf einen Dildo. Je größer er ist, desto geiler macht er mich. Und je härter ich zugeritten werde, desto tiefer möchte ich ihn in mir spüren. Ich bin eine nichtsnutzige Schlampe, die nichts anderes im Sinn hat, als ihre Arschfotze vögeln zu lassen.«

Während ich diese Worte mit dunkelrotem Gesicht in die Kamera sprach, überrollte mich die nächste heiße Welle, die aus einer Mischung aus Geilheit und Scham bestand. Beinahe im gleichen Moment überflutete mich der Orgasmus, der mich schwanken ließ und mich beinahe von den Füßen gerissen hätte. Eine mächtige Ladung weißer Lustmilch schoss aus meinem Schwanz und landete zum Teil auf den Fliesen, zum Teil auf meinen Händen und Unterschenkeln. Keuchend stand ich weiterhin in gebückter Stellung vor der Kamera und starrte stöhnend und wimmernd hinein.

Als meine Herrin sah, dass ich abgespritzt hatte, zog sie den Strap-on aus meinem Arsch und befahl mir, mich zur Seite zu drehen und niederzuknien. In Dankbarkeit fiel ich auf die Knie und drehte mich seitlich zur Kamera. Dann kam sie vor mein Gesicht und schob mir ohne Vorwarnung den Dildo zwischen die Lippen. Widerwillig öffnete ich sie und ließ den Plastikschwanz, der soeben noch meinen Hintereingang gefickt hatte, hinein. Leicht angeekelt säuberte ich das Ungetüm, indem ich einen Blow Job simulierte und schämte mich noch mehr.

Nachdem meine Herrin entschieden hatte, dass der Dildo sauber genug war, wies sie mich an, mein bereits erkaltetes Sperma vom Boden aufzulecken.

»Aber zeig der Kamera, dass es für dich ein Genuss ist, du kleiner Spermalecker!«

Gehorsam begab ich mich auf die Knie hinter die Spermalache, beugte ich mich vor und nahm den weißen Saft mit meiner Zunge von den Fliesen auf. Obwohl er nicht nur ekelhaft schmeckte, weil er bereits erkaltet war, beließ ich ihn auf meiner Zunge und streckte diese der Kamera entgegen. Dann schloss ich den Mund und schluckte ihn. Danach leckte ich noch drei Mal über die benetzte Stelle, nur um sicher zu gehen, dass ich nichts übersehen hatte.

Während ich mich ziemlich überwinden musste, amüsierte sich meine Herrin köstlich und lächelte zufrieden. Dann drehte sie die Kameras ab, wies mich an, bekleidet im Vorraum auf sie zu warten und verließ die Kammer.

Nun fiel die Anspannung, die ich während der gesamten Session hatte, von mir ab und ich verspürte eine ganz bestimmte Art von Müdigkeit, die ich sehr mochte.

Langsam legte ich mich auf den Rücken und genoss die Kühle der Fliesen. Irgendwie war ich ein wenig der Realität entrückt und versuchte nun, wieder völlig klar im Kopf zu werden. Im ersten Moment fragte ich mich, ob das Ganze wirklich stattgefunden hatte oder ob es bloß Einbildung gewesen war. Doch meine brennende Rosette sowie mein gestriemter Arsch überzeugten mich davon, dass der Ritt real war. Ich lächelte zufrieden und war wieder rundum glücklich.

Doch sogleich drängten sich mir auch die Worte, die ich in die Kamera gesprochen hatte, in den Sinn. Ich hatte mich doch tatsächlich als kleine Fickschlampe mit einer Arschfotze bezeichnet, die sich gern ficken ließ. Obwohl ich mich vor mir schämte, musste ich zugeben, dass diese Aussagen der Realität entsprachen.

Die Erkenntnis traf mich wie ein Keulenschlag und ich stand rasch auf, damit ich die Wahrheit so schnell wie möglich verjagen konnte. Zu groß war die Scham, solche Worte in den Mund genommen zu haben und das neue Bewusstsein, dass ich wirklich so war.

Ich zog meine Lederhose und mein weißes Seidenhemd wieder an, reinigte in Windeseile die Gerte sowie den Fußboden und begab mich in den Vorraum, um dort wie befohlen auf meine Herrin zu warten.

5. SpermaBad

Es dauerte nicht lange und sie kam im gleichen Outfit, das sie in der Kammer getragen hatte, in den Vorraum. Ohne ein Wort zu wechseln, verließen wir das Haus. Nun war ich ihr Chauffeur, von dem sie sich durch die Stadt fahren ließ. Sie gab eine mir unbekannte Adresse ins Navigationsgerät ein und lächelte still in sich hinein. Nach dieser Benutzung von vorhin hätte ich eigentlich schon genug an Aufregung für einen Tag gehabt und das Sitzen fiel mir nicht gerade leicht. Meine Rosette war noch sehr empfindlich und schmerzte bei jeder Veränderung der Sitzposition. Scheinbar waren der Fick mit dem Strap-on vor laufender Kamera und mein Geständnis für meine Herrin erst der Anfang des heutigen Abends. Offensichtlich war sie, im Gegensatz zu mir, noch lange nicht befriedigt. Gespannt fuhr ich somit nach den Angaben des Navigationsgerätes einem unbekannten Ziel entgegen und fragte mich, was dort auf mich warten würde.

Als die Worte »Sie haben ihr Ziel erreicht« aus dem Lautsprecher drangen, standen wir vor einem etwas heruntergekommenen Swingerclub. Ungläubig sah ich meine Herrin von der Seite an, doch sie beachtete mich nicht. Nachdem ich eingeparkt und ihr aus dem Wagen geholfen hatte, steuerte sie den Eingang des Clubs an. Sie wollte doch tatsächlich in dieses Lokal, das schon von außen so aussah, als wären dort nur Männer, die im realen Leben keine Frau abbekamen und völlig notgeil waren. Und genau so war es dann auch ...

Die rund dreißig Männer sahen allesamt so aus, als wären sie gerade von monatelanger Schiffsarbeit zurückgekehrt. Etwas schmuddelig, einige unrasiert oder ungekämmt. Einige trugen Shirts, Socken und Schuhe, nur ihr Unterleib war nackt. Nicht selten gingen diese Männer von Raum zu Raum und massierten sich den Schwanz. Ich fragte mich, wie man nur so tief sinken konnte, um in dieser Aufmachung herumzulaufen. Ich fühlte mich abgestoßen, völlig overdressed und fehl am Platz.

Als die Männer meine wunderbare Herrin sahen, strömten sie wie die Motten zum Licht und umringten sie. Jeder einzelne von ihnen rechnete sich wohl Chancen aus, sie ficken oder zumindest lecken zu dürfen. Doch meine Herrin erhob ihre Stimme und fragte in die Runde: »Wer ist auf Grund meines Inserates im Internet hier?«

So gut wie jeder hob die Hand oder rief: »Ich!«

Zufrieden sah sie die Männer an und schickte die Meute nach unten ins Spiegelzimmer. Mich nahm sie am Arm und zog mich wortlos in die Umkleidekabine, wo ich mich meiner Kleider entledigen musste. Bei jedem Knopf, den ich an meinem Hemd öffnete, kroch in mir die Vorstellung hoch, dass ich von jedem dieser unappetitlichen Männer aufgespießt werden würde. Ich war kurz davor, mich wieder anzuziehen und den Swingerclub zu verlassen. Doch ein Blick auf meine Herrin reichte aus, um mich weiter auszuziehen. Die Vernunft siegt letztendlich doch immer über die Fantasie. Aber ich nahm mir vor zu gehen, sollten sich meine Befürchtungen bewahrheiten.

Nackt und barfuß folgte ich meiner Herrin die Stufen hinab ins Spiegelzimmer, in dem schon die Meute auf uns wartete. Während wir uns einen Weg durch die Menge bahnten, wurde ich von unzähligen Händen angefasst. Die meisten versuchten, meinen Schwanz oder meinen Arsch in die Finger zu bekommen. Sie sahen mich mit lüsternen Augen an und viele von ihnen rieben bereits ihren Schwanz.

In der Mitte des Zimmers angekommen, musste ich mich auf eine schmale Bank legen, die vermutlich nur zum Sitzen gedacht war. Die Hände hatte ich hinter dem Kopf zu verschränken und die Augen offen zu halten.

Die Anweisungen, die meine Herrin den umstehenden, wixenden Herren gab, waren wie immer präzise und so formuliert, dass keine Frage offen blieb. Ihre klare, feste Stimme ließ die Menge verstummen. Alle hörten zu, keiner wagte es, ihre Worte zu stören.

»Jeder darf ihn anfassen, ansehen und anspritzen. Das Reiben des Schwanzes an seinem Körper ist erlaubt, eine Penetration nicht. Es wir ihm auch kein Schwanz in den Mund gesteckt. Wer möchte, darf ihn ablecken. Sein Schwanz ist allerdings tabu. Ich will so viel Sperma wie möglich auf seinem Körper sehen, also strengt euch an. Wer abgespritzt hat, geht nach hinten, bis er wieder so weit ist, um erneut spritzen zu können. Hält sich jemand nicht an diese Spielregeln, hat er unverzüglich und ohne Diskussion den Raum zu verlassen. Drängen, Schubsen und Stoßen ist nicht erlaubt. Jeder wird warten, bis er an der Reihe ist. Er wird keinen Schwanz melken, keinen Blow Job ausführen und er wird keine Rosetten oder Brustwarzen lecken. Ihr könnt euch an ihm aufgeilen, euren Schwanz massieren und ihn dann hemmungslos anspritzen.«

Beinahe im gleichen Moment, in dem meine Herrin ihre Anweisungen fertig ausgesprochen hatte, landeten schon die ersten Ladungen heißen Spermas auf mir. Die Männer ächzten und stöhnten, wanden sich im Orgasmus und wichsten sich die Finger wund. Manche spritzten mich von weitem an und andere mussten sich über mich beugen, um den kleinen, zähen

Tropfen Sperma, der aus ihnen herauskroch, auf meinem Körper landen zu lassen. Da sie dabei aber wild stöhnten, ging ich davon aus, dass sie auch dieses winzige Tröpfchen mit Genuss verabschiedet hatten.

Da ich die Augen nicht schließen durfte, beobachtete ich die Gesichter der Männer. Sie waren von Geilheit und Lüsternheit geprägt und ganz offensichtlich schien ich ein Objekt der Begierde für sie zu sein. Ich wurde überall angefasst und einige lutschten sogar lustvoll an meinen Zehen. Dabei dachte ich, dass Männer normalerweise nur Frauenzehen erotisch fanden. Aber wie ich sehen konnte, lag ich völlig falsch. Notgeile Männer machten scheinbar alles, um zu einem Orgasmus zu kommen, bei dem sie auch nur ein klein wenig mehr hatten, als ihre Hand und einen schmutzigen Film.

Während ich meinen Gedanken nachhing und die Leute rings um mich musterte, klatschte eine weiße Ladung nach der anderen auf meinen Körper. Es dauerte nicht lange und ich war vom Gesicht bis zu den Zehen beinahe vollständig von Sperma bedeckt. Die meisten saßen auf den Bänken und beobachteten die Letzten, die durchgehalten hatten; auch dies verschaffte ihnen noch Vergnügen.

Als die letzte Ladung auf mir gelandet und das Lustgestöhne verklungen war, bedankte sich meine Herrin bei allen Teilnehmern und lobte sie für das reichhaltige Geschenk, das sie an mir hinterlassen hatten. Die Männer dankten ihrerseits meiner Herrin und begaben sich aus dem Zimmer. Erst jetzt bemerkte ich, dass meine Herrin eine Videokamera dabei hatte, mit der sie noch immer unauffällig filmte. Mit einem Lächeln schaltete sie die Kamera aus und holte eine Digitalkamera aus ihrer Tasche, mit der sie einige Fotos schoss. Dann nahm sie neben mir Platz und betrachtete mich wie ein Kunstwerk.

Als der Spermafilm auf mir völlig getrocknet war, durfte ich aufstehen und mich wieder anziehen. Wortlos fuhren wir zu ihrem Haus, wo ich ihr aus dem Wagen half. Als ich mich verabschieden wollte, legte sie mir nahe, mich erst in vierundzwanzig Stunden zu duschen.

»Das ist ein Befehl!«, setzte sie eindringlich nach.

Als ob ich jemals eine solche Aussage als Bitte hingenommen hätte!

Ich bedankte mich für den mehr als aufregenden Abend und fuhr mit meinem Wagen nach Hause. Mit dem klebrigen Zeug an mir fühlte ich mich bereits jetzt schon völlig unwohl und beinahe meine gesamte Hautoberfläche juckte fürchterlich, seitdem wir den Swingerclub verlassen hatten.

Immer wieder musste ich das Lenkrad loslassen, um mich an allen nur erdenklichen Stellen zu kratzen. Aber durch das dicke Leder meiner Hose konnte ich mich nicht richtig kratzen. Da sie sehr eng an meinen Beinen lag, scheuerte sie bei jeder Bewegung ganz leicht und verursachte noch größeren Juckreiz. Mit der flachen Hand rieb ich so gut ich konnte, doch plötzlich juckte es mich am ganzen Körper. Sehnlichst wünschte ich mir eine Badewanne oder zumindest eine heiße Dusche, unter der ich das klebrige Zeugs von meiner Haut waschen konnte.

Zu Hause angekommen, riss ich mir sofort die Kleider vom Leib und ein sehr eigenartiger Geruch stieg mir in die Nase. Ich musste an all die Typen im Swingerclub denken, die mit ungepflegten Vollbärten, Bierbäuchen und Glatzen herumgelaufen waren und mich mit ihren sicher übel riechenden Schwänzen angespritzt hatten. Erst jetzt kam so richtig Ekel in mir auf, der aber auch etwas durchaus Geiles an sich hatte. Immerhin war ich Lustobjekt für eine ganze Schar von Männern gewesen, die allein durch meinen Anblick so geil geworden waren, dass sie sich auf mir entleeren mussten.

Ich rief mir ihre lüsternen Augen, ihre Zungen, die ständig vermehrten Speichel von ihren Lippen leckten und ihre gierigen Hände, die nach meinem Körper griffen, in Erinnerung und augenblicklich versteifte sich mein Schwanz und schrie nach Berührung. Gemütlich legte ich mich auf mein Sofa, schloss die Augen und ließ in meiner Fantasie noch mal all die Männer an meinen Körper heran und mich mit ihrem weißen Lustsaft bedecken. Je mehr heiße Pfützen in Gedanken auf mir landeten, desto schneller massierte ich meine ausgeprägte Latte. Ich war so geil, dass ich schon nach wenigen gedanklichen Szenenwechseln lustvoll auf meine Brust spritzte und auch diese Ladung auf mir trocknen ließ.

Danach legte ich mich ins Bett, ohne geduscht zu haben. Allerdings überlegte ich noch vor dem Einschlafen, welches Bettzeug ich am nächsten Morgen aufziehen würde. Eine weitere Nacht wollte ich nicht unter jener Decke verbringen, an der Reste getrockneten Spermas fremder Männer hafteten. Etwas angeekelt, aber durchaus befriedigt und müde, schlief ich schnell ein.

***

Mein erster Gedanke am nächsten Morgen war, dass es mir verboten war, mich unter die Dusche zu stellen. Durch die Bettwärme juckten die getrockneten Spermareste noch mehr, als am Abend zuvor. Dennoch wechselte ich nur die Bettwäsche und zog mir frische Kleidung an.

Den gesamten Tag über haftete allerdings der Geruch des Spermas der fremden Männer an mir und in meiner Nase. Obwohl er sehr unangenehm war und ich mich damit nicht in die Öffentlichkeit wagte, so hatte ich doch viele Stunden das geile Empfinden von diesem ganz außergewöhnlichen Event.

Danke, meine Herrin!

6. StrafEinlauf

Als zweiundzwanzig der vorgegebenen vierundzwanzig Stunden vergangen waren, rief mein Freund Michael an und lud mich ins Kino und anschließend zum Essen ein. Seine Freundin hatte mit ihm Schluss gemacht und er brauchte Männergesellschaft sowie moralische Unterstützung. Ich sagte sofort zu, ohne daran zu denken, dass es noch zwei Stunden dauern würde, bis ich das Sperma von meinem Körper abwaschen durfte. Und dann würden wir bereits auf dem Weg ins Kino sein.

Nun saß ich in der Klemme. Keinesfalls konnte ich meinen Mitmenschen meinen aktuellen Geruch zumuten, aber ich konnte Michael auch nicht seinem Kummer überlassen. Wenn ich mich beeilte, konnte ich eine erfrischende Dusche nehmen und danach weggehen. Das Sperma würde dann nur eine knappe halbe Stunde früher abgespült sein.

Mit der Ausrede, dass die ersten Spermatropfen schon mehr als eine Stunde auf mir gelandet waren, ehe ich den Vierundzwanzigstunden-Waschverbotsauftrag erhalten hatte und ich deshalb auch eine halbe Stunde früher duschen gehen konnte, nahm ich dieses Risiko auf mich. Dennoch hatte ich ein schlechtes Gewissen, wider dem Befehl meiner Herrin zu agieren.

Doch zum Nachdenken blieb nicht viel Zeit. Ich duschte und gönnte mir eine Minute des Verharrens und genoss meinen sauberen, wohlduftenden Körper. Ein Lächeln legte sich auf meine Lippen. Dann zog ich mich rasch an und raste mit dem Auto zu Michael, der bereits vor seiner Wohnung auf mich wartete. Er sah elend aus und begann, von seinem Problem zu sprechen, noch ehe er seinen Hintern in meinem Wagen hatte. Aufmerksam hörte ich zu und steuerte das Auto durch den abendlichen Stoßverkehr. Dass ich soeben Zuwiderhandlung begangen hatte, war im Moment kein Thema. Damit würde ich mich zu einem späteren Zeitpunkt auseinandersetzen oder sie vielleicht sogar komplett ignorieren. Ab und an kann man eben nicht anders, als ein klein wenig Flexibilität in der Wahrheit walten zu lassen. Also konzentrierte ich mich ganz auf die Worte Michaels und vergaß, dass ich gerade einen groben Fehltritt begangen hatte.

Aber ich hätte aus Erfahrung wissen müssen, dass meine Herrin einen siebten Sinn für meine Vergehen besaß. Zwei Minuten vor Ablauf der Frist rief sie an um sich bestätigen zu lassen, dass ich das eingetrocknete Sperma noch am Leib hatte. Als ich ihre Nummer auf dem Display sah, setzte mein Herz für einige Sekunden aus. Ein harter Schlag traf mich in den Magen und ich hatte ein mulmiges Gefühl. Jetzt war alles aus!

Als sie ihre Frage stellte, verschlug es mir die Sprache. Meine Gedanken jagten durch mein Hirn und ich überlegte panisch, ob ich lügen oder die Wahrheit sagen sollte. Doch an meiner stockenden Reaktion hatte sie bereits erkannt, dass ich mich nicht an ihre Vorgaben gehalten hatte.

Ohne meine Antwort abzuwarten, sagte sie nur: »Das hat Konsequenzen! Du kannst dich schon jetzt darauf freuen!« und legte auf. Mit dem Besetztzeichen im Ohr starrte ich endlos lange durch die Windschutzscheibe auf den sich dahinwälzenden Verkehr, ohne ihn wahrzunehmen. Erst als Michael kräftig an meiner Schulter rüttelte, registrierte ich wieder meine Umwelt.

»Was ist los?«, fragte er besorgt. »Gibt's bei dir auch schlechte Nachrichten?«

Mechanisch nickte ich.

»Oh Mann! Dann lass uns in den Supermarkt fahren und wir vergessen das Kino.«

Ohne nachzufragen, was er im Supermarkt wollte, änderte ich den Kurs und hielt auf dem großen Parkplatz vor dem Laden, der nur wenige Straßen entfernt lag. Im Markt trottete ich neben Michael her, der zwei DVDs, eine Flasche Wodka, zwei große Packungen Orangensaft, Süßigkeiten und ein paar Fertigmenüs in den Wagen legte.

Noch während des Einkaufens erzählte er mir weiter vom Streit mit seiner Freundin, doch ich konnte mich nicht darauf konzentrieren. Immer wieder schob sich die Vorstellung, dass meine Herrin mich wegen dieses Vergehens verstoßen könnte, in meine Gedanken. Reuig wollte ich jede erdenkliche Bestrafung auf mich nehmen, so lange ich in ihren göttlichen Diensten bleiben konnte.

In Michaels Wohnung angekommen, mixte ich sofort zwei Cappy-Wodka, die wir gierig in uns hineinschütteten. Jeder wollte damit seine Seelenqual ein wenig abmildern. Michael trank danach noch ein paar Gläser bis er ziemlich betrunken ins Bett torkelte. Ich nahm mir nur noch Orangensaft, um besser denken zu können und vor allem, um fit für meine Bestrafung zu sein, sollte sie bereits am folgenden Tag stattfinden.

Und so war es dann auch. Kurz vor Mitternacht bekam ich eine SMS, die mich anwies, am nächsten Tag um neunzehn Uhr in ihrem Haus zu erscheinen.

Dankbar, dass sie mich noch empfangen und nicht gleich verstoßen würde, sehnte ich den nächsten Abend herbei. Dennoch hatte ich Angst vor dieser Begegnung. Es würde schwer sein, die Bestrafung durchzustehen, das war mir klar. Dennoch war ich fest entschlossen, so lange durchzuhalten, bis sie meinte, es sei genug. Ich würde nicht abbrechen und davonlaufen. Ich würde meine gerechte Strafe wie ein Mann ertragen.

***

Nervös stand ich zum vereinbarten Zeitpunkt vor ihrer Tür und hoffte inständig, sie möge mich jetzt nur bestrafen und mir nicht sagen, dass meine Dienerschaft wegen Ungehorsamkeit beendet wäre.

Nachdem sie mich ungewöhnlich lange vor dem Haus hatte stehen lassen, öffnete sie mir die Tür und sah mich vorwurfsvoll an. Demütig senkte ich meine Lider und kaum hatte sie die Tür wieder geschlossen, fiel ich reumütig vor ihr auf die Knie und küsste ihre Stiefel.

»Ich bitte inständigst um Verzeihung, meine He...«

Doch noch ehe ich den Satz zu Ende flehen konnte, versetzte sie mir mit der Stiefelspitze einen Tritt in die Seite und ging weg. Enttäuscht rappelte ich mich hoch und legte meine Kleidung wie gewohnt ab. Die Schuldgefühle sowie die Reue lasteten so schwer auf mir, als hätte ich zweihundert Kilogramm Körpergewicht. Da sie mich jedoch nicht des Hauses verwiesen hatte, hegte ich die vage Hoffnung, dass sie mich doch noch bestrafen würde.

Für gewöhnlich wartete sie im Wohnzimmer auf mich, aber dieses Mal war es leer. Aus der Kammer hörte ich leise Stimmen und ich stellte mich vor die Tür, jederzeit griffbereit, sozusagen. Während ich wartete, lauschte ich den Stimmen und konnte zwei verschiedene Männerstimmen identifizieren. Im ersten Moment wollte ich türmen, weil ich nicht wusste, was die drei – oder waren es mehr? – mit mir anstellen würden. Aber gleichzeitig wusste ich, dass meine Herrin es niemals zulassen würde, dass mich jemand verletzte oder schlecht behandelte. Und ich war mir sicher, dass dies auch jetzt, nachdem ich sie enttäuscht hatte, noch zutraf. Ich ging davon aus, dass sie ein Bestrafungskommando für mich engagiert hatte, um sich nicht selbst die Finger schmutzig zu machen. Obwohl ich ein sehr mieses Gefühl dabei hatte, war ich dankbar. Besser von drei Typen bestraft, als entlassen zu werden. Und ich erinnerte mich an jenes Versprechen, das ich mir selbst gegeben hatte.

Aus diesem Grund blieb ich vor der Tür stehen, obwohl meine Knie weich waren, die schweißnassen Hände ziemlich zitterten und mein Schwanz vor Erregung ganz leicht steif war.

Als die Tür geöffnet und ich in die Kammer zitiert wurde, schlug mein Herz, als wäre es eine Buschtrommel. Ich rechnete jederzeit damit, dass es einen Salto schlagen und dann aussetzen würde. Doch ich atmete tief durch und stellte mich in die Mitte der Kammer. Zwei Männer sahen mich neugierig von oben bis unten an. Meine Herrin hatte sich auf dem Herrscherstuhl in eine reine Beobachtungsposition begeben.

Die zwei Männer kamen mir bekannt vor, jedoch konnte ich nicht sagen, woher. Sicher hatte ich sie im Laufe der Zeit bei einem der unzähligen SM-Events gesehen. Beide hatten eine dominante Ausstrahlung und es war mir klar, dass mit ihnen keinesfalls zu spaßen war. Einer von ihnen lehnte lässig mit verschränkten Armen an der Streckbank. Der Zweite kam auf mich zu und baute sich so knapp vor mir auf, dass ich seinen minzfrischen Atem riechen konnte.

»Hier haben wir also den kleinen Scheißer, der es wagt, die Anweisungen seiner Herrin einfach zu ignorieren. Weißt du eigentlich, wie viel wertvolle Zeit sie in dich Schlappschwanz gesteckt hat? Welchen Aufwand sie deinetwegen hatte und du unnötiges Stück Dreck hast nicht mal so viel Respekt, um ihren Anweisungen zu folgen? Was fällt dir eigentlich ein, du Nichtsnutz von einem Sklaven?« Die letzten Worte schrie er mir ins Gesicht und ich zuckte zusammen, als sein Gesicht so nahe an das meine herankam, dass seine Nase meine Wange ganz leicht berührte. Grimmig sah er mir in die Augen.

Nun wurden meine Knie so weich, dass ich fürchtete, jeden Moment zu Boden zu gehen.

Doch in diesem Moment stellte er sich zu dem anderen an die Streckbank und sah mich ebenfalls von oben bis unten abwertend an. Mein Schwanz hatte sich aus Angst ziemlich zurückgezogen, sodass nur noch zwei, drei Zentimeter von ihm zu sehen waren. Ich schämte mich, denn nun würden die Herren denken, ich hätte ein kleines Schwänzchen. Eigentlich hätte es mir egal sein können, denn hier ging es nicht um Lust und Laster, sondern um meine Bestrafung, um meine berechtigte Bestrafung, wohlbemerkt.

Noch während ich nackt in einer Mischung aus Scham und Angst schmorte, stieß sich der andere Mann von der Streckbank ab und kam mit schwerem Schritt auf mich zu. Er stieß mir zwei Finger in die Nasenlöcher und dirigierte damit meinen Körper in Richtung Plafond. Selbst als ich bereits auf Zehenspitzen stand und zu tänzeln begann, ließ der Schmerz in der Nase nicht nach. Der Mann verfügte über unheimliche Kräfte.

Aus dunklen Augen starrte er mich durchdringend an und mit einem tiefen Timbre bellte er: »Was hast du kleiner Wixer dir dabei gedacht, dich gegen die Befehle deiner Herrin aufzulehnen?«

Ich wusste zwar, dass es sich um eine rhetorische Frage handelte, beeilte mich dennoch, eine plausible Erklärung abzugeben. »Ich wollte, mein Freund, er war...«

»Was wollte dein Freund? Dir das alte Sperma der Jungs aus dem Swingerclub ablecken? Oder dir ins rosa Tütü helfen? Wen interessiert, wer was wollte?«

Er zog seine Finger aus meiner Nase und stieß mir stattdessen grob mit dem Zeigefinger gegen die Brust. »Das Einzige, das dich zu interessieren hat, sind die Wünsche, Befehle und Anordnungen deiner Herrin! Hast du das kapiert, du Wixer?«

Nun lähmte mich die Angst und ich konnte kaum noch atmen. Zu allem Überfluss spürte ich, dass es nass und heiß an meinen Innenschenkeln wurde. Beschämt senkte ich meinen Blick und sah mit Schrecken, dass sich ein paar Angsttropfen unerlaubt aus meinem Schwanz verabschiedet hatten. Angewidert vor mir selbst drehte ich mich um und wollte zur Tür hinaus, aber die Pranke des Doms packte mich unsanft an der Schulter und riss mich zurück.

»Hiergeblieben, Freundchen!«, brüllte er plötzlich. »Wir sind noch lange nicht mit dir fertig!«

Überrascht stieß ich einen gellenden Schrei aus, denn ich hatte nicht damit gerechnet, zurückgehalten zu werden. In meiner Panik hatte sich mein logisches Denkvermögen ausgeschaltet.

Ohne ein weiteres Wort zu verlieren, positionierte er mich am gleichen Platz wie zuvor und drückte meine Wangen mit seiner rechte Pranke so weit zusammen, dass sich Knutschlippen bildeten und ich nur noch durch die Nase atmen konnte. Auch er drängte sein Gesicht so dicht an das meine, dass sein heißer Atem über meine Wangen wehte.

»Wenn wir hier mit dir zu reden haben, dann hast du uns zuzuhören und das zu machen, was wir dir sagen, ist das klar?« Seine Augen hatten sich zu Schlitzen verengt und seine Stimme donnerte durch den Raum. Hilflos ruderte ich mich den

Armen, um irgendwo Halt zu finden. Doch er drückte meine Wangen noch fester zusammen und brüllte mir ein »Ob das klar ist!« entgegen.

Völlig eingeschüchtert brachte ich nicht mehr als ein leises »Jawohl, Sir!« zuwege.

Er nahm seinen Kopf ein wenig zurück und sah mich fragend an. »Was hast du da jetzt gepiepst? Bist du ein kleines Vögelchen, das sich im Nestchen versteckt und immer nur kleinlaut piepst?« Er lachte schallend über seinen eigenen Witz und der andere Mann fiel zeitgleich ein.

Unter Aufwendung all meines Mutes sah ich ihm gequält in die Augen und ließ ein halbwegs hörbares »Jawohl, Sir!« aus meinem zusammengequetschten Mund vernehmen.

Daraufhin ließ er mich los und gesellte sich wieder zu dem zweiten Mann. Er fragte ihn, was sie nun mit mir anfangen sollten, verschränkte die Hände vor seiner massiven Brust, legte einen Finger auf seine Lippen und sah zu dem Plafond.

»Ich wäre dafür, ihn zu fesseln und nackt durch die Stadt laufen zu lassen. Das wäre doch ein Spaß, oder?«

Der andere grinste und nickte zustimmend.

»Und auch angemessen!«, fügte er hinzu.

»Richtig, das wäre angemessen«, pflichtete ihm sein Kumpel bei und rieb sich hörbar die rauen Hände.

Mich jedoch überflutete ein Schauer, gepaart mit Angst und Ablehnung. In meinem Kopf überschlugen sich die Gedanken. Das konnte ich unter keinen Umständen zulassen, keinesfalls! Das wäre eine Katastrophe! Beruflich wie privat, denn man trifft so gut wie immer auf jemanden, den man kennt. Außerdem würde mich die Polizei recht rasch wegen Erregung öffentlichen Ärgernisses festnehmen. Womöglich wäre ich dann vorbestraft oder müsste ins Gefängnis.

Eine heiße Flut von Panik rollte über mich, die mich im nächsten Moment frösteln ließ. Mit weit aufgerissenen Augen starrte ich meine Herrin an, die kerzengerade auf ihrem Thron saß. Sichtlich war auch sie angespannt. Möglicherweise würde sie ihnen Einhalt gebieten und sie fortschicken. Aber mit so viel Gnade durfte ich nicht rechnen.

Die beiden Männer grinsten noch immer und kosteten meine sichtbare Panik weidlich aus. In meinem Kopf schossen die Gedanken herum und kollidierten zeitweise. Sollte ich diese Bestrafung nicht annehmen, würde ich meine Dienerschaft mit Sicherheit verlieren. Ich wollte – musste – weiterdienen und doch war es mir unmöglich, ihren Vorschlag auszuführen. Es stand dabei einfach zu viel aus dem Spiel.

Wie von selbst gaben meine Knie nach und ich landete auf dem Boden. Mit ineinander verschränkten Fingern, die ich in Kopfhöhe hielt, robbte ich auf die beiden Männer zu.

»Habt Erbarmen«, flehte ich mit Tränen in den Augen. »Das könnt ihr mir nicht antun. Bitte, ich flehe euch an. Schlagt mich, fickt mich, aber bitte schickt mich nicht nackt auf die Straße!« Verzweifelt sah ich sie von unten an.

Plötzlich lachten beide auf und wandten sich an meine Herrin. »Einen schönen Schlappschwanz hältst du dir. Dieses Weichei ist kein Mann, sondern ein Feigling. Er hat keine Cojones in der Hose. Du solltest der kleinen Pussy einen niedlichen Frauennamen verpassen und ficken.«

»Ficken! Ja, das ist eine hervorragende Idee. Einen Fick könnte ich jetzt vertragen«, rief der zweite Mann mit leuchtenden Augen, »aber einen Spezialfick, ehe wir ihn dann frisch gevögelt auf die Straße schicken, wo ihm dann auch noch unser weißer Saft aus dem Arsch läuft. Gehen wir ins Badezimmer. Komm, Isabella!«

Isabella? Wer ist Isabella?, dachte ich naiv. Als mich jedoch einer der Männer grob an den Haaren packte und in gebückter Haltung hinter sich her ins Badzimmer schleifte, wurde mir schlagartig klar, dass ich Isabella war!

Im Badezimmer drückte er meinen Kopf in Windeseile so weit nach unten, dass ich mich gerade noch mit den Handflächen auf dem Boden abstützen konnte, um einen Sturz zu verhindern. Nun musste ich in der Vierfüßlerstellung bis zur Badewanne staksen und dort stehenbleiben. Mein Arsch war hoch in die Luft gereckt und mein Schwanz baumelte zwischen den weit gespreizten Beinen nach unten. Ich fühlte mich völlig lächerlich und ausgeliefert.

Hinter mir hörte ich Wasser in die Badewanne laufen und ich fragte mich, was jetzt kommen würde. Ein Entspannungsbad würden mich die drei wohl kaum nehmen lassen.

Doch als einer der beiden mich mit den Worten »Und nun entspann dich, Isabella, es wird auch ganz bestimmt nicht wehtun!« ansprach, ahnte ich, was sie vorhatten. Aber noch ehe ich meine Gedanken ordnen konnte, hatte ich auch schon ein dickes Plastikdarmrohr in meinem Arsch.

»Wasser marsch!«, rief einer der Männer.

Und schon floss sehr warmes, ja beinahe heißes Wasser, in meinen Hintereingang. Entspannt atmete ich aus und war heilfroh, dass ich zu Hause vor dem Weggehen noch eine gründliche Darmreinigung durchgeführt hatte. Meine Herrin duldete es nicht, dass ich ihr Haus »schmutzig« aufsuchte.

Lange konnte ich das Gefühl leider nicht auskosten, denn ich hatte Angst, das Wasser würde mir aus dem Mund wieder rausschießen, weil ich mit nach unten gebeugtem Kopf dastand. Die Schwerkraft ließ sich auch in diesem Fall nicht überwinden!

Je mehr Wasser der Mann in mich laufen ließ, desto heißer wurde es. Prickelnde Panik kroch in mir hoch und mein Bauch begann erneut zu zittern. Auch mein Schwanz prickelte und mein Sack zog sich rhythmisch zusammen. Scharfe Geilheit paarte sich nun mit Angst und Schmerz. Von einem Moment auf den anderen hatte ich das dringende Bedürfnis, meinen Schwanz richtig hart zu wichsen, ihn zu quetschen und es mir so richtig geil zu besorgen. Nur mit Mühe behielt ich meine Hände auf dem Boden und ließ die beiden Männer weiterhin heißes Wasser in mich füllen.

Ich wusste nicht, wie viel von dem Nass bereits in mir war, aber ich fühlte mich völlig ausgefüllt, fast wie ein Ballon aufgetrieben und mein Bauch schmerzte. Ich hatte jetzt das sehr dringende Bedürfnis, aufs Klo zu gehen und presste deshalb meinen Arsch fest zusammen.

In der Hoffnung, mir etwas Erleichterung zu verschaffen, begann ich zu zappeln, zu ächzen, mich zu krümmen und zu winden.

Trotz all dieser Versuche blähte sich mein Bauch immer mehr auf und ich hatte in der Zwischenzeit schon das Gefühl, als wäre ich ein Überdruckkessel. Auch auf meine Bestrafer machte mein Tanz keinen Eindruck. Unbarmherzig ließen die zwei das Wasser in mich laufen und amüsierten sich wegen meines verzerrten Gesichtsausdrucks köstlich. Keuchend und Grimassen schneidend stand ich gebückt wie ein Versager da und hatte einen Wasserschlauch im Arsch. Wie tief konnte man noch sinken, fragte ich mich und versuchte, die Dehnung meines Bauches so gut wie möglich zu ignorieren.

Als meine Herrin meinte, dass nun genug Wasser in mir sei, zog der Mann den Schlauch aus meinem Arsch und ich durfte mich aufrichten. Mein Bauch stand so prall von meinem

Körper ab, als hätte ich einen Medizinball in mir. Und genauso fühlte ich mich auch.

Beide Männer befühlten meinen Bauch und waren mit dem Ergebnis sichtlich zufrieden.

»Du wirst jetzt das Wasser in dir behalten, hast du verstanden? Und wehe, du verlierst auch nur einen einzigen Tropfen!«, drohte der eine Mann und sah mich eindringend an. Sein Ton ließ mich die Backen noch fester zusammenkneifen, doch ich spürte bereits nach dieser kurzen Zeit, dass ich das Wasser nicht lange würde halten können.

Während einer sich seiner Hose entledigte, massierte der Zweite meinen Schwanz, der aber verständlicherweise nicht stehen wollte.

»Dein Schwänzchen hat wohl auch schon ausgedient, kleine Isabella!«, lachte er und schlug ein paar Mal mit der flachen Hand auf meinen Schwanz und den Sack. Das klatschende Geräusch hallte in dem großen Bad. Ich zuckte zusammen und drückte automatisch mein Becken nach hinten, damit mich der nächste Schlag nicht vollflächig treffen konnte. Ein fataler Fehler, denn in diesem Moment entspannte sich meine Rosette und ließ ein wenig Wasser nach draußen. Es bahnte sich seinen Weg über die Rundung meines Arsches weiter über die Beine bis auf den Boden. Und nun drängte das Wasser weiter aus mir heraus und ich hatte große Probleme, es zurückzuhalten. Ich zappelte und wand mich, versuchte, das Wasser mit den Händen daran zu hindern, noch mal aus meinem Arsch zu fließen. Wie in einer Slapstickkomödie lief ich im Bad umher, die Hände fest an meinen Hinterausgang gepresst und winselte wie ein kleiner Hund.

Mein Flehen und Betteln schien vor allem meiner Herrin äußersten Genuss zu bereiten, denn sie lächelte nicht nur, sie lachte herzlich. Mit großer Befriedigung blickte ich zu ihr, doch im gleichen Moment herrschte sie mich an, wieder die Vierfüßlerstellung einzunehmen. Sofort hatte ich die Hände wieder auf dem Boden, auch wenn das Wasser in meinem Bauch in dieser Stellung noch um ein Vielfaches unangenehmer war, als beim aufrechten Stehen.

Aus den Augenwinkeln nahm ich wahr, dass beide Herren die Schuhe auszogen und sich ihrer Hosen entledigten. Die Schwänze sprangen fickfreudig aus den geöffneten Slips und waren ziemlich dick, geädert und prall.

Kaum hatte ich die Schwänze registriert, bohrte sich auch schon einer davon in meine Rosette. Ich schnappte kurz nach Luft, denn meine Rosette war noch immer fest zusammengepresst. Der breite Schwanz dehnte den Muskel blitzschnell. Während der Schwanz gierig in mich pumpte, drückte der andere Mann seinen prallen Kolben zwischen meine Lippen und drang so tief ein, dass ich würgen musste. Doch das störte ihn kein bisschen, denn er sah mich nicht an. Er fickte und stöhnte, krallte sich in mein Haar, um den Kopf festzuhalten und grunzte unentwegt. Seine dicke Eichel drückte sich bei jedem einzelnen Stoß gegen meinen hinteren Gaumen und löste damit einen leichten Würgereiz aus. Schon nach wenigen Stößen schossen mir die Tränen in die Augen.

Gleichzeitig bohrte sich der andere Schwanz so heftig in meinen Arsch, dass ich dachte, hinter mir stünde ein Pferd. Von hinten und vorn gestoßen, röchelte und würgte ich einige Minuten und sah immer wieder meine Herrin an, um mir Kraft zu holen. Sie saß mit übergeschlagenen Beinen auf einem Stuhl, wippte mit dem Lackschuh und sah mich gönnerhaft an.

Ich werde mich nie mehr wieder gegen dich auflehnen und einen Befehl missachten, dachte ich gepeinigt.

Der maulfickende Schwanz war noch nicht befriedigt und auch nicht müde, weshalb ich keine Möglichkeit zum Sprechen hatte. Abgesehen davon, hätte ich keine Erlaubnis gehabt, meine Worte an die edle Herrin zu richten.

Genauso abrupt wie ich bestiegen wurde, endete der Fick in meinen Arsch. Gleich darauf zog sich auch der Schwanz aus meinem Mund zurück. Ich würgte ein paar Mal und gierte nach Luft. Keuchend und erschöpft verharrte ich in meiner Position in der Hoffnung, die Bestrafung überstanden zu haben.

Doch ich hatte mich geirrt, denn jetzt ging die Party erst richtig los! Der Maulficker setzte sich auf den breiten Rand der Badewanne und bellte mir die Order zu, mich auf seinen Schwanz zu setzen. Langsam richtete ich mich auf und überlegte, reden zu dürfen. Ich wollte meine Bedenken aussprechen, bei einem solchen Ritt eventuell Wasser zu verlieren. Bittend sah ich zu meiner Herrin und öffnete den Mund, doch noch ehe ich einen Ton von mir geben konnte, traf eine schallende Ohrfeige meine rechte Wange und gleich darauf meine linke. Ich hätte nicht vor mich hinzustarren, sondern zu gehorchen, herrschte mich der andere Mann wütend an. Langsam sollte ich das begriffen haben.

Vorsichtig, ganz vorsichtig, schlich ich mit zusammengepresstem Arsch zu dem Mann auf dem Badewannenrand. Doch sobald ich in seiner Griffnähe war, packte er meine Hüften und zog mich grob auf sich. Sein Schwanz verschwand sofort in meiner Rosette. Mit den Händen gab er mir die Geschwindigkeit vor, mit der er geritten werden wollte.

Wie befohlen, ritt ich seinen Schwanz in heftigem Tempo, verlor aber jedes Mal etwas Wasser, wenn ich mich aufrichtete. Zwanghaft presste ich meinen Arsch so fest zusammen, dass mir der Ritt heftige Schmerzen bereitete, und doch ließ sich ein

Auslaufen des Wassers nicht verhindern. Erneut kroch Panik in mir hoch. Er würde mich umgehend bestrafen, sobald er das Wasser sah.

Der Mann unter mir schien jedoch die Nässe auf seinem Schoß nicht zu bemerken. Er grunzte und stöhnte, stützte sich am hinteren Badewannenrand ab und genoss ganz sichtlich meinen Einsatz.

Mir entkam allerdings auch immer wieder ein Jammern, weil meine Rosette wie Feuer brannte und ich den Druck in meinem Bauch, der durch die raschen Bewegungen verstärkt wurde, nur noch sehr schwer ertragen konnte. Doch noch während ich mich schmerzvoll quälte, hörte ich den Mann laut und langgezogen, wenn auch sehr leise, aufstöhnen. Er packte mich fest an den Hüften und presste mich kraftvoll auf seinen Schoß. Kurz wippte er mit seinem Oberkörper, dann stieß er mich von sich. Mit geschlossenen Augen und halbsteifem nassen Schwanz kauerte er auf dem Badewannenrand und genoss sichtlich seine Befriedigung.

Ich hingegen lief wieder im Badezimmer herum und versuchte krampfhaft, das Wasser in mir zu behalten. Der Schweiß trat mir aus den Poren und ich hatte das Gefühl, als würde ein Vorschlaghammer in meinem Inneren gegen meine Rosette hämmern. Immer wieder verflüchtigte sich ein kleines Rinnsal aus mir in Richtung Boden. Still betete ich, dass keiner der drei Herrschaften es sehen würde. Die Bestrafung dafür wäre sicher fürchterlich.

Doch ich hatte ohnehin nicht sehr viel Zeit, um mich mit dieser Frage zu beschäftigen, denn kaum war der erste Dom befriedigt, packte mich auch schon der andere und steckte mir erneut den Wasserschlauch in den Arsch. Wie ein Schweinchen quiekte ich auf und versuchte, davonzulaufen. Doch sein eiserner Griff an meinem Sack ließ mich artig erdulden, was er mit mir vorhatte. Hätte ich mich bewegt, so wäre ich meinen Sack sicherlich losgewesen. Dennoch flatterte ich mit den Händen und zitterte mit den Knien, weil ich das Gefühl hatte, bereits überzulaufen.

Und genau so war es dann auch. Das Wasser, das sich in meinen ohnehin schon völlig überfüllten Darm zwängte, kam postwendend wieder heraus. Ich presste mit aller Kraft die Pobacken zusammen, doch der Fluss ließ sich nicht mehr beherrschen und auch nicht mehr stoppen. Angsterfüllt sah ich mich nach dem Mann um, damit ich eine Reaktion aus seinem Gesicht lesen konnte, noch ehe er mir dafür meine Bestrafung zukommen ließ.

Was ich jedoch sah, konnte ich kaum glauben. Der Typ hinter mir genoss diesen Wasserfall! Er jubelte entzückt auf und bohrte mir in drängendem Rhythmus den Schlauch in den Arsch, sodass das Wasser in kurz aufeinander folgenden Intervallen wieder aus mir herauskam. Der Mann stieß noch einen weiteren Freudenschrei aus und rammte mir dann unvermittelt seinen Schwanz in die Rosette. Ich war so abgefüllt, dass sogar vorn übergebeugt bei jedem Stoß ein wenig Wasser aus mir herausschwappte. Die Rinnsale schlängelten sich über meine Beine und bildeten schon nach kurzer Zeit eine Pfütze. Ich schämte mich, unkontrolliert Wasser zu lassen und betete, dass diese Demütigung bald vorbei sein würde.

Und als ob mein Stoßgebet erhört wurde, pumpte der Dom noch ein paar Mal kräftig in mich, um sich dann mit einem langgezogenen Lustschrei tief in mir zu entladen. Dicht an mich gedrängt, badete er seinen Schwanz in dem warmen Wasser.

Doch als er genug von mir hatte, stieß er mich von sich und ließ sich keuchend neben seinem Kumpel auf dem Badewannenrand nieder. Ich stand nun inmitten des Bades und konnte die Flüssigkeit um keinen Preis der Welt mehr halten. Meine Rosette war von den dicken Latten der beiden Männer ziemlich ausgedehnt und so sehr ich mich auch bemühte, das Wasser rann einfach ungehindert aus mir heraus.

Ängstlich blickte ich zu meiner Herrin, die noch immer in der gleichen Position auf dem Stuhl saß, und versuchte zu erkennen, ob sie mein Missgeschick bemerkt hatte. Und ob sie es gesehen hatte! Sie wäre nicht meine Herrin, wäre ihr dieser Fehltritt entgangen. Freudig grinste sie mit halb geschlossenen Augen und nickte mir zu. Das konnte mit Sicherheit nichts Gutes bedeuten, aber ich würde es über mich ergehen lassen. Jetzt war ich schon so weit gekommen, sodass ich auch noch den Rest der Bestrafung überstehen wollte.

Als einer der beiden Männer das Rinnsal aus meiner Rosette sah, prustete er laut los. »Hey, du bist undicht!«, rief er mir zu, »du wirst eine Windel brauchen!«

Beide lachten aus vollem Hals und ich schämte mich noch mehr. Verlegen senkte ich die Lider und sah betreten zu Boden. Ein Hitzeschwall verriet mir, dass ich ein völlig rotes Gesicht hatte. Auf der Stelle wünschte ich mich weit weg von hier, meinetwegen auch auf einen anderen Planeten. Im Moment hätte ich alles auf mich genommen, um diesem peinlichen Moment entgehen zu können.

Doch die beiden Männer standen auf und drängten mich unsanft auf die Toilettenschüssel. »Alles rauslassen!«, befahl der eine.

Mit großen Augen sah ich ihn an. »Jetzt? Vor allen?«, fragte ich ungläubig und hatte ganz vergessen, zu fragen, ob ich überhaupt reden durfte.

»Na was denkst du denn? Geh schön brav aufs Töpfchen, Isabella!« Seine zynischen Worte drangen bis in mein Innerstes und ließen mich beben. Dennoch bewahrte ich Ruhe, hielt meinen Mund und konzentrierte mich.

Die beiden starrten mich an und als sie die ersten Tropfen in die Toilette plätschern hörten, grinsten sie mich an. Ich schloss die Augen und ließ erleichtert alles raus.

»Steh auf und sieh uns an«, bellte einer der beiden.

Langsam erhob ich mein Hinterteil, spreizte die Beine und stand in leichter Hocke über der Muschel. Obwohl das Wasser aus mir drängte, war es dennoch schwierig, meine Rosette locker zu lassen. Doch schon nach wenigen Sekunden kam der lang ersehnte Schwall und ich war froh, den Druck los zu sein.

Es war allerdings sehr schwer, ihnen in die Augen zu sehen, aber ich stand es durch. Während mir das Wasser aus dem Hintereingang lief, dankte ich meiner Herrin im Stillen, dass sie nicht verlangt hatte, ihr dabei in die Augen sehen zu müssen.

7. BallSpiele

Als ich fertig war, schickten die Männer mich nackt in den hinteren Teil des Gartens, der von außen nicht einsehbar war. Unbeholfen stand ich ein paar Minuten herum und verspürte wieder den Drang, die Toilette aufsuchen zu müssen. Doch den Mut, ohne entsprechende Erlaubnis ins Haus zurückzugehen, brachte ich nicht auf – nicht nach all den Fehltritten, die ich mir bereits erlaubt hatte. Somit stand ich mit zusammengekniffenem Po auf dem Rasen und bedeckte meinen Schwanz mit den Händen, falls doch irgendwo eine Lücke im lebenden Zaun war und ein Nachbar mich sehen konnte.

Nach einigen Minuten kamen die beiden Männer in Begleitung meiner Herrin aus dem Haus. Sie trugen wieder ihre Kleidung und hatten einen großen Sack aus brauner Jute dabei. Grinsend leerten sie den Sack und zum Vorschein kamen zehn große Bälle, die allesamt prall mit Luft gefüllt waren.

Meine Herrin nahm auf der Hollywoodschaukel Platz und legte die Beine seitlich neben sich. Ein göttlicher Anblick! Und noch während ich mich an ihrem Anblick erfreute, kam einer der beiden Männer auf mich zu und wies mich an, in den Sack zu steigen. Ungläubig sah ich ihn an, aber er zog nur die Augen zu bedrohlichen Schlitzen zusammen und ich wusste, dass er den Befehl nicht zum Spaß ausgesprochen hatte.

Rasch stieg ich in den Sack und kniete mich darin nieder. Mit der Hand drückte er mich so weit nach unten, dass er das Band an der Öffnung des Sackes an meinem Hals verknoten konnte. Die Verschnürung war nicht eng und ich bekam gut Luft. Doch er war zu kurz und ich konnte nicht darin knien, weshalb ich mich auf meine Fersen setzte. Doch das gefiel dem Mann gar nicht und ich bekam eine schallende Ohrfeige verpasst. Mit roter Wange kniete ich mich so gut es ging hin und wartete darauf, was da kommen mochte.

Die beiden Männer stellten sich im Abstand von rund drei, vier Metern auf, mich hatten sie zwischen sich positioniert. Jeder von ihnen hatte ein paar Bälle hinter sich liegen und auf das Kommando meiner Herrin beschoss mich der Mann von rechts. Der Ball traf mich am Kopf und ich fiel wie ein Kegel auf der Bowlingbahn um. Zwar wollte ich mich mit den Händen abstützen, fand aber in dem engen Sack keinen Raum dafür. Mühevoll rappelte ich mich hoch und kniete mich wieder halb hin, als mich der nächste Ball von der anderen Seite auf der Schulter traf. Selbst nach dem ersten Treffer war ich nicht darauf vorbereitet gewesen und fiel wieder wie ein Stück Holz zur Seite. Die beiden prusteten und forderten mich eindringlich und lachend, auf, schneller wieder in die Grundposition zu kommen. Schließlich wären wir hier nicht im Seniorenverein.

Ab diesem Zeitpunkt hagelte es von links und rechts Schmetterbälle, die mich am ganzen Körper trafen und die vor allem im Gesicht recht schmerzhaft waren. Hin und wieder versuchte ich, den Bällen auszuweichen, doch bei diesen Versuchen fiel ich immer wieder zur Seite. Die beiden hatten mich im Beisein meiner Herrin zur Schießbudenfigur degradiert und mich völlig lächerlich gemacht.

Als sie ihren Spaß gehabt hatten, ließen sie mich frei und ich musste noch die Bälle einsammeln, ehe ich mich ankleiden durfte. Meine Herrin brachte mich gemeinsam mit den beiden zur Tür und richtete zum ersten Mal an diesem Tag ihr Wort an mich.

»Da du wie ein alter Prostatiker tröpfelst, wirst du ab sofort eine ganze Woche lang Erwachsenenwindeln tragen, aber die dicken für die Nacht! Nicht die dünnen Einlagen, die durch die Jeans nicht sichtbar sind. Und du wirst sie vierundzwanzig Stunden am Tag tragen. Sieben Tage lang. Ich werde das kontrollieren!« Damit schlug sie mir die Tür vor der Nase zu.

Gedemütigt, benutzt, geschlagen und von Henkern gefickt, schlich ich zu meinem Wagen. Die Anspannung ließ langsam nach, aber damit auch mein Muskeltonus und ich spürte, dass ich wieder ein wenig Wasser verloren hatte. So schnell es ging, stakste ich mit zusammengekniffenem Po zum Auto und ließ mich auf den Fahrersitz fallen. Mit aller Kraft presste ich die Pobacken zusammen, doch es half alles nichts. Ein Tröpfchen nach dem anderen perlte aus mir und versiegte in meiner Hose. Ich fühlte mich elend und jetzt war mir auch klar, was die Herrin mit »Prostatiker« gemeint hatte.

Noch während ich über meine Situation nachdachte, drängte das Wasser immer heftiger in Richtung Ausgang. Jetzt nur nicht nachgeben, sonst ist der ganze Sitz nass, dachte ich panisch und presste so lange weiter, bis mir der Schweiß auf der Stirn stand. Als der Drang nach rund einer Minute etwas nachließ, fuhr ich direkt zum nächsten Sanitätsfachgeschäft, um Windeln zu besorgen. Ich hatte Angst, dass meine Herrin noch am heutigen Abend ihren Befehl kontrollieren würde.

Das Geschäft befand sich in einem großen Kaufhaus und ich musste eine Weile gehen, bis ich es erreicht hatte. Immer wieder spürte ich, wie einige Tröpfchen die Poritze entlang liefen, um in meinem Slip zu versiegen. Je schneller ich ging, desto schneller kamen die Wassertropfen aus mir heraus. Da ich jedoch rasch an mein Ziel gelangen wollte, hatte ich keine andere Möglichkeit, als kräftig auszuschreiten. Ich steckte somit in einer Falle und konnte nichts dagegen tun. Allerdings hoffte ich inständig, dass die Flüssigkeit von außen nicht sichtbar wäre.

Erleichtert atmete ich auf, als ich das Sanitätsfachgeschäft von Weitem sah und beschleunigte erneut meine Schritte. Ein verstohlener Griff an den Hosenboden verriet mir, dass er nicht nass war, zumindest nicht fühlbar nass.

Die Verkäuferin zeigte mir ein paar Windeln von verschiedenen Firmen, ließ mich das Fließ fühlen und referierte über deren Saugfähigkeit. Da ich ohnehin keinen blassen Schimmer davon hatte, war es mir eigentlich egal, welche Marke ich nahm. Ich fragte nur, ob es relativ dünne Nachtwindeln gäbe. Sie bejahte und holte eine Packung von einem oberen Regal und stellte sie auf den Tresen.

»Sie können sich gern hinten im WC eine anlegen. Ihre Hose ...« Mitleidig sah sie mich an und ich hatte das Gefühl, als müsste ich sofort tot umfallen. Diese Situation war extrem erniedrigend und ich wollte nur noch weg. Aber gleichzeitig fühlte ich ein Brennen und Ziehen in der Leistengegend. Kurz darauf hatte ich einen Steifen.

Ich bedankte mich für das Entgegenkommen, murmelte etwas von einer Badewanne und holte die Geldbörse aus meiner Hosentasche. Rasch bezahlte ich die Packung und machte mich aus dem Staub. Es war schon peinlich genug, dass sie meine nasse Hose gesehen hatte. Ich wollte nicht auch noch riskieren, dass sie meinen Steifen entdeckte.

Obwohl ich mit der Plastiktasche den nassen Fleck hätte

verdecken können, stellte ich ihn jedermann zur Schau. Es war ein geiles Gefühl, nach all dem, was ich gerade durchgemacht hatte, hier noch eine zusätzliche Demütigung zu erfahren. Ich verspürte das dringende Bedürfnis, meinen Steifen zu massieren, den Sack lang zu ziehen und ihn ein wenig mit dem Rohrstock oder mit Wachs zu behandeln. Es war mir bewusst, dass ich in Zukunft noch viel härter bestraft werden würde, weil ich ein unzulänglicher, nicht perfekter Sklave war. Meine Herrin würde mich mit der Bullwhip züchtigen, mir Striemen mit der geflochtenen Peitsche auf den Leib zeichnen, meinen Arsch mit dem Paddle dunkelrot färben und mich mit dem doppelreihigen Nervenrad an den Rand des Wahnsinns treiben. Von diesen Gedanken wurde ich fürchterlich geil.

8. Domina

Im Auto angekommen, drückte ich hart gegen meinen Sack, presste durch die Hose hindurch meinen Schwanz so fest zusammen, dass mir beinahe die Luft wegblieb. Mein Körper schrie förmlich nach körperlicher Bestrafung, nach harter Züchtigung und nach einem groben Denkzettel für meine Vergehen. Selbst Hand an mich zu legen, machte in diesem Fall keinen Sinn. Ich musste fixiert und gezüchtigt werden, um meine Befriedigung zu erlangen. Geißelte ich mich selbst, kam ich nie zu jenem Gefühl, das ich in diesem Moment so dringend brauchte.

Ziellos fuhr ich in der Gegend herum, sehnsüchtig nach Schmerz und Pein. Kurz schoss mir eine Idee in den Sinn, die ich jedoch sogleich wieder verwarf. Ich konnte doch nicht zu meiner Herrin fahren, um sie um diesen Gefallen zu bitten. Sie würde mich vermutlich auslachen und mich eine ganze Woche nicht züchtigen oder benutzen. Mit dieser Bitte würde ich nur das Gegenteil erreichen.

Somit blieb mir lediglich eine einzige Möglichkeit: Der Weg zu einer professionellen Domina, die ich ab und zu besucht hatte, als ich noch keine Herrschaft hatte. Von Gier und Geilheit getrieben, suchte ich das Etablissement auf, in dem sie früher gearbeitet hatte. Das Glück war auf meiner Seite, denn sie war noch dort und hatte zufällig keinen Kunden.

Sie begrüßte mich herzlich und bat mich in den Vorraum ihres Studios.

Von diesem unsagbaren inneren Drang getrieben, riss ich meine Kleider vom Körper und stürmte in das Behandlungszimmer der Domina, ohne ihre Aufforderung einzutreten abzuwarten. Da sie noch nicht im Raum war, stellte ich mich an den Strafbock und fixierte meine Fußknöchel in den Ledermanschetten. Immer wieder warf ich einen sehnsüchtigen Blick über meine Schulter in Richtung Tür, ob die Domina kam. Doch sie ließ auf sich warten.

Mein inneres Feuer brannte lichterloh und ich sehnte den Schmerz, den wirklich intensiven Schmerz herbei wie ein Verdurstender das Wasser. Mit jeder Sekunde, die ich zu warten hatte, wurde meine Sehnsucht größer und ich war bereits so weit, mir selbst ein paar Hiebe mit dem Rohrstock zu verpassen. Doch genau in diesem Augenblick betrat sie den Raum und sah mich kopfschüttelnd an. »So eilig hast du es?«

»Ja«, stöhnte ich, »bitte schlagt mich. Jetzt. Sofort. Und schont mich nicht. Ich habe strengste Bestrafung verdient. Bitte!«

Sie war lange genug im Geschäft, um die Dringlichkeit meiner Bitte zu verstehen und innerhalb weniger Sekunden hatte sie mich straff über den hölzernen Strafbock gespannt. Meine Hände hatte sie tief unten an dessen Beinen fixiert, sodass mein Körper wie auf einer Streckbank gedehnt war. Ein Entkommen war völlig unmöglich. Allein dieses Wehrlosigkeit, diese Fixierung und auch die Erniedrigung, die diese Stellung hervorrief, befriedigten mich ein klein wenig.

Für meine Züchtigung wählte sie den selbst geschnittenen Zweig eines Haselstrauches, der im Wasser lag. Ohne ihn abzutrocknen, zog sie mir rasch hintereinander ein paar mit dem beißenden Stock über. Der Schmerz raubte mir den Atem, doch die Domina achtete nicht darauf. Fächerförmig setzte sie einen Schlag neben den anderen und verlieh mir somit eine breite Fläche des Schmerzes – und auch einen einzelnen Punkt, an dem sich der Schmerz ganz tief in mich bohrte.

Nachdem ich wieder atmen konnte, schrie ich meine Qual heraus, stieß immer wieder ein gepresstes »fuck« aus, keuchte und krallte meine Fingernägel in das Holz, an dem meine Handgelenke fixiert waren. Ohne auch nur einmal innezuhalten, ließ sie den Haselzweig hemmungslos in den Flammen meiner Haut auf dem Arsch tanzen. Heiße Wellen überfluteten meinen gestreckten Körper und mein harter Schwanz vibrierte.

Als die Domina sich vom Arsch auf den oberen Ansatz der Oberschenkel vorarbeitete, schlug sie immer wieder auf meinen Sack und ich jaulte schmerzerfüllt auf. Doch auch dies beeindruckte die Dame nicht. Ein Schlag nach dem anderen brachte mich an die Grenze meiner Belastung – bis sich eine Lawine an Endorphinen löste und mich in das Land der Glückseligkeit mitnahm.

Das Hinübergleiten in die Trance erlöste mich von den Qualen und bescherte mir einen Schauer von prickelnden Momenten, die endlos zu sein schienen. Mein Körper war nicht mehr vorhanden, die Schmerzen waren wie weggeblasen. Nur noch mein Verstand war hier, hellwach und doch weitab jeglicher Realität. Langsam schwebte ich durch ein Nichts, das ich nicht fühlen und doch als sehr angenehm genießen konnte.

Wie lange ich mich in diesem Zustand befand, konnte ich nicht sagen. Irgendwann kehrte ich in die Welt der Realität zurück und mein Körper wurde wieder spürbar. Die Domina stand neben meinem Kopf und beobachtete mich. Als ich sie mit klaren Augen ansah, löste sie meine Fesseln und führte mich zu einer Liege, auf der ich mich ausruhen konnte. Dann verließ sie sehr diskret den Raum und überließ mich meinen Gefühlen.

Ich lag noch eine geraume Zeit mit geschlossenen Augen auf der Liege und genoss die Leichtigkeit meines Seines. Mein Denken war leer, mein Körper losgelöst von Schwere. Nichts belastete mich und ich schwebte.

Als ich wieder vollkommen bei mir war und klare Gedanken fassen konnte, zog ich mich an und warf noch einen Blick auf das Foltergerät, auf dem ich zugleich Höllenqualen und tiefste Befriedigung erfahren hatte. Die leeren Fesseln wiesen glänzende Stellen meines Schweißes auf und ein weißer Fleck am Boden war der einzige Zeuge meines Orgasmus', den ich nicht gespürt hatte.

Als ich mich ins Auto setzte, loderte der brennende Schmerz der Behandlung erneut auf. Ich konnte kaum sitzen und stützte mich während der ganzen Fahrt mit dem linken Fuß am Fahrzeugrahmen ab. Musste ich die Kupplung treten, schrie ich schmerzerfüllt auf. Die Striemen, die sie mir gesetzt hatte, waren deutlich als Schwellung zu spüren. Ich vermutete auch, dass diese Striemen leicht bluten würden. Sie waren Zeugen meiner unsäglichen Gier und Geilheit.

Nach einer ewig dauernden Fahrt kam ich zu Hause an. Ich nahm die Plastiktasche mit den Windeln und ging in meine Wohnung. Dort begutachtete ich sofort meinen Arsch im Spiegel, der mir rot gestriemt und mit blauen Flecken übersät entgegenlachte. In zwei, spätestens drei Tagen würde er rötlich, violett, blau, gelb und grün sein. Die Flagge meines masochistischen Reiches.

Vorsichtig ließ ich mich auf einer Wärmflasche nieder, die ich mit Eiswasser gefüllt hatte. Ohne sie wäre das Sitzen nicht denkbar gewesen. Als ich gerade eine Position gefunden hatte, die mir ein halbwegs schmerzfreies Sitzen ermöglichte, fiel mein Blick auf die Packung Windeln, die noch ungeöffnet auf dem Tisch stand. Die Order meiner Herrin war, ab sofort für sieben Tage die Windeln ohne Unterbrechung zu tragen. Im Moment kam mir dieser Befehl sehr gelegen, denn die weiche Watte würde meinem geschundenen Po guttun.

Nachdem ich mich wieder vom Sofa hochgequält hatte, legte ich eine der Windeln an. Sie war unbequem, scheuerte leicht zwischen den Beinen und quetschte meinen Sack ein. Vorsichtig schlich ich zum Spiegel und betrachtete mich.

»Du siehst vollkommen lächerlich und abartig aus«, sagte ich halblaut zu mir selbst und drehte mich vor dem Spiegel. »Und so willst du unter die Leute gehen? Und vor allem dich deiner Herrin zeigen?«

Plötzlich bekam ich einen imaginären Fausthieb in den Magen. Meine Herrin! Sie würde kontrollieren, ob ich auch artig ihren Befehl ausführte und würde dabei meine Markierung durch die professionelle Domina sehen. Mir wurde kurz schwindlig und ich musste mich setzen.

Lange starrte ich die Wand an, ohne etwas zu sehen. Meine Gier nach Erfüllung, meine Geilheit, mein unbändiges Verlangen nach Erlösung durch den Schmerz hatten mich vollkommen vergessen lassen, dass ich Eigentum war.

Panisch jagte ein Gedanke den anderen und ich wurde zusehends nervös. Ich brauchte mir nicht einzubilden, dass ich meiner Herrin eine Lügengeschichte auftischen konnte. Dass ich von Jugendlichen verdroschen wurde oder dass ich unglücklich gestürzt und mir dadurch den blauen Po geholt hätte. Nie und nimmer würde sie mir eine solche Geschichte abkaufen – im Gegenteil! Ihr konnte ich nichts vormachen.

Eine Lüge enttarnte sie innerhalb kürzester Zeit. Sie würde mich sofort bloßstellen und mich dafür entweder entlassen oder extrem hart bestrafen. Eine zweite Chance nach dem letzten Fehltritt rechnete ich mir allerdings nicht aus. Sie würde mich vermutlich sofort aus ihren Diensten entlassen. Möglicherweise auch noch andere dominante Damen und Paare informieren, welch dreckiger Lügner ich sei. Und dann hätte ich nie mehr die Chance, von jemandem übernommen zu werden. Mein Innerstes rumorte und mein Kopf war leer. Die Schmerzen auf meinem Arsch spürte ich in diesem Augenblick nicht.

Irgendwann schlief ich im Sitzen ein und wurde frühmorgens um halb vier durch eine SMS geweckt. Verschlafen las ich die Nachricht und war sofort hellwach. Meine Herrin forderte in der gleichen Sekunde ein Handyfoto von meinem Arsch mit der Windel.

Rasch rappelte ich mich auf, ließ die Hose bis zu den Knöcheln fallen und eilte zum Spiegel. Dort vergewisserte ich mich, dass sie all die Markierungen der professionellen Domina auch wirklich abdeckte. Dann machte ich ein Bild von der Windel, das ich ihr sofort übermittelte.

Als es weg war, atmete ich auf. Die erste Hürde war geschafft. Im Moment hatte ich nichts zu fürchten, aber sie konnte mich auch jederzeit zu sich holen und mir die Windel abnehmen. Ich ging in die Küche und holte mir einen Cappuccino; an Schlaf war jetzt ohnehin nicht mehr zu denken.

Meine Gedanken wanderten natürlich sofort wieder zu meiner Herrin und zwangsläufig weiter zu meinem gestriemten Arsch. Sie würde keinesfalls verstehen, dass ich dieses Spanking gestern so dringend nötig wie einen Bissen Brot gehabt hatte. Mein inneres Feuer hätte mich verzehrt, wäre ich nicht in dieses Studio gefahren. Niemals hätte ich es gewagt, meine

Herrin um diese Gunst zu bitten. Aber im Moment war ich nicht sicher, ob ich es nicht doch hätte tun sollen. Eine Bitte war weniger verwerflich, als ein Hintergehen, ein Belügen und in diesem Fall sogar auch ein Betrügen.

Das schlechte Gewissen hatte mich gepackt und ließ mich nicht mehr los. Meine Gedanken kreisten ständig um dieses eine Thema, so sehr ich mich auch bemühte, an ein anderes zu denken. Selbst meine Arbeit konnte ich nicht richtig erledigen, weil die Konzentration auf das Projekt weg war. Immer wieder schweifte ich bereits nach wenigen Minuten ab und hatte den Betrug an meiner Gebieterin im Kopf.

***

Am Morgen des zweiten Arbeitstages meldete ich mich bei meiner Herrin krank.

Obwohl ich auch wegen dieser Lüge ein schlechtes Gewissen hatte, so ging es mir damit doch erheblich besser. Ich hatte nicht mehr die Angst, aufgedeckt zu werden und konnte meine Strafe während einer anderen Woche nachholen.

Ab sofort ging ich meiner Arbeit nach, betrachtete täglich das bunte Farbenspiel an meinem Arsch und hielt es bildlich fest. Ein wenig stolz war ich durchaus, das musste ich unumwunden zugeben. Nur zu gern hätte ich meinen bunten Orden einigen Leuten gezeigt, aber ich hatte in meinem Freundeskreis niemanden, der meine Neigung wirklich verstehen konnte. Die wenigen Freunde, die davon wussten, wollten mit Sicherheit keine derartigen Bilder sehen. Somit musste ich mein Geheimnis sowie meinen Stolz ganz allein für mich behalten.

9. Verhör

Nachdem die Spuren meines Fremdgehens nach neun Tagen endlich soweit verblasst waren, dass sie nicht mehr sichtbar waren, meldete ich mich bei meiner Herrin zum Dienst. Um nicht unangemeldet bei ihr anzurufen oder im Haus aufzutauchen, hinterließ ich ihr einen Blumenstrauß mit einer Karte an der Haustür und hoffte auf ihre baldige Reaktion; nicht ganz ohne Bangen, wie ich zugeben musste.

Schon am nächsten Tag bedankte sie sich für die Aufmerksamkeit und ich atmete auf. Sie hatte mir die Lüge abgekauft und ich saß wieder fest im Sattel. Obwohl mich doch ein klein wenig das schlechte Gewissen plagte, kam das Gefühl des Triumphes in mir hoch. Und obwohl diese Aktion eine einmalige bleiben sollte, dachte ich doch daran, welchen Fehltritt ich mir noch würde leisten können, ohne dass meine Herrin Wind davon bekommen würde. Der Gedanke war reizvoll, aber ich verbannte ihn nach kurzer Zeit wieder. Ich wollte dienen und nicht betrügen.

Noch am gleichen Tag rief meine Herrin an und beorderte mich für den kommenden Freitagabend zu sich ins Haus. Sie erklärte mir kurz, dass eine Bekannte einen Spezialwunsch hatte, für dessen Erfüllung ich der Auserwählte wäre. Sie legte auf, ohne mir die Chance zu lassen, mich für das Vertrauen zu bedanken.

Ich machte mir zwar kurz Gedanken darüber, um welchen Spezialwunsch es sich handeln könnte, gab jedoch schnell wieder auf, weil es sich um Alles und Nichts handeln konnte. Von einem harmlosen Spankingspiel bis hin zur öffentlichen Vorführung. Deshalb schob ich diesen Gedanken beiseite und versuchte, mich auf meine Arbeit zu konzentrieren, was mir aber nicht wirklich gelingen wollte.

Die zwei Tage bis zum Freitag waren lang, denn ich hatte nun seit genau zwölf Tagen keine Benutzung mehr erfahren und brannte innerlich lichterloh. Das Verlangen wurde von Stunde zu Stunde größer und ich versuchte, es mit heftigen Wichsorgien zu Hardcorefilmen in den Griff zu bekommen. Doch je mehr ich von den Filmen sah, desto unrunder wurde ich. Die lange Pause hatte mir nicht gutgetan und ich versprach mir selbst, in Zukunft sehr genau zu überlegen, ob ich mich in die Hände einer professionellen Domina begab oder besser doch wieder auf die Benutzung durch meine Herrin wartete. Die Bestrafung hatte ich mir jetzt eigentlich selbst auferlegt, indem ich mich ganze zwölf Tage nicht benutzen lassen konnte. Wie konnte ich auch nur so dumm sein und fremdgehen?!

Während ich den Freitag herbeisehnte, schweiften meine Gedanken immer wieder zu dem Spezialwunsch ab. Welchen könnte eine Frau haben, die mich nicht kennt? Früher dachte ich immer, dass Frauen harmlos in Bezug auf sexuelle Fantasien sind, doch seitdem ich Madame kannte, wusste ich, dass so mancher Mann ihr nicht einmal ansatzweise das Wasser reichen konnte. Wie sie würden wohl auch noch viele andere dominante Damen sein – und das fand ich wirklich gut.

***

Nachdem ich die zwei Tage bis zum Freitagabend mit viel Mühe hinter mich gebracht hatte, stand ich endlich vor der Haustür meiner Herrschaft. Der offene Spalt sagte mir, dass ich eintreten und die Tür schließen sollte. Auf direktem Weg begab ich mich in den kleinen Umkleideraum und zog mich aus. Da Madame keine spezielle Bekleidung für mich bereitgelegt hatte, begab ich mich nackt ins Wohnzimmer und stellte mich mit gesenktem Blick in die Mitte des Raumes. So wartete ich auf die mysteriöse Besucherin mit dem Spezialwunsch.

Das Haus war völlig ruhig, was mich ein wenig nervös machte. Es sollten doch zumindest zwei Frauen anwesend sein und wenn zwei Frauen aufeinandertrafen, kamen sie normalerweise nicht ohne Reden aus.

Ich musste schmunzeln, rief mich aber sofort zur Ordnung. Im Moment nahm ich die ganze Sache zu locker und spielte mit meiner Anstellung als Diener in diesem vortrefflichen Haus. Bei diesem Gedanken zog sich mein Schwanz zusammen und ich hielt den Atem an.

Sofort senkte ich wieder meinen Blick zu Boden und bereitete mich auf meine Benutzung vor – wie immer diese auch aussehen würde. Langsam wurde ich nervös, weil das Haus nach wie vor völlig still war, gar so, als wäre niemand anwesend. Nur das Ticken der Uhr verriet mir, dass die Zeit nicht stehengeblieben war.

Nach rund einer viertel Stunde des Wartens hatte sich die ganze Spannung, die ich seit zwei Tagen in mir getragen hatte, zu einem Großteil abgebaut. Langsam schlich sich Langeweile ein und ich sah mich im Zimmer um. Obwohl ich hier schon unzählige Male gedient hatte, war mir der große Raum in seinen Einzelheiten nicht bekannt. Zu sehr hatte ich mich auf die jeweiligen Aufgaben und Behandlungen konzentrieren müssen. Doch jetzt hatte ich Zeit, mich umzusehen.

In der hinteren Ecke stand ein schwarzes Ledersofa, daneben eine alte, schwarze Holzkiste, deren Deckel offen stand. Unwillkürlich musste ich dabei an einen Piratenschatz denken und in weiterer Folge an einen Kinofilm mit Johnny Depp. Obwohl diese Kiste überhaupt nicht außergewöhnlich aussah, zog sie mich magisch an.

Vorsichtig schlich ich zur Tür und lugte in den Gang hinaus. Es war vollkommen still und niemand war in der Nähe. Das war meine Chance, um meine Neugierde zu stillen. Rasch lief ich zu der Kiste und fand neben Handschellen und Plugs auch Schreibblöcke und Stifte vor. Wofür diese wohl gut waren, fragte ich mich, und nahm einen der Blöcke in die Hand. Leider war er leer, weshalb ich noch zwei weitere nach Aufzeichnungen untersuchte. Doch ich fand nichts.

Noch während ich in der Kiste wühlte, zog mich die Schublade des massiven Tisches gleich neben der Couch in seinen Bann. Sie lockte mich mit einem breiten, dunklen Spalt zu sich. Vorsichtig zog ich sie ein wenig auf und lugte hinein. Sehen konnte ich allerdings nichts, denn die Dunkelheit der Schublade hielt alle Gegenstände im Verborgenen.

Ich horchte ein weiteres Mal in den Gang, um mich zu vergewissern, dass ich allein war und zog die Schublade dann vollständig auf. Zu meiner Enttäuschung kamen jedoch nur alltägliche Dinge wie Scheren, Feuerzeuge, Bindfäden und Kleberollen zum Vorschein. Vorsichtig schob ich die Schublade wieder zurück, als ich noch im letzten Augenblick einen dicken Stapel Briefe entdeckte. Auf dem obersten stand in großen Buchstaben mein Name geschrieben.

Mir stockte der Atem und mein Körper versteifte sich. Erneut lauschte ich, ob sich im Haus etwas oder jemand bewegte, doch das Rauschen meines Blutes in meinen Ohren nahm mir jegliches Hörvermögen. Regungslos starrte ich auf den Briefumschlag und fragte mich, was sich wohl darin befinden mochte. Ich atmete tief durch und nahm das oberste Kuvert in die Hand. Die Lasche war nur eingeschlagen und ich fühlte, dass sich mehrere Blätter Papier darin befanden. Mit schlechtem Gewissen lugte ich erneut zur Tür. Es war niemand zu sehen, nichts und niemand zu hören.

Unentschlossen, aber hektisch, drehte ich das Kuvert in meinen Händen. Ich wollte wissen, was auf den Blättern über mich stand, hatte aber gleichzeitig Hemmungen, nachzusehen. Immerhin drang ich hier in die Privatsphäre meiner Herrin ein. Erneut lief ich zur Tür und spähte in den Gang. Nach wie vor lag er vollkommen ruhig und verlassen da. Nichts regte sich.

Nun nahm ich all meinen Mut zusammen und zog die Blätter heraus. Doch zu meiner Enttäuschung waren sie allesamt leer. Nach einem weiteren Blick in den Gang faltete ich die Bögen wieder zusammen, steckte sie zurück ins Kuvert und legte den Brief wieder an seine ursprüngliche Stelle. Dann schob ich die Schublade geräuschlos in jene Position zurück, in der ich sie vorgefunden hatte und kehrte an meinen Platz inmitten des Wohnzimmers zurück. So, als ob ich schon seit meiner Ankunft dort stehen würde, hatte ich die Lider gesenkt, die Beine leicht gespreizt und die Hände hinter dem Nacken verschränkt.

Es dauerte diesmal nicht lange, als ich Stimmen hörte. Zwei Frauen kamen offensichtlich aus dem Keller und unterhielten sich. Eine davon war meine Herrin, die andere Stimme kannte ich nicht. Rasch überprüfte ich, ob im Wohnzimmer wieder alles an seinem Platz war und straffte meinen Körper in entsprechender Position.

Ein leichter Schauer lief mir über den Rücken, als die beiden Damen den Raum betraten und hinter mir stehen blieben.

Es war, als legte sich ein kalter Schleier über meine Rückseite, sodass meine Kopfhaut sich spannte.

Doch die beiden bemerkten es nicht. Meine Herrin präsentierte mich mit den lauen Worten: »Das ist er, du kannst über ihn verfügen. Er gehört jetzt dir.« Dann nahm sie auf der schwarzen Ledercouch Platz, schlug ein Bein über das andere, nippte an ihrem Drink, den sie mitgebracht hatte, und lehnte sich entspannt zurück.

Die Unbekannte schritt langsam um mich herum, begutachtete mich, strich sanft über meinen Po, testete seine Straffheit, indem sie meine Haut an mehreren Stellen mit zwei Fingern zusammenpresste und mit einem gekonnten Griff befühlte. Sie griff zwischen meinen Beinen von hinten durch zu meinem Schwanz. Ihre Hand fühlte sich so gut darauf an, dass ich große Mühe hatte, eine Erektion zu verhindern. Eine solche wäre ein völlig indiskutables Verhalten gewesen und hätte mir mit Sicherheit eine Bestrafung eingebracht. Doch im Laufe der Zeit hatte mir meine Herrin auf teils sehr eindringliche Weise beigebracht, wie und vor allem wann, ich mich zu beherrschen hatte.

Nachdem mich die Lady noch zwei weitere Male umrundet und angefasst hatte, beendete sie die Begutachtung. Ich fühlte mich ein bisschen wie einst auf der Auktion, auf der mich meine Herrin erworben hatte– bloßgestellt und auf seinen Wert geprüft.

Meine Herrin hatte inzwischen einen Sessel in die Mitte des Raumes gestellt, auf den mich die fremde Lady recht unsanft stieß. Mit strengem Ton wies sie mich an, die Unterarme auf die Lehnen und die Beine gespreizt an die hinteren Stuhlbeine zu legen. Mit geschickten Griffen fesselte sie meine Knöchel straff nach hinten, sodass mein Schwanz frei zugänglich war. Die Unterarme fixierte sie mit einem groben Seil an den Lehnen, den Oberkörper so straff an der Rückenlehne, sodass ich mich kaum noch bewegen konnte. Sie umrundete mich ein weiteres Mal, was mich ziemlich nervös machte. Sie hatte einen so eisigen Blick, der mir ganz und gar nicht geheuer war. Als ich in ihre Augen sah, regte sich in mir das Bedürfnis, aufzustehen und zu gehen. Doch ich war gefesselt und dieser Frau völlig ausgeliefert.

Als sie vor mir stehen blieb, schloss ich die Augen und hoffte, dass sie sich von mir entfernen würde. Ihre Nähe empfand ich körperlich als unangenehm. Hier schien die Chemie überhaupt nicht stimmig zu sein. Ich hatte das Gefühl, als würden sich zwei Magnete abstoßen. Und ich dachte auch, dass sie diese Energie ebenfalls spüren und daraufhin die ganze Aktion abbrechen müsste.

Doch sie packte nur mein Haar und riss meinen Kopf unsanft nach oben, sodass ich ihr geradewegs in die Augen sehen musste. Mit der anderen Hand drückte sie so unsanft meine Wangen zusammen, dass ich meinen Mund weit öffnete, um dem Schmerz zu entgehen. Und noch während ich den Mund widerwillig öffnete, schob sie ihren Kopf genau über mein Gesicht. Ein stechender Blick traf mich. Dann umspielte die Andeutung eines Lächelns ihre schmalen Lippen, die sich langsam öffneten und einen dünnen Speichelfaden durchließen. Er folgte der Schwerkraft nach unten und verschwand in meiner Mundhöhle. Genussvoll sah sie dabei zu, wie er auf meine Zunge traf und von dort aus in Richtung Kehlkopf floss.

Ich schmeckte Zigarettenrauch und mir wurde leicht übel. Mit großen Augen starrte ich sie an, wollte sie bitten, damit aufzuhören, doch sie drückte weiterhin meinen Mund auf und zog meinen Kopf an den Haaren nach hinten. Ich war in ihrem eisernen Griff gefangen und ihr völlig ausgeliefert.

»Na, wie schmeckt dir das, Kleiner?«, fragte sie zynisch und ließ einen weiteren Speichelfaden in meinen Mund tropfen. Langsam vermischte sich ihr Speichel mit meinem und ich musste schlucken, obwohl ich ihn abscheulich fand. Doch in dieser Position war es mir unmöglich, diese grauenhafte Mischung hinunterzuschlucken. Mein Hals war völlig überstreckt und ich konnte nur durch die Nase atmen.

Als ob sie mein Bedürfnis riechen konnte, lachte sie und fragte: »Wieso schluckst du denn mein edles Spitting nicht runter? Ist es dir so viel wert, dass du es so lange wie möglich in deinem Sklavenmaul behalten willst? Willst du es als wertvolles Erinnerungsstück an mich aufbewahren?«

Sie lachte dumpf, schickte einen weiteren Speichelfaden auf die Reise, den sie auf meiner Oberlippe platzierte. Von dort aus zog er sich langsam und schon etwas abgekühlt in meinen Mund. Währenddessen hob sie ihren Kopf ein wenig an und sah zu, wie sich auch der dritte Faden auf meiner Zunge verlor. Dann grinste sie zufrieden und ließ mich los. Dankbar neigte ich meinen Kopf zur Brust und noch ehe ich richtig durchgeatmet hatte, schluckte ich die grauenvolle Mischung.

Währenddessen musste ich meine Gedanken auf ihre Brüste, die ziemlich üppig für ihre doch eher schlanke Figur waren, lenken. Ohne dieses geistige Hilfsmittel hätte ich den Schluckakt nicht geschafft.

»Was hast du denn gemacht, während du auf uns gewartet hast?«, fragte sie lächelnd und schien sich eine ganz konkrete Antwort zu erwarten. Mir wurde heiß und ich wusste nicht, ob ich die Wahrheit sagen oder lügen sollte. Doch für lange Überlegungen blieb keine Zeit, denn schon wenige Sekunden nach der Fragestellung bekam ich eine schallende Ohrfeige, die meinen Kopf nach rechts schleuderte.

»Wenn ich dir eine Frage stelle, dann hast du gefälligst sofort zu antworten!«, keifte sie mich an und verpasste mir einen weiteren Schlag ins Gesicht.

Beide Wangen brannten. Die Röte auf meinen Wangen war deutlich zu spüren.

Völlig perplex gab ich ein »Jawohl, Madame«, von mir und schickte ein »Ich habe nur gewartet, ob Sie noch etwas zu sagen hatten, Madame!« hinterher. Im gleichen Moment bedauerte ich meine Lüge, denn ich war mir ziemlich sicher, dass es eine Falle war, in die ich getappt war. Doch jetzt konnte ich meine Aussage nicht mehr revidieren und musste damit rechnen, als Lügner entlarven zu werden. Dementsprechend hatte ich dann natürlich mit einer Bestrafung zu rechnen. Doch wie diese ausfallen würde, konnte ich nicht ahnen. Schließlich kannte ich diese Frau nicht, und ich hatte zugegebenerweise auch nicht das Bedürfnis, sie näher kennenzulernen. Allzu zimperlich war sie jedenfalls nicht, das hatte ich bereits festgestellt.

Gespielt verärgert verschränkte sie die Arme vor der Brust und schob ihr Becken vor. »Du willst mir also tatsächlich erzählen, dass du nur dagestanden und auf uns gewartet hast? Willst du mir das wirklich weismachen?«

Beschämt senkte ich den Blick und log weiter. »Ja, Madame, das habe ich.«

Sie lachte kurz und verächtlich auf. Dann packte sie mich erneut an den Haaren und zog meinen Kopf so weit nach hinten, dass ich ihr in die Augen sehen musste. »Ich glaube, wir müssen deinem Gedächtnis ein bisschen nachhelfen. Anscheinend vergisst du schon ziemlich vieles. Aber ich habe meine Methoden, um dich wieder zu erinnern zu lassen.«

Bei diesen Worten durchzuckte ein Blitz meinen Schwanz, der sich bis in die Oberschenkel fortsetzte. Die Angst, die ich in diesem Augenblick verspürte, machte mich unsagbar geil und ich hatte erneut große Mühe, eine Erektion zu verhindern.

Sie griff rasch in ihre Handtasche und zauberte einen Stahlring, der an der Innenseite mit Dornen besetzt war, heraus. Mit nur einer Handbewegung hatte sie ihn über meine Eichel gestülpt und mit dem Schlüssel so eng angezogen, dass sich die Dornen etwas in das weiche Fleisch gruben. Schmerzen hatte ich allerdings noch keine, doch ich befürchtete, dass ich welche bekommen würde. Und diese Angst wirkte sich wie üblich auf meinen Schwanz aus. Machtlos musste ich mit ansehen, wie er dicker und größer wurde. Nun bohrten sich die Stahldornen schon tiefer in den Eichelkranz, denn der Ring war mittlerweile viel zu eng geworden.

Die Lady lächelte und verpasste mir zwei Ohrfeigen. »Du verdammter Lügner!«, brüllte sie mich an. »Was hast du getan, als du auf uns gewartet hast?«

Ihre Worte bohrten sich wie Pfeile in meinen Körper und ließen meine Latte noch mehr anschwellen. In diesem Moment hatte ich das Gefühl, als würde mir der Eichelring meine kostbare Spitze wie eine Guillotine abschneiden.

Wie ein Fisch an Land begann ich, an meinen Fesseln zu zerren, doch sie hielten mich fest auf dem Sessel fixiert. Mit wippenden Bewegungen des Bauches versuchte ich, den schmerzenden Ring loszuwerden, doch er blieb, wo er war. Und meine Eichel präsentierte sich bereits in hellem violett.

»Was du getan hast, möchte ich wissen, du kleiner Drecksack!«, brüllte sie mich erneut an und ich wurde mir ihrer Anwesenheit wieder bewusst.

»Ich habe auf Sie gewartet, verehrte Mistress«, versuchte ich zu beteuern. Mit treuherzigem Blick sah ich ihr in die Augen. Doch bei dieser Frau war es ein sinnloses Unterfangen, damit

Milde zu erreichen.

Noch ehe ich etwas Weiteres sagen konnte, holte sie aus ihrer Tasche, die keinen Boden zu haben schien, ein »Tens«-Gerät und schloss die beiden Elektroden an meinen Brustwarzen an.

»Nein!«, schrie ich auf. »Nein! Bitte nicht! Keinen Strom, bitte!« Nun winselte ich wie ein kleines Hündchen. Aber damit erntete ich nur ein zufriedenes Lächeln sowie einen zynischen Blick. Ohne mein Flehen anzuhören, ließ sie Strom durch meine Brustwarzen fließen. Sie kribbelten, als würden tausend Ameisen auf ihnen laufen.

Nun hatte mich die Panik völlig im Griff. Ich warf den Kopf von einer Seite zur anderen, ließ meine Schultern hektisch kreisen, als hätte ich Flügel, mit denen ich davonfliegen konnte. Wie von Sinnen zerrte ich erneut an meinen Fesseln und startete den sinnlosen Versuch, die Klemmen wegschleudern zu können.

Während ich in meiner Panik kämpfte, pulsierte mein Schwanz in dem Eichelring. Die Spitze war mittlerweile sehr dunkel verfärbt. Bei diesem Anblick schoss pures Adrenalin durch meinen Körper, das sich anfühlte, als würden eisige Nadeln in meiner Haut stecken.

»Ich frage dich zum letzten Mal, was du allein im Wohnzimmer getan hast«, sagte die Lady nun etwas leiser. Um ihren Worten mehr Ausdruck zu verleihen, benutzte sie nicht nur ihre Stimme, sondern auch das »Tens«-Gerät, das sie um eine Stufe höher schaltete. Das Kribbeln in den Brustwarzen verstärkte sich zu winzigen Schlägen.

Sie wird mich bei lebendigem Leib rösten, dachte ich verzweifelt.

»Ich habe in der Kiste und in der Schublade gewühlt!«, gestand ich lautstark. »Ich habe in den Sachen meiner Herrin gewühlt und einen Umschlag geöffnet, auf dem mein Name stand. Es tut mir leid. Es tut mir ja so leid!«

Tränen schossen mir in die Augen und im selben Augenblick pulsierte mein Schwanz wie bei einem Orgasmus – nur hatte ich keinen. Ich bettelte und flehte und erst, als ich die Lady mit tränennassen Augen ansah, wusste ich, dass es vorbei war. Der Strom floss nicht mehr und sie war dabei, mir den Penisring abzunehmen. Dann löste sie die Fesseln und verließ wortlos den Raum.

Meine Herrin erhob sich vom Sofa. »Du warst gut. Wirklich gut. Ein solches Verhör hatte sie sich gewünscht. Dennoch wirst du bestraft. Du hast noch genau zwanzig Minuten, um dich auszuruhen und zu duschen. Dann legst du an, was im Umkleidezimmer für dich bereit liegt.«

Mit diesen Worten verließ sie das Wohnzimmer und ließ mich allein.

Einerseits war ich völlig erschöpft, andererseits glühte mein Körper vor Stolz und Geilheit. Ein solches Lob zu hören, war wohl das Schönste, das ich mir wünschen konnte. Dafür hatte sich diese Folter gelohnt.

10. MassenFick

Mit einer Ledermaske auf dem Kopf, die mein Gesicht vollkommen bedeckte, setzte ich mich auf die Rückbank des Wagens meiner Herrin, auf dem Beifahrersitz saß die Madame. Ich wurde nun meiner gerechten Bestrafung für das Eindringen in die Privatsphäre meiner Herrin zugeführt. Obwohl ich schon längst zutiefst bereute, was ich getan hatte, bettelte ich nicht mehr um Gnade. Langsam sollte ich lernen, dass Fehltritte Konsequenzen nach sich ziehen ... Dass diese Konsequenzen natürlich nicht angenehm waren, lag auf der Hand.

Das Halsband war ein wenig zu eng, aber es erinnerte mich bei jedem Atemzug daran, wer, beziehungsweise, was ich war: ein nichtsnutziger Hund. Aber ich war der Hund meiner Herrschaft und das bedeutete mir alles!

Nachdem wir ein Stück gefahren waren, hielt meine Herrin an einem Waldrand, an dem bereits einige andere Autos parkten. Beide Herrschaften legten schwarze Augenmasken an, kontrollierten deren Sitz im Spiegel und stiegen aus. Die Madame nahm meine Leine in die Hand und durch ein kaum sichtbares Kopfnicken zur Seite befahl sie mir wortlos, aus dem Wagen zu springen. Artig trottete ich eine halbe Schrittlänge hinter ihr her. Nach nur wenigen Metern durchquerten wir eine kleine Baumgruppe, hinter der sich eine ganze Menge von Leuten befand. Die meisten von ihnen standen mit dem

Rücken zu uns und beobachteten ein Szenario, das von meiner Position aus nicht ersichtlich war.

Meine Herrin suchte jemanden, fand ihn offensichtlich und bahnte sich den Weg durch die Menge. Nach nur wenigen Augenblicken war sie wieder bei uns und sprach so leise mit Madame, dass ich es nicht verstehen konnte. Sie allerdings lächelte, straffte die Leine und verschaffte sich durch sanfte, gezielte Schläge mit der Gerte einen Durchgang durch die dichte Menge.

In der ersten Reihe angekommen, sah ich nun endlich, worauf die Menge die ganze Zeit gestarrt hatte. Zwei junge Frauen knieten nackt auf dem Boden, die Hände und die Köpfe steckten in einem Pranger. Sie wurden gerade von zwei ebenfalls nackten Männern gefickt. Viele der Umstehenden hatten einen bereits befriedigten Gesichtsausdruck, andere rieben heftig an ihren Schwänzen oder ließen sie von Männern und Frauen blasen.

Kurz nachdem ich das Szenario überblickt hatte, stieß einer der Akteure in der Mitte noch ein paar Mal kräftig zu. Dann stöhnte er, zog seinen Kolben aus der Delinquentin und ließ ihn sich von einem daneben knienden Sub sauberlecken. Kaum war die junge Frau nicht mehr besetzt, kniete auch schon der Nächste hinter ihr und begann, heftig in sie zu pumpen. Gleich darauf wechselte auch der Stecher der anderen Frau. Soweit ich das beurteilen konnte, waren die beiden Frauen zum Abficken freigegeben worden. Ob es nun ein Gefallen an die Herrschaft oder eine Strafmaßnahme war, vermochte ich nicht zu beurteilen. Jedenfalls sahen die beiden schon ziemlich erschöpft aus, was darauf schließen ließ, dass sie schon einen längeren Zeitraum hier kniend verbracht haben mussten. Wahrscheinlich hatte jede von ihnen bereits unzählige Stecher in sich gehabt.

Aber sie taten mir nicht leid. Eigentlich weidete ich mich an ihren Qualen und bekam einen Ständer. Ich sah der Dunkelhaarigen fest in die Augen, als sie vom nächsten Kerl bestiegen wurde. Sie zog ihr Gesicht gequält zusammen und ballte die Hände zu Fäusten.

Ja, dachte ich, *das sieht geil aus!*

Mein Schwanz richtete sich zur vollen Größe auf und pulsierte hart.

Meine Herrin sah ihn amüsiert an, tätschelte meinen Kopf und sagte wohlwollend: »Da wird mein kleiner Wuffi geil, nicht wahr?«

Ich sah sie treu ergeben an und hechelte mit leicht offenem Mund. Sie beugte sich ein wenig zu mir herunter und drückte mir ein Kondom in die Hand. »Wir gehen jetzt da rüber. Du fickst die Rothaarige, aber nur in den Arsch. Ihre Muschi ist tabu, hast du verstanden?«

An der Leine führte sie mich direkt zu den Prangern, wo die beiden Sklavinnen gerade von zwei Typen genommen wurden. Ich war allein vom Anblick der beiden in ihrer Pein so geil geworden, dass ich es nicht nötig hatte, mir den Schwanz hochblasen zu lassen.

Als der Stecher vor mir fertig war, zog mich meine Herrin an der Leine auf die Beine. Wie befohlen drückte ich meinen Schwanz an die Rosette der Rothaarigen, drang bis zum Anschlag ein und begann sofort, rhythmisch in sie zu pumpen. Das Halsband legte sich nun noch enger um meinen Hals und nahm mir ein wenig die Luft. Zusätzlich hielt meine Herrin die Leine sehr kurz, sodass ich in meiner Gier, mir immer wieder selbst die Luft abdrückte. Schwer atmend fickte ich den Arsch in einem steilen Winkel, was mir besonderes Vergnügen bereitete, denn ich wusste aus eigener Erfahrung, dass diese Position ziemlich geile Schmerzen verursachte.

Ich zog absichtlich an der Leine und bescherte mir auf diese Art mehr von der Atemreduktion. Der leichte Sauerstoffmangel wirkte sich in Verbindung mit dem geilen Treiben wie ein Aphrodisiakum auf mich aus. Innerhalb weniger Sekunden kochte mein Blut und ich hatte das Gefühl, als würde ich explodieren. Als ich unter lautem Stöhnen eine volle Ladung heißen Spermas aus mir schleuderte, war ich kurz vor einer Ohnmacht. Der Höhepunkt war gewaltig und ich kippte beinahe um. Doch meine Herrin zerrte mich an der Leine auf den Boden und ließ mich zwei Meter neben dem Geschehen im Gras wieder zu Atem kommen.

Ich lag wie eine weggeworfene Stoffpuppe inmitten der Menschen und war doch in einer anderen Dimension. Sanfte Lichtblitze tauchten vor meinen Augen auf und verschwanden wieder in der Dunkelheit. Grelle Feuerbälle rollten über mich hinweg und bunte Lichtkugeln kollidierten in meinem Gehirn. Es war ein Schauspiel, das ich noch nie erlebt hatte. Kein Feuerwerk der Welt konnte so anreizend wie dieses Lichtspiel sein.

Irgendwann zerrte mich meine Herrin jedoch wieder am Halsband in eine sitzende Position und sah mich streng an. »Auf zur nächsten Runde! Jetzt fickst du die Dunkelhaarige. Aber auch nur in den Arsch. Ihre Pussy ist ebenfalls eine Tabuzone.«

Meine Herrin dachte offensichtlich nicht im Traum daran, mich hochblasen zu lassen, denn sie steuerte direkt den Pranger an. Da ich jedoch nicht behaupten konnte, wieder fit für den nächsten Fick zu sein, konzentrierte ich mich auf das erschöpfte, gequälte Gesicht der Delinquentin. Erneut sah ich, wie sich ihre Hände zu Fäusten ballten und ich stellte mir vor, wie sich ihr ganzer Körper verspannte und in ihrem Kopf nur noch flehentliche Worte kreisten, die auszusprechen ihr verboten waren. Ich ergötzte mich an ihrer bereits rot gescheuerten Rosette und stellte mir vor, dass sie noch tagelang eine Schwellung haben würde.

Sofort verwandelte sich mein schlaffer Kümmerling in einen prallen Speer und keine halbe Minute später steckte er im Arsch der jungen Sub. Die Rosette war von den unzähligen Nummern zuvor schon relativ weit gedehnt, aber doch noch eng genug für meinen dicken Freund, um einen guten Fick haben zu können. Dennoch wollte ich diese Situation nutzen, um mir noch mehr Vergnügen zu bereiten. So häufig hatte ich nun auch wieder nicht die Gelegenheit, mich an einer Sklavin zu befriedigen.

Mit beiden Händen drückte ich ihren Arsch so fest zusammen, dass ich das Gefühl hatte, mein Schwanz würde in einer Jungfrau stecken. Das Mädel stöhnte auf, wimmerte ein wenig und versuchte vorsichtig, ihren Arsch aus meinen Händen zu bekommen. Sie wand sich leicht unter dem Druck, was meine Geilheit so richtig anheizte. Ich hatte meinen Rhythmus gefunden, drückte die weichen Backen immer mehr zusammen und fickte mich gerade in den siebten Himmel, als mich etliche Stakkatohiebe mit einer Gerte unvermittelt auf den Arsch und den Rücken trafen.

Erschrocken stieß ich einen Schrei aus und zog damit die Aufmerksamkeit der Gäste auf mich. Alle Anwesenden starrten mich an und ich hielt inmitten eines Stoßes inne. Ich hatte vergessen, dass ich selbst nur Sklave war und hier nicht zu meinem eigenen Vergnügen, sondern zum Vergnügen des Besitzers der Sklavin war. Meine Herrin machte mich jedoch ziemlich schlagkräftig darauf aufmerksam.

Ich kapierte sofort und ordnete mich wieder unter. Gehorsam bearbeitete ich den Arsch der Sklavin im Pranger und spritzte recht bald ab. Kaum war ich fertig, zog mich meine Herrin am Halsband ruckartig nach hinten, sodass ich auf den Rücken fiel und mein steifer Schwanz gerade in die Höhe zeigte. Das Kondom war nur noch zur Hälfte auf ihm und hing traurig herab.

Kopfschüttelnd stieß meine Herrin mit der Stiefelspitze dagegen und lachte laut auf. Nun starrten mich alle an und ich wäre am liebsten davongelaufen. Sie bohrten ihre Blicke in meinen Schwanz und in meine Augen. Die beiden Sklavinnen waren vergessen. Meine Herrin hatte mich soeben zum Mittelpunkt des Interesses gemacht.

Neugierig sah sie sich um und ein leises Lächeln huschte über ihre Lippen. Scheinbar genoss sie es, im Rampenlicht zu stehen.

»Hoch mit dir!«, herrschte sie mich an und zog kräftig an der Leine, sodass ich beinahe im selben Augenblick neben ihr stand. Ohne jedes weitere Wort zerrte sie mich neben die beiden Fickstuten, die mich mit großen Augen ansahen.

Ein weiterer Zug an der Leine ließ mich auf die Knie gehen. Mein Schwanz war bereits vollkommen in sich zusammengesackt, hatte jedoch noch das Kondom an sich hängen. Ich kam mir damit so lächerlich vor, wagte jedoch nicht, es abzustreifen.

»Meine Herren, bitte bedienen sie sich! Die Lady hier ist bereit.« Meine Herrin unterstrich ihre Aufforderung mit einer einladenden Geste. Sie lächelte und fügte noch hinzu, dass der kleine Drecksklave hier am Boden ebenfalls oral und anal gleichzeitig genommen werden durfte, keinesfalls vaginal. Allgemeines Gelächter ertönte und ich hörte sogar, dass jemand Beifall klatschte. Diese öffentliche Demütigung traf mich wie ein Fausthieb und ich sackte in mir zusammen.

Die anwesenden Männer allerdings ließen sich nicht ein zweites Mal auffordern, sondern eilten herbei, um mir ihre pralle Männlichkeit in den Mund sowie in den Hintereingang zu schieben. Und auch die Mädchen wurden wieder bestiegen. Einer nach dem anderen schob uns dreien unablässig einen Schwanz in die Rosette und zu unserem Leidwesen kamen immer neue Gäste hinzu.

Da die meisten Männer ohne Begleitung unterwegs waren, ging ich davon aus, dass dieser Gangbang in einem oder mehreren einschlägigen Foren angekündigt worden war. Notgeile Typen gibt es in solchen Foren immer und in großer Anzahl. Ihnen ist es dann auch egal, ob sie bei einem Frauen- oder Männerarsch andocken durften. Hauptsache, sie konnten ihr Vögelchen wieder einmal kostenlos versenken.

Nach rund einer Stunde der Dauerbenutzung fühlte sich meine Rosette an, als wäre sie ein Feuerring und ich wünschte, ich konnte sie mit einem kalten Sitzbad abkühlen. Doch soweit ich sehen konnte, waren noch unzählige Männer vor Ort, die über ausreichend Potenz und Geilheit verfügten, um uns noch eine Zeitlang zu beschäftigen.

Vorsichtig lugte ich zu den beiden Mädchen hinüber. Sie sahen ebenfalls schon sehr mitgenommen und erschöpft aus. Die Dunkelhaarige hing nur noch in ihrem Pranger und hatte die Augen geschlossen. Ich nahm an, dass das ihr erster Bestrafungsgangbang war. Aber sie würde sich daran gewöhnen, denn diese Art der Bestrafung war bei den meisten Haltern von Sklavinnen sehr beliebt. Bei solchen Events konnte es schon vorkommen, dass sich dreißig bis vierzig Männer an einer Frau zwei bis drei Mal befriedigten. Manche waren natürlich schon nach dem ersten Schuss nicht mehr einsatzfähig, aber diese gab es eher in der Minderheit. Und wenn man es nicht gewohnt war, so oft gefickt zu werden, konnte das ganz schön anstrengend sein. Aber da musste man eben durch. Es gab weitaus Schlimmeres.

Trotz allem hoffte ich nun auch, die Männer sollten allesamt befriedigt sein und nach Hause gehen. Die Doggystellung war anstrengend und bereitete mir schmerzende Knie sowie schmerzende Handflächen. Und auch meine Muskeln rund um den Mund brannten überanstrengt. So viele Kerle hatte ich noch nie hintereinander geblasen. Außerdem war der Geschmack der vielen Gummis echt grauenvoll. Ich hätte eine Mundspülung oder einen Bissen Essen gut vertragen können.

Doch das Event sollte noch eine knappe Stunde andauern. Wir drei waren völlig fertig und ich dachte daran, aus welchem Grund ich eigentlich gekommen war: um zu ficken und nicht, um gefickt zu werden. Aber so schnell konnte sich das Blatt wenden. Meine Herrin war sehr launisch und ich hatte mich ihren schnell wechselnden Gelüsten zu unterwerfen.

Als sie mich an diesem Tag aus ihren Diensten entließ, konnte ich kaum noch gehen. Meine Rosette brannte und ich stakste breitspurig die Straße entlang. Hätte die Sonne von hinten auf mich geschienen, hätte ich einen Schatten wie Lucky Luke geworfen.

11. Mutter zu Besuch

Die Strecke bis zu meinem Wagen war eine Qual, und ich wusste nicht, was auf mich zukommen würde, wenn ich die Kupplung betätigte. Das Anheben des Beins verursachte höllische Schmerzen in meinem gedehnten Hintereingang. Soweit ich konnte, verzichtete ich darauf, die Gänge zu wechseln und überlegte kurz, ob ich mir nicht einen Automatikwagen zulegen sollte.

Nach scheinbar endloser Fahrt kam ich zu Hause an und schlurfte direkt ins Badezimmer. Vor dem großen Spiegel ließ ich meine Hose fallen, bückte mich und zog meine blassen Backen auseinander. Was sich zwischen ihnen auftat, ähnelte dem ausbrechenden Vulkan Ätna auf Sizilien. Die Spalte war dunkelrot, die Rosette zu einem vulkanähnlichen Gebilde aufgetrieben. Schon allein der Anblick ließ mich noch mehr jammern und leiden.

Langsamen Schrittes ging ich in die Küche und holte mir einen Eisbeutel aus der Tiefkühltruhe, den ich früher für meine Knie- und Knöchelschwellungen nach dem Fußballspielen benutzt hatte. Vorsichtig legte ich ihn auf meine Rosette und genoss das Nachlassen des Schmerzes.

Mit einem Schokoriegel als Energiespender legte ich mich seitlich auf die Couch und verlor mich sofort in den Gedanken an das soeben stattgefundene Event. Ich ließ die ganze Szene

Revue passieren und rief mir die geilen Typen in Erinnerung. Sie alle hatten diesen starren, notgeilen Blick, der mich immer wieder an Psychopathen erinnerte.

Und dann dachte ich wieder an die Augen meiner Herrin. Ihre Freude darin, mich leiden zu sehen, ihren Genuss und ihre Überlegenheit. Genau da wusste ich, für wen ich all diese Pein, diese Scham ertragen hatte und war unheimlich stolz auf mich. Ich diente meiner Herrin und überwand Hindernisse, vor denen ein anderer wohl stehengeblieben wäre. Aber meine Göttin war es wert, alle Hürden zu überspringen, um ihr zu dienen. Sie führte mich an meine Grenzen und erweiterte diese. Dank ihrer Hilfe konnte ich mich entwickeln.

Während ich vor mich hinschwärmte, klingelte es an der Tür. Etwas genervt sah ich auf die Uhr. Es war kurz vor zwanzig Uhr und ich wollte eigentlich niemanden mehr empfangen. Ich war furchtbar müde und sitzen konnte ich auch nicht. Kurz überlegte ich, ob ich mich tot stellen sollte, doch das energische Klopfen, das dem Klingeln folgte, ließ mich neugierig werden. Irgendjemand musste mich dringend sprechen.

Mühsam rappelte ich mich hoch und schleppte mich zur Tür. Der Eisbeutel steckte noch immer in meiner Poritze.

Als ich durch den Spion lugte, verschlug es mir den Atem. Meine Herrin stand vor der Tür! Noch wie war sie hier gewesen und jetzt kam sie ohne Ankündigung. Ein rascher Blick durchs Zimmer sagte mir, dass ich besser hätte aufräumen sollen, aber jetzt war es zu spät. Ich konnte mir auch keine Hose mehr anziehen, denn es war unmöglich, sie noch länger warten zu lassen.

Mich sofort entschuldigend öffnete ich die Tür und ließ meine Gebieterin eintreten. Ich schämte mich, weil es so unordentlich war, ich keine Hose anhatte und mir noch dazu der Eisbeutel in der Arschritze steckte.

Zielstrebig ging sie ins Wohnzimmer und lehnte sich an den Tisch. »Kannst du keine Hose auf deinem wunden Arsch vertragen?«, fragte sie spöttisch.

»Nein, Madame«, entgegnete ich mit gesenktem Blick.

»Leg dich über den Tisch hier«, befahl sie mir und deutete auf den hohen Esstisch, an dem sie lehnte.

Nein, dachte ich panisch, *nein! Wenn jetzt noch ein Mann kommt um in mich einzudringen, laufe ich davon. Wenn sie ihren Strap-on auspackt, ebenfalls. Mein Arsch ist wundgefickt und ich halte keine weitere Manipulation mehr aus!*

Tränen stiegen mir in die Augen.

»Na, wird's bald?«, herrschte sie mich an, ohne auf mein stummes Flennen einzugehen. Dieser Ton duldete keine Widerrede.

Gehorsam legte ich mich mit dem Bauch auf den Tisch, spreizte die Beine und verlor dadurch meinen Eisbeutel.

»Was ist denn das?«, fragte sie erstaunt. »Ein Eisbeutel! Haben dir die dreißig Männer etwa den Arsch aufgerissen? Das kann ich mir gar nicht vorstellen!« Sie lachte laut auf und amüsierte sich köstlich darüber.

Während sie meine Knöchel mit kurzen Seilen an den Tischbeinen fixierte, kickte sie den Eisbeutel weg. Sehnsüchtig äugte ich zu ihm hinüber, wagte jedoch nicht, um ihn zu bitten.

Während meine Handgelenke mit anderen Seilen an die vorderen Tischbeine gefesselt wurden, stieg Panik in mir hoch. Entweder wollte sie mich nehmen, nehmen lassen oder meine Rosette mit dem Rohrstock bearbeiten. Keine der drei Optionen war möglich. Ich rang nach Luft und sah ängstlich über die Schulter.

»Was ist denn mit dir los?«, fragte sie. »Du siehst so unentspannt aus, so nervös. Du wirst doch nicht wegen der paar

Männer die Nerven verlieren. Auch wenn der Tag anstrengend war, habe ich noch nicht genug und vor allem noch eine ganz besondere Überraschung für dich. Du hast sie dir redlich verdient, indem du am Nachmittag deinen Arsch so willig zur Verfügung gestellt hast. Dafür gehörst du belohnt.«

Mit einem Lächeln holte sie aus ihrem Rucksack einen Ballknebel und ehe ich mich versah, war er auch schon in meinem Mund und hinter dem Kopf verschlossen. Ich hasste den Knebel, weil es damit unmöglich war, meinen Speichel zu schlucken und er mir aus den Mundwinkeln tropfte.

Ergeben schloss ich die Augen und lag matt auf dem Tisch. Mich zu wehren oder um Verständnis zu bitten, hatte ohnehin keinen Sinn. Außerdem war ich noch von dem Gangbang vor einer Stunde völlig ausgelaugt. Dass sie mir keinen Schaden zufügen würde, wusste ich. Und dass sie mich nicht so weit fordern würde, bis ich zusammenbrach, auch. Ich hatte blindes Vertrauen in sie, weshalb ich mich ihr einfach hingab. Sie würde schon das Richtige tun oder unterlassen.

Als sie mir auf die Nase tippte, erschrak ich. »Sieh mal, was ich für dich habe!«, sagte sie stolz und sah mir dabei fest in die Augen. »Etwas, das deinen Wert um ein Vielfaches hebt.«

Sie hielt einen kleinen Buttplug mit einem durchsichtigen Stein am Ende in die Höhe, der im Schein der Wohnzimmerlampe wie ein Diamant glänzte.

»Er wird sich gut von deiner dunkelroten Rosette abheben und einen farblichen Akzent setzen«, erklärte sie mir belustigt und schob den Plug in den Krater des dunkelroten Vulkans.

Der Plug war zwar recht klein und schmal, dennoch schmerzte er ein wenig. Mein gesamter Hintereingang war geschwollen und ich wollte gar nicht wissen, wie weit sich das in mein Innerstes fortsetzte. Dennoch war ich nicht wenig stolz darauf, diese Markierung tragen zu dürfen. Immerhin wurde sie auf Wunsch meiner Herrin in mich geschoben.

»Brauchen wir noch etwas?«, fragte sie sich laut und sah mich prüfend an. »Nein, ich denke, das reicht fürs erste Mal.«

Das erste Mal? Was hatte sie nun wieder vor? Hastig warf ich einen Blick über meine Schulter und sah, dass sie ein Handy aus ihrem Rucksack hervorkramte. Mit den Augen auf mich gerichtet, tippte sie auf eine eingespeicherte Nummer und lächelte. Sie hatte diesen fiesen Blick drauf, der bis jetzt noch nie etwas Gutes verheißen hatte. Doch ehe ich mir weiterhin Gedanken machen konnte, war die Verbindung aktiv und sie begann zu sprechen.

»Hallo? Ja, wir sind jetzt so weit. Sie können kommen.«

Dann lauschte sie, was ihr Gegenüber zu sagen hatte.

»Ach, Sie sind noch im Auto? Kein Problem, dann warten wir eben ein wenig. Ich bin mir sicher, Ihr Sohn wird sich freuen, Sie zu sehen!«

Ihr Sohn? Meine Mutter? Mir wurde übel. Sie würde doch nicht meine Mutter einladen, um mich in dieser Position zu präsentieren!

Panisch zerrte ich an meinen Fesseln, hob dabei den massiven Tisch ein wenig hoch und ließ ihn geräuschvoll wieder auf den Boden knallen.

»Nein!«, schrie ich keuchend in den Knebel und rang nach Luft. »Nein, bitte! Bitte nicht! Das können Sie mir nicht antun! Bitte! Ich flehe Sie an, Herrin! Tun Sie mir das bitte, bitte nicht an!« Meine Worte waren schon kaum für mich verständlich und für meine Herrin wohl gar nicht. Zusätzlich rann Sabber neben dem Ballknebel aus meinem Mund und klebte an meinem Kinn.

Pures Adrenalin schoss durch meine Adern und ich bekam kaum noch Luft. Verzweifelt versuchte ich, den Tisch ins Nebenzimmer zu rücken, damit ich mich dort verstecken konnte. Doch der Tisch war zu breit und blieb im Türrahmen stecken.

Erneut versuchte ich, mich aus den Fesseln zu befreien, doch die Knoten bewegten sich keinen Millimeter. Tränen schossen mir aus den Augen und mischten sich mit dem Speichel, der sich bereits in großen Pfützen auf der Tischplatte gesammelt hatte.

»Nein!«, versuchte ich erneut zu schreien, doch es kam nur ein erstickter Laut neben dem Knebel hervor. Nun sah ich ein, dass ich ihr ausgeliefert war. Völlig hilf- und wehrlos an einen Tisch gebunden, mit rotgeficktem Arsch und einem funkelnden Edelstein darin. So sollte mich also meine Mutter sehen ...

In diesem Moment erlosch mein Kampfgeist. Ich schloss die Augen und ließ mich matt auf die Tischplatte fallen. Ich war erschöpft und hatte aufgegeben. Lediglich startete ich den Versuch, meine Poritze etwas zu schließen, damit ihr diese hässliche Rötung nicht direkt in die Augen sprang. Aber schon nach kurzem war ich der Meinung, dass dies nun auch nicht mehr wichtig war. Langsam entspannte ich mich und sah dem Unheil entgegen.

Meine Herrin setzte sich nun zu mir auf den Tisch und tätschelte mir den Kopf. »Eine Mutter sollte doch wissen, was ihr Sohn so treibt, nicht wahr?« Es war eine rein rhetorische Frage, das war mir klar.

»Weißt du«, fuhr sie fort, »dass ich das nur zu deinem Besten mache?« Jetzt erwartete sie eine Antwort.

Ich nickte.

»Vertraust du mir?«

Erneut nickte ich, wusste jedoch nicht, worauf sie hinauswollte.

Mit einem Schulterklopfen sprang sie vom Tisch und verließ das Zimmer. In der Küche hörte ich die Wasserleitung. Scheinbar nahm sie sich ein Glas Wasser. Sofort wollte ich ihr Mineralwasser, Saft oder Kaffee anbieten, doch der Knebel verhinderte, dass ich mein Angebot aussprach. Und genau in diesem Moment klopfte es an der Tür.

Mein Magen krampfte sich zusammen, mein Herz setzte für einen kurzen Moment aus. So fest ich konnte, presste ich meine Augen zusammen und zog den Kopf ein. Als ob mich meine Mutter so nicht erkennen würde!

Ich hörte, wie meine Herrin die Tür öffnete. »Schön, dass Sie hier sind«, empfing sie meine Mutter freundlich. »Ihr Sohn wartet bereits im Esszimmer am Tisch auf sie. Gehen Sie nur weiter. Sie kennen ja den Weg.«

So gut es ging, zog ich nun doch wieder meine Arschbacken zusammen, um ihr nicht meinen Pavianarsch als erstes präsentieren zu müssen. Doch ich wusste genau, dass es keinen Sinn machte. Sie würde schwer enttäuscht von mir sein und wir hätten in nächster Zeit wohl so einiges zu besprechen. Falls sie überhaupt noch mit mir reden würde.

So gut es ging schaltete ich mein Gehör aus. Ich wollte meine Mutter nicht weinen oder fluchten und schon gar nicht schimpfen hören. Dennoch vernahm ich den Klang von Absätzen, die näher kamen. Sie sagte nichts. Es lag eine bleierne Schwere in der Luft, die mir das Atmen unmöglich machte. Noch immer wagte ich nicht, meine Augen zu öffnen und über meine Schulter zu sehen. Die Zeit stand still. Nichts war zu hören. Keine Schritte, kein Atem. Nur meine Tränen flossen ungehindert aus meinen Augen.

Ich war schon versucht, etwas Beschwichtigendes zu sagen, doch mir war klar, dass sie mich wegen des Knebels nicht verstehen konnte. Und ich war mir auch sicher, dass nichts, keine

Erklärung, die ich ihr geben konnte, sie aus ihrem Schockzustand holen und wieder rational denken lassen würde.

Nach einer halben Ewigkeit, hörte ich die Schritte meiner Herrin auf mich zukommen. Sie löste meine Fesseln an den Händen sowie Beinen und nahm mir den Knebel ab. Beschämt stützte ich mich auf die Ellenbogen, den Blick fest auf die Tischplatte geheftet und stammelte vor mich hin. »Ja, Mama. Was du hier siehst, das bin ich.«

Ich schluckte schwer und kämpfte nicht nur mit den Tränen, sondern auch mit den Kälteschauern, die mir vom Kopf bis in die Füße jagten.

Meine Mutter sagte nichts, bewegte sich nicht.

Vorsichtig drehte ich meinen Oberkörper und hob langsam die Lider, um jene Frau anzusehen, die wahrscheinlich fürchterlich enttäuscht von mir sein würde.

Doch als ich ihre Schuhe sah, wusste ich, dass das niemals meine Mutter sein konnte. Es war ein ganz anderer Stil und auch die völlig falsche Größe. Sofort schoss mein Blick auf das Gesicht dieser Frau und stieß die Luft, die ich seit langem in den Lungen hatte, heftig aus. Meine Herrin hatte geblufft! Nun mischten sich Freudentränen mit den noch in den Augen stehenden Angsttränen und nahmen mir die Sicht auf die fremde Frau.

Lachend und schluchzend schüttelte ich den Kopf und war froh, dass es nicht meine Mutter war, die hier vor mir stand. Doch dann hielt ich inne. Mir wurde plötzlich klar, dass ich sogar vor meiner Mutter zu meiner Neigung gestanden hätte. Bislang hatte ich mich immer dafür geschämt und sie zeitweise sogar gehasst. Aber jetzt war mein Selbstbewusstsein so stark geworden, dass ich offen dazu stehen konnte. Ein Schauer aus Stolz überflutete mich und ich sank vor meiner Herrin auf die

Knie, küsste wortlos ihre Hände und hielt sie mir an die Stirn. Sie hatte mir nicht nur das nötige Selbstvertrauen gegeben, sondern es mir soeben auch gezeigt. Scheinbar war ich blind.

Während ich noch auf dem Boden kniete und in Gedanken versunken war, zogen die beiden Damen lautstark die Tür hinter sich zu. Meine aufrichtige Dankbarkeit hatten sie mit im Gepäck.

Als ich wieder aufstand, bemerkte ich, dass noch der Plug in meiner geschwollenen Rosette steckte. Leicht nach vorn gebeugt ging ich ins Badezimmer, um mir den Stein in der roten Umgebung anzusehen. Im Licht der Badezimmerleuchten glitzerte er wie ein Diamant und hob sich deutlich aus dem dunkelroten Krater hervor.

Freudig holte ich meine Kamera und verewigte diese heftigen Spuren meiner Ergebenheit an die Herrin mit unzähligen Bildern. Der Anblick machte mich zusätzlich so scharf, dass ich mich vor dem Spiegel auf den Boden kniete und meinen Schwanz zu massieren begann. Als ich ihn schön hochgerubbelt hatte, stach mir der riesige Schwamm auf dem Badewannenrand ins Auge, in den ich vor einiger Zeit ein Loch gebohrt hatte. Ich angelte ihn mir, benetzte ihn mit heißem Wasser und legte ihn auf ein dickes, zusammengefaltetes Badetuch. Dann drehte ich mich mit der Rückseite zur Spiegelwand. Mit dem Blick über die Schulter auf meinen roten Arsch, mit dem Plug in der Mitte, führte ich meinen Steifen in den Schwamm ein. Es war ein herrlich warmes und weiches Loch, das einer Muschi sehr ähnelte.

Langsam stieß ich in das weiche Gebilde und sah meiner Rosette zu, wie sie sich immer wieder zusammenzog und entspannte. Der Stein des Plugs lugte mal nur wenig über den roten Rand, dann ragte er wieder ganz heraus. Der Anblick ließ mich an die unzähligen Männer denken, die ihre harten Riemen gnadenlos in mich gestoßen und mir damit diese Trophäe beschert hatten. Erneut fühlte ich ihre Geilheit, ihre Schwänze und ihre Lust. Immer wieder sah ich mir selbst beim Zustoßen zu.

Doch plötzlich wandelte sich mein Enthusiasmus in Scham. Ich hielt inne und sah mich genau im Spiegel an. Wie ein armseliges Etwas musste ich einen Schwamm ficken, weil mich keine Frau haben wollte. Männer hatten mich als Weibchen benutzt, weshalb ich jetzt gezwungen war, mich an diesem Schwamm zu befriedigen. Welche Frau würde schon einen Mann haben wollen, der von Männern benutzt wurde? Mein persönlicher Wert sank ins Bodenlose. Aber genau dieser Gedanke machte mich so heiß, dass ich innerhalb einer sehr kurzen Zeit eine geballte Ladung in den Schwamm spritzte.

Keuchend verharrte ich im Schwamm und sah mir diese traurige Gestalt nochmals im Spiegel an.

»Mehr hast du kleiner Sklave nicht verdient!«, sagte ich zu mir und eilte, um den Fotoapparat zu holen. Erneut kniete ich mich vor den Schwamm und machte einige Aufnahmen. Natürlich schoss ich auch ein paar Nahaufnahmen nur von meinem Hintereingang. Diese Bilder kamen später ins Archiv meines Computers.

Nachdem ich meine Trophäe eingehend betrachtet hatte, zog ich den Plug aus meiner Rosette und spülte den Schwamm aus.

Befriedigt ging ich mit einem frischen Eisbeutel in der Poritze ins Bett und schlief erschöpft ein.

***

Die nächsten Tage verliefen ziemlich ruhig. Das Sitzen im Büro war nicht ganz einfach und ich überlegte, mir einen Luftreifen, wie ihn Frauen nach der Geburt zum Sitzen verwenden, zu kaufen. Allerdings wäre ich damit bei meinem Kollegium in Erklärungsnotstand geraten. Also quälte ich mich durch die Tage, saß zumeist nur auf einer Backe und bewunderte täglich morgens und abends meine Trophäe, die jedoch immer blasser wurde und schließlich nach einer knappen Woche gänzlich verschwand. Aber ich hatte von jedem einzelnen Tag ein paar Fotos gemacht. Selbst am letzten, als so gut wie gar nichts mehr sichtbar war, hatte ich noch die Kamera gezückt. Auf diese Weise durchlebte ich die Events ein weiteres Mal vor dem Computer. Es kommt immer wieder vor, dass ich mir einzelne Sessions erneut ansehe. Es ist zwar nicht das Gleiche wie das reale Erleben, macht aber dennoch sehr viel Freude.

In meinem Computer befanden sich bereits mehrere Serien von Fotos, die von meinen Benutzungen und Events zeugten. Seit dem ersten Tag bei meiner neuen Herrschaft hatte ich ein Foto-Tagebuch geführt und so weit wie möglich alles festgehalten. Von den Events ohne Spuren waren natürlich keine Erinnerungsbilder im Computer vorhanden, nur in meinem Kopf.

Allerdings hatte ich sämtliche Aufträge dokumentiert, die mir meine Herrin erteilt hatte. Die ersten Bilder waren damals von einem leeren Kondom. Der Auftrag lautete, drei Mal in dasselbe Kondom zu spritzen, es dann zu verschließen und aufzuheben. Zwei Tage später musste ich es vor ihren Augen austrinken, es mir mit der Außenseite über den Finger stülpen und die Innenseite sauberlecken.

Meine Herrin hatte sich köstlich amüsiert, während ich mich abmühte, mich nicht übergeben zu müssen. Das Eiweiß war flockig und hatte sich von der klaren Flüssigkeit abgesetzt. Der Geruch erinnerte an vergorene Milch mit einem Stich bitterer Kastanie.

So sehr ich mich auch bemühte, ich konnte das Gemisch nicht sofort schlucken. Etliche Minuten würgte ich daran herum, behielt es im Mund und versuchte immer wieder tapfer, es hinterzuschlucken. Doch jedes Mal, wenn auch nur ein einziger Tropfen davon in meine Kehle rann, verschloss sie sich automatisch. Letztendlich hatte ich Tränen des Ekels und der Scham in den Augen.

Meine Herrin sah sich das Ganze eine Zeitlang erheitert an, doch irgendwann verlor sie die Geduld und kam auf mich zu. Verärgert blickte sie mir in die Augen, packte meine Haare und zog meinen Kopf daran nach hinten. »Wenn du deinen Saft nicht innerhalb von drei Sekunden geschluckt hast, wirst du mit meiner Peitsche Bekanntschaft machen!«, stieß sie sauer hervor. Dann begann sie zu zählen. »Eins, zwei, d…«

Und schon war der Saft weg. So schnell kann es bei richtiger Motivation gehen.

Immer wieder dachte ich amüsiert an diese Episode zurück. Wie leicht es doch eigentlich war, sich überzeugen zu lassen und dem eigenen Körper ein Schnippchen zu schlagen. Damals erkannte ich, dass ich viel stärker war, als ich jemals angenommen hatte. Ich lernte mich auf eine Art kennen, die ich niemals für möglich gehalten hatte. Ich war fähig, meine Grenzen zu überschreiten und auszudehnen. Dafür bin ich meiner Herrin bis zum heutigen Tag dankbar und werde es auch immer sein.

12. VanillaSex

Meine Gedanken trugen mich nun weiter durch die Vielzahl an Events, die ich bereits erlebt hatte und ließen meinen Riemen erneut erblühen. In diesem Augenblick wünschte ich mir allerdings eine saftige Muschi, in die ich ihn stoßen konnte. Wichsen allein wäre mir in diesem Augenblick zu wenig gewesen.

Kurzer Hand sprang ich in meine Kleidung und war auch schon auf dem Weg in eine Bar, in der es meist willige Mädchen gab, die sich nach einem Drink und ein paar schönen Worten flachlegen ließen. In jener Zeit, als ich ohne Herrschaft war, hatte ich diese Bar gemeinsam mit meinen Freunden recht häufig besucht. Soweit ich mich erinnern konnte, gab es keinen einzigen Abend, an dem einer von uns allein nach Hause gegangen war. Es kam sogar vor, dass einer von uns gleich zwei Mädchen um die Hüften fasste und im nahe gelegenen Wald vernaschte. Die meisten meiner Freunde waren jetzt allerdings liiert und teilweise auch verheiratet. Sie führten ein anständiges Familienleben, das von Arbeit, Schulden, Kindergeschrei und Hundehaaren geprägt war. Zeit für außereheliche Vergnügen dieser Art gab es für sie nicht mehr – und wahrscheinlich hatten sie auch gar keine Lust dazu. Obwohl sie nicht wirklich glücklich waren, blieben sie in diesem Hamsterrad und liefen ewig auf der Stelle weiter. Weshalb sie das machten, fragte ich schon lange nicht mehr. Ich hatte es einfach akzeptiert. Im Übrigen wussten sie es höchstwahrscheinlich selber nicht.

Ohne es bemerkt zu haben, war ich den Weg zur Bar gegangen und stand plötzlich vor ihr. Mit dem Wissen, gut auszusehen, ließ ich meine Finger durchs Haar gleiten, prüfte den perfekten Sitz meiner Hose und rückte mein Hemd zurecht. Nun konnte die Jagd beginnen, die hoffentlich nicht allzu lange dauern würde. Alles, was ich wollte, war eine feuchte Muschi. Nicht mehr und nicht weniger. Kein Gelaber über den toten Goldhamster oder die kranke Großmutter. Eine warme, weiche Frau, die sich nehmen ließ und sich dann gleich wieder verabschiedete.

Bei diesem Gedanken musste ich lächeln. Eigentlich suchte ich hier eine Gratisnutte. Vielleicht war es ratsam, eine Sub zu halten, die mir immer dann zur Verfügung stand, wenn ich eine Frau ficken wollte. Das war zwar in letzter Zeit eher selten vorgekommen, aber es würde mir einige Mühe ersparen. Dass dies lediglich ein Traum bleiben würde, war mir jedoch vollkommen klar. Eine Sub musste ich dominant behandeln und ich war alles andere als dominant.

Das Lokal war auch an diesem Abend gut besucht und sofort stachen mir einige Damen ins Auge, die ganz offensichtlich allein und sicher auch willig waren. Eine kleine Blonde sah mich aus den Augenwinkeln an, schob kokett ihre nackte Schulter ein wenig vor und ließ ihren Schuh an ihrem zierlichen Fuß wippen. Sie war hübsch und ich schien ihr zu gefallen. Mutig ging ich auf sie zu und fragte, ob ich mich neben sie setzen durfte.

Nachdem ich einen Drink bestellt hatte, versuchte ich, mit ihr ins Gespräch zu kommen. Doch viel mehr als ein »Ja« oder »Nein« kam nicht aus ihrem Mund. Das war mehr als mühsam.

Deshalb forderte ich sie auf, von sich zu erzählen. Und natürlich wurden der tote Goldhamster sowie die kranke Großmutter aufs Tapet gebracht. Wäre ich nicht so geil gewesen, wäre ich schreiend aus der Bar gelaufen und hätte jeden Mann davor gewarnt, diese Frau anzusprechen. Aber ich war geil und wollte ficken. Deshalb blieb ich und heuchelte Interesse.

Nach einer halben Stunde verzog ich mich dann auf die Toilette und überlegte, ob ich es mir nicht selbst machen sollte. Der Aufwand würde wahrscheinlich zu groß für diese bedeutungslose Begegnung ein. Allzu aufgeschlossen und willig schien sie nämlich bei näherer Betrachtung doch nicht zu sein. Ein laues Püppchen eben. Insgeheim beschloss ich, von der Toilette direkt auf die Straße zu gehen, doch als ich meinen Freund auspackte, um ihn zu wichsen, war er anderer Meinung. Sofort war der Vorsatz, es mir selbst zu machen, dahin und ich musste wieder zu dieser Barbie gehen – Befehl vom Chef! In diesem Fall hatte mein Schwanz das Sagen und nicht mehr ich selbst.

Zurück am Tresen flötete sie mir ins Ohr, dass sie mich bereits vermisst hätte und ich nur ja nicht wieder so böse sein dürfte, sie so lange allein zu lassen.

Oh Gott, dachte ich, *mein Wischmopp hat einen höheren Intelligenzquotienten als diese Frau!*

Doch ich blieb und hörte ihren Geschichten weiterhin nicht zu. Ich wartete nur auf eine günstige Gelegenheit, mich ihr zu nähern und sie scharf zu machen. Doch keines der von ihr behandelten Themen eignete sich dafür.

Während sie redete, wechselten die Gäste am Tresen. Die Gruppe junger Männer zog los und machte zwei Frauen mittleren Alters Platz. Die Dunkelhaarige war ziemlich mollig, hatte aber eine sehr ansprechende Figur. Lange musterte ich sie und konnte meinen Blick nicht von ihr nehmen. Selbst dann nicht, als sie meine Augen auf sich spürte. Sie sah mir direkt in die Augen und ihr Blick traf mich inmitten meines Schwanzes. Sofort wollte ich auf die Knie gehen und ihre Füße küssen. Diese Frau hatte einen dominanten Blick, der jedes Devotenherz in Sekundenschnelle zum Schmelzen bringen konnte.

Wie mit einem unsichtbaren Lasso hielt sie mich fest und zwang mich, sie viel länger anzusehen, als ich eigentlich sollte. Selbst als sie lachte, versprühte sie Dominanz.

Wie lange ich sie bereits angestarrt hatte, wusste ich nicht. Wach wurde ich erst, als mich mein Püppchen anschnauzte. Was sie sagte, verstand ich nicht, denn ich hörte ihr noch immer nicht zu. Entweder hatte sie mir den Blickwechsel mit der molligen Göttin übelgenommen oder die Tatsache, ihr nicht zugehört zu haben. Mit böser Miene packte sie ihre Handtasche, versetzte mir damit einen kräftigen Schlag auf den Oberarm und verließ wutschnaubend das Lokal.

Ohne Bedauern sah ich ihr nach. Auch die andere Frau sah ihr nach. Und dann sah sie wieder mich an. Erneut traf mich ihr Blick wie ein Blitz in meinem Schwanz. Dieser Stich setzte sich dieses Mal jedoch fort, bis hinauf in meinen Hals, wo er mir die Kehle zuschnürte. Ein beklemmendes Gefühl packte mich und die wenige Luft, die mir noch zur Verfügung stand, schien immer dünner zu werden. Ich atmete so schwer, als stünde ich nach wochenlangen Strapazen auf dem Gipfel des Mount Everests.

Ohne zu fragen, wie viel ich für meinen Drink zu bezahlen hatte, warf ich einen Fünfer auf den Tresen. Dieser hatte das alte, lackierte Holz noch nicht erreicht, als ich bereits zur Tür draußen war. Hier gab es Luft, die ich atmen konnte. Hier fühlte mein Körper nicht mehr die Schwere, die er unter den Augen dieser Frau zu tragen hatte. Hier wusste ich, dass ich ihr entkommen war. Es war mit Sicherheit eine Frau, die mich zu ihrem Leibeigenen gemacht hätte. Und ich hätte mich in ihr verloren.

Noch von dieser Begegnung irritiert, ging ich den Weg nach Hause. Die Hände tief in den Taschen meiner Jeans vergraben, schlurfte ich dahin und ließ mich vom Mond, der sein fahles Licht durch die Bäume der Allee schickte, leiten. In mäßigem Tempo steuerte ich der kleinen Siedlung entgegen, in der ich wohnte und überlegte, ob ich noch den Pizzaservice anrufen sollte. Heiße Pizza anstelle von heißem Sex. Ich stieß ein tonloses, überhaupt nicht heiteres Lachen aus.

»Essen ist der Sex des Alters«, stand einst eindrucksvoll auf eine Hauswand gekritzelt. Essen ist der Sex der Frustration, wandelte ich ab und rief mir die Speisekarte des nahegelegenen Pizzalieferanten in Erinnerung. Ohne lang zu überlegen, entschied ich mich für eine Thunfischpizza mit extra Käse und suchte in meinem Handy nach der gespeicherten Telefonnummer. Doch noch ehe ich wählen konnte, tauchte eine Gestalt in meinem Blickfeld auf, die mir bekannt vorkam. Sie saß auf einer Bank und telefonierte. Es war das Mädchen aus der Bar, das mich angebaggert hatte.

Um nicht doch noch den Abend mit einer fettigen Pizza als Gesellschafterin verbringen zu müssen, setzte ich mich dicht neben sie, legte ihr den Arm um die Schultern und lehnte meinen Kopf gegen ihren. Mit einem Lächeln erklärte sie ihrem Gesprächsteilnehmer, dass sie jetzt Schluss machen müsse und sich wieder melden würde. Ich ließ ihr keine Zeit, den Hörer vom Ohr zu nehmen, sondern küsste sie sofort und innig. Anfangs war noch leichter Widerstand zu spüren, der sich jedoch rasch in einer Entspannung verlor. In diesem Moment war für uns beide alles vergessen und wir genossen nur den Augenblick.

Wenige Minuten später sprang sie auf, nahm mich an die Hand und lief mit mir im Schlepptau in eine der Wohnungen. Obwohl ich zwei Häuser weiter wohnte, hatte ich sie noch nie gesehen. Kurz überlegte ich, ob es klug war, mich auf einen One-Night-Stand mit jemandem einzulassen, der so nahe wohnte. Doch in diesem Moment war einmal mehr mein Schwanz der Regent und ich hatte Denkpause.

In der Wohnung angekommen, zog sie mich gleich hinter der Tür an sich. Während ihre Zunge meinen Mund erforschte, öffnete sie geschickt mit einer Hand die Knöpfe meiner Hose und befreite meinen Ständer aus seinem Gefängnis. Mit einer noch geschickteren Handbewegung zog sie meine Hose sowie den Slip bis an meine Kniekehlen und stemmte im gleichen Moment ihre Hände gegen die Tür. Ihr Kleid hatte sie bereits hochgehoben und ihr runder, blanker Hintern grinste mich einladend an. Das kleine Luder hatte nicht mal ein Höschen unter ihrem Kleid getragen!

Ohne eine weitere Sekunde zu verlieren, positionierte ich sie mit dem Oberkörper etwas tiefer, sodass sie in einem 90°-Winkel mit gestreckten Armen an der Tür lehnte. Ihre Spalte war bereits nass und die Beine gespreizt. Freudig setzte ich meinen Schwanz an den Eingang ihrer glattrasierten Möse und ließ ihn in sie gleiten. Er wurde von einer herrlichen Enge und Nässe empfangen, die ihn noch dicker anschwellen ließ. Das Mädchen stöhnte lustvoll auf und genoss ganz offensichtlich die Größe meines Lustspenders.

In meiner ungebändigten Geilheit stieß ich kraftvoll zu, fickte sie, als hinge mein Leben vom nächsten Orgasmus ab.

Sie stöhnte, quiekte und hielt sich am Türrahmen fest, um nicht das Gleichgewicht zu verlieren. Mit jedem Stoß, den ich ihr verabreichte, wuchs meine Lust. Letztendlich umklammerte ich ihren Oberkörper mit meinen Armen und stach wie eine Nähmaschine in sie. Mein Schwanz fühlte sich an, als wollte er die zarte Lustgrotte aufspießen, durchbohren, um sich eine Entladung der Extraklasse zu verschaffen.

Obwohl meine Gefährtin schon ziemlich laut ihre Lust und ihren Orgasmus aus sich herausschrie, fickte ich weiter in sie hinein. Sie zappelte, wollte weg von mir, doch ich hielt sie so lange fest umklammert, bis auch ich mich in einer Explosion verlor, die mich in Stücke zu reißen drohte.

Als ich kurze Zeit später die Welt um mich herum wieder wahrnahm, stand ich vornübergebeugt und keuchte. Meine Sexpartnerin stand verspannt unter mir und hoffte offensichtlich, so rasch wie möglich von ihrer Last befreit zu werden. Langsam richtete ich mich auf und entfernte mich aus ihr. Meinem noch immer steifen Schwanz folgte ein Schwall Flüssigkeit, der teils auf den Boden klatschte, teils ihre hellen Schenkel entlangfloss. Diese Mischung aus unseren Lustsäften verströmte einen eigenartigen Geruch, vor dem ich rasch ins fremde Wohnzimmer floh.

Meine Gespielin schien ihn überhaupt nicht wahrzunehmen oder als unangenehm zu empfinden. Fröhlich plapperte sie drauflos. Zwischendurch hörte ich sie noch sagen, dass sie uns Kaffee machen würde und wir noch einen schönen Abend auf der Couch verbringen würden. Genauso gut hätte sie von unserer Hochzeit reden können.

Während sie in der Küche hantierte, packte ich meinen ungewaschenen Riemen ein und stahl mich wie ein Dieb aus der Wohnung. Leise zog ich die Tür hinter mir ins Schloss und jagte die Treppen hinunter ins Freie. Die Nummer war gut, aber alles andere war mir im Moment zu viel. Ich wusste ihren Namen nicht und er interessierte mich auch nicht. Damit sie mich nicht vielleicht noch vom Fenster aus sehen und zurückpfeifen konnte, drückte ich mich im Schatten des Wohnhauses entlang um die Ecke. Dort machte ich mich im beschleunigten Tempo auf den Weg in meine eigene Wohnung.

Dort angekommen, stellte ich mich unter die heiße Dusche und beseitigte die Spuren meines Quickies. Eigentlich kam ich mir schäbig vor und hatte ein schlechtes Gewissen. Das Mädchen war sicherlich nett und ich hatte sie eigentlich nur für meine Befriedigung benutzt. Sie wollte wahrscheinlich eine Freundschaft oder vielleicht sogar eine Partnerschaft und ich hatte sie wie eine Prostituierte behandelt. Schlimmer noch, denn eine Nutte bekam zumindest Geld für ihre Dienste und wusste, worauf sie sich bei einem Freier einließ. Von mir hatte sie nur eine Enttäuschung serviert bekommen. Und vielleicht das Gefühl, nichts wert zu sein. Mein Gewissen plagte mich immer mehr und ich stand knapp davor, zu ihr zu gehen, um mich zu entschuldigen. Doch dazu fehlte mir letztendlich der Mut und ich ging zu Bett. Zwar nicht mit reinem Gewissen, aber sexuell befriedigt.

Die Arbeit des nächsten Tages ging mir leicht von der Hand und ich blieb länger als üblich im Büro. Solche Tage musste ich nutzen, denn ich hatte auch immer wieder Tage, an denen meine Produktivität sehr zu wünschen übrig ließ. Das waren vor allem jene Zeiten, in denen mich meine Herrin keusch hielt oder in denen meine schmerzenden Striemen mich von der Session des Vortages träumen, anstatt arbeiten ließen. An das Mädchen dachte ich nur ein einziges Mal, verscheuchte diesen Gedanken aber sofort wieder. Mich bei ihr zu entschuldigen, ergab nun wirklich keinen Sinn. Dafür war es längst zu spät und sie würde die Entschuldigung vermutlich auch nicht annehmen. Dabei beließ ich es und mir war diese Ausrede um einiges lieber, als das Zugeben meiner Feigheit.

Als ich nach dem langen Arbeitstag meine Wohnung ansteuerte, war es bereits Dunkel. Die Fenster strahlten mir hell erleuchtet entgegen und vermittelten ein Gefühl, das mich an Weihnachten erinnerte. Licht hat in absoluter Dunkelheit seinen ganz besonderen Reiz und taucht die Welt in Wärme.

Mit einem heimeligen Gefühl in der Brust stieg ich die paar Stufen zu meiner Wohnung hinauf und fand dort meine Sexpartnerin vom Vorabend vor. Sie hatte sich in den Türrahmen gesetzt und den Kopf an das Holz gelehnt. Offensichtlich hatte sie schon seit längerem auf mich gewartet, denn sie sah aus, als würde sie schlafen. Diese Gelegenheit wollte ich nicht ungenutzt verstreichen lassen und stellte mein linkes Bein lautlos eine Stufe nach unten, statt nach oben. Ohne sie aus den Augen zu lassen, platzierte ich nun mein rechtes Bein auf die nächstuntere Stufe und wäre um ein Haar damit durchgekommen. Aber wie es das Schicksal wollte, öffnete sich im letzten Stockwerk eine Tür und das Licht flammte im gesamten Flur auf. Meine Stalkerin öffnete die Augen und blinzelte mich lächelnd an.

»Ich habe auf dich gewartet«, eröffnete sie freudig.

Welche Überraschung!, dachte ich. *Darauf wäre ich mit Sicherheit nicht gekommen.*

»Ja«, sagte ich etwas gereizt. »Das sehe ich. Woher weißt du, wo ich wohne?«

»Ach, das war nicht schwer herauszufinden. Die Nachbarn sind nett und sehr aufmerksam. Sie wussten sofort, wen ich suchte. So viele hübsche, junge Singlemänner wohnen hier schließlich nicht.«

Sie rappelte sich auf, schlang mir die Arme um den Hals und drückte mich liebevoll an sich. »Gehen wir hinein?«, flüsterte sie mir ins Ohr und knabberte daran. »Hier draußen ist es ein wenig ungemütlich.«

Eigentlich wollte ich ihr sagen, dass sie wieder gehen und mich in Ruhe lassen sollte, doch meine Höflichkeit verbot es mir. Vielleicht war es auch noch das schlechte Gewissen, das mich jetzt eingeholt hatte.

Also ließ ich mich von dem Mädchen zwingen, sie mit in meine Wohnung zu nehmen, obwohl ich überhaupt keine Lust auf sie hatte. Weder vom sexuellen noch vom gesellschaftlichen Standpunkt her. In diesem Moment hasste ich meine Devotheit, entkam ihr einfach nicht. Etwas mürrisch ließ ich sie auf dem Sofa Platz nehmen und bot ihr ein Getränk an. Ein kleines, wohlgemerkt.

Langsam bereitete ich die Drinks in der Küche zu und suchte währenddessen einen Grund, sie aus der Wohnung zu komplimentieren. Doch mein Kopf war leer. Somit blieb mir nichts anderes übrig, als mich zu ihr aufs Sofa zu setzen, um mit ihr zu reden. Sex wollte ich an diesem Abend keinen.

Wie befürchtet, langweilte sie mich erneut mit ihren Geschichten. Nach rund einer Stunde war ich nervlich am Ende. Deswegen nahm ich all meinen Mut zusammen und bat sie zu gehen. Als Grund dafür nannte ich ihr erdrückende Müdigkeit nach einem harten Tag und die damit verbundenen Konzentrationsstörungen. Schließlich wollte ich ihren Erzählungen auch folgen können. Um meine Aussage glaubhaft werden zu lassen, gähnte ich heftig und schloss zur Hälfte meine Augenlider.

Etwas enttäuscht stand sie auf und sah mich traurig an. »Darf ich wenigstens noch kurz dein Badezimmer benutzen?«, fragte sie und legte den Kopf leicht schief. Obwohl ich diese

Geste der Falschheit nicht leiden konnte, zeigte ich ihr, wohin sie gehen musste.

Als sie nach einer Ewigkeit wieder ins Wohnzimmer kam, bestätigte ich abermals mit heftigem Gähnen, dass es für mich an der Zeit war, ins Bett zu gehen. Allein!

Überraschenderweise verstand sie es plötzlich, küsste mich heftig und verschwand mit einem: »Bist bald, mein Schatz!«

Angewidert hörte ich noch, wie sie die wenigen Stufen hinabsprang, als wäre sie ein kleines Kind, das gerade von der Mutter gelobt worden war. Aber ich schätzte sie auf Mitte zwanzig und in diesem Alter hatte eine solch kindliche Ausdrucksweise keinen Platz mehr. »Frauen!«, murmelte ich und schloss energischer die Tür, als ich es eigentlich beabsichtigt hatte.

***

Der nächste Tag verlief ruhig und es wartete auch keine Klette an meiner Wohnungstür. Dennoch wollte ich mir einen Plan machen, wie ich sie wieder loswerden konnte. Und zwar endgültig und unumstößlich – ohne ihr allerdings wehzutun. Das war gar nicht so einfach, denn ich hatte den Eindruck, als wäre sie in mich verliebt. Leider empfand ich für sie überhaupt nichts. Sie war ein One-Night-Stand und dabei sollte es auch bleiben.

Nach rund einer Stunde war ich bereits bei einem Umzug in eine andere Stadt angelangt. Aber an diesem Punkt rief ich mich selbst zur Ordnung. Sie war bloß ein Mädchen und nicht die Mafia! Deshalb beschloss ich, am nächsten Abend zu ihr zu gehen und es ihr so schonend wie möglich beizubringen. Es würde nicht einfach werden, aber es war notwendig.

Aus diesem Grund klopfte ich tags darauf an ihre Wohnungstür, die noch im selben Moment geöffnet wurde.

»Ich habe dich schon kommen sehen«, flötete sie und zeigte sich über meinen Besuch hoch erfreut.

Widerwillig setzte ich mich auf die Couch und versuchte, ihr klarzumachen, wie es um meine Gefühle für sie stand.

Doch sie lachte nur. »Das, mein Lieber, war mir klar. Du hast mich wie ein Stück Fleisch benutzt und jetzt willst du mich auf elegante Art loswerden. Aber ich habe hier etwas, das deine Meinung vielleicht ein klein wenig ändert. Vielleicht willst du ja doch noch mit mir zu tun haben.«

Sie lachte verschmitzt und sah nun gar nicht mehr wie ein naives Mädchen aus. »Eigentlich wollte ich dir das heute ohnehin zeigen, aber du bist mir mit deinem Besuch bequemerweise zuvorgekommen.«

Sie hielt eine DVD hoch, auf der »Madame Barbara« stand. Schlagartig wurde mir übel und die Anpannung in meinem Körper ließ merklich nach. Mit weit aufgerissenen Augen starrte ich den Titel an. Es war ein Film, den Madame Barbara bei meiner ersten – und leider auch letzten – Benutzung in einem Wald gedreht und anschließend auf DVD gebrannt hatte.

Im gleichen Moment fiel mir ein, dass ich die DVD neben dem Computer hatte liegen lassen, weil ich die Aufnahme in mein Archiv spielen und anschließend zu den anderen DVDs legen wollte. Dieses kleine Biest hatte ganz offensichtlich die Gunst der Stunde genutzt, als ich in der Küche die Drinks zubereitet hatte und die DVD mitgehen lassen. Fassungslos sah ich in ihr fies grinsendes Gesicht.

»Und jetzt willst du mich erpressen?«, fragte ich wutentbrannt.

Sie grinste noch breiter. »Aber nein. Erpressung ist so ein hässliches Wort. Ich werde in Zukunft deine Dienste in Anspruch nehmen. Das klingt doch gleich viel freundlicher, nicht?«

Ich konnte es nicht fassen! Diesem Püppchen sollte ich dienen? Obwohl ich mir meiner Zwangslage durchaus bewusst war, sprach ich noch immer recht schnippisch mit ihr.

»Soll ich ab sofort deinen Boden wischen? Deine Schuhe putzen? Dich abends zudecken? Oder was hast du mit mir vor, du Erpresserin?«

Lasziv streckte sie ihren kleinen Busen heraus und legte eine Hand in ihren Schritt. »Jetzt wäre mir danach, mich von dir ausgiebig lecken zu lassen.« Verführerisch sah sie mich an, aber ich konnte ihrem Blick nicht das Geringste abgewinnen.

»Und was ist, wenn ich es nicht mache? Was dann?«, fragte ich und rückte provokant an die Kante des Sofas.

»Tja dann«, flüsterte sie, »werden dein Chef und die ganze Belegschaft erfahren, dass du nichts als ein kleiner Wurm bist, der auf allen vieren kriecht, sich schlagen und von fremden Typen einen blasen lässt. Ich bin mir sicher, dass diese DVD deinen Chef dazu anregen wird, dich zu befördern und dich deine Karriereleiter ein Stück weiter hinaufklettern zu lassen.«

Während sie sich aus ihren Jeans schälte, sprach sie weiter. »Die Leute hier im Block wissen vieles über dich und sie waren nur allzu gern bereit, es mir zu erzählen: Wo du arbeitest, wer deine Eltern sind und wer zu dir zu Besuch kommt. Und jetzt beweg dich endlich! Los! Hinlegen!«

Ihr scharfer Ton löste in mir sofort Gehorsamkeit aus und keine zehn Sekunden später lag ich auf der Couch und steckte meine Nase in ihre Poritze. Ihre zarte Muschi schmeckte ziemlich weiblich, was aber nicht wirklich unangenehm war. Ich konnte nur keine Schamlippen finden. Ihr Schritt war mehr oder weniger nur eine Spalte, was zwar eher ungewöhnlich, aber doch nicht uninteressant war. Ihre winzige Clit fühlte sich auf meiner Zunge wie ein Weintraubenkern an. Aber sie war gut zu lecken und diese kleine Möse machte mich geil. Oder war es ihr herrischer Ton, den sie zuvor angeschlagen hatte?

Wie schon beim letzten Mal kam sie recht schnell und nass. Sie drückte ihr Möschen so fest gegen mein Gesicht, dass ich kaum noch die Chance hatte, sie zu lecken. Sie nahm mir die Luft zum Atmen, aber das war ich ohnehin von den unzähligen, überdimensionierten Weiberärschen, die ich im Laufe meines Sklavendaseins geleckt hatte, gewohnt. Sie saß auf mir, zuckte, stöhnte, zappelte und schrie ihre Lust hinaus – es war einfach herrlich. Doch als mir eine große Menge ihres Lustsaftes unerwartet in den Mund spritzte, hatte ich mit der Luft zu kämpfen. Nun war es nicht mehr lustig. Hastig schluckte ich ihre weibliche Ejakulation, um wieder atmen zu können, doch der nächste Schwall prasselte bereits auf meine Zunge und füllte meine Kehle.

Nun begann ich ebenfalls zu zappeln. Panik stieg in mir auf und ich war knapp davor, sie von meinem Gesicht zu stoßen. Doch dazu fehlte mir letztendlich der Mut. Wie ein Hund hechelte ich, schluckte immer wieder und versuchte, zumindest meine Nase aus ihren Pobacken zu ziehen. Doch noch ehe ich einen passablen Weg gefunden hatte, um richtig Luft zu bekommen, stieg sie von meinem Gesicht. Keuchend und den restlichen Saft in kleinen Portionen schluckend, lag ich völlig ermattet auf der Couch. Mein komplettes Gesicht war nass und ein paar Tropfen liefen auch noch meinen Hals entlang.

Du meine Güte, dachte ich, *wie kann man nur so heftig squirten?*

Noch während sie sich wieder die Hose überstreifte, forderte sie mich auf, ihre Wohnung zu verlassen. »Wenn ich dich wieder brauche, werde ich es dich wissen lassen. Und mit diesen Leckkünsten, werde ich dich sicher öfter in Anspruch nehmen.« Sie zwinkerte mir befriedigt zu. »Und vielleicht werde ich auch noch die eine oder andere Freundin in den Genuss deiner flinken Zunge kommen lassen. Mal sehen. Leg deine Visitenkarte auf den Tisch und zieh die Tür hinter dir zu, Sklave!«, sagte sie in ruhigem Ton und war auch schon im Badezimmer verschwunden.

Noch leicht benommen legte ich die gewünschte Karte auf den Tisch und verließ die Wohnung. Als ich im Vorgarten war, drehte ich mich schnell um und erwischte die Tür gerade noch, bevor sie ins Schloss fiel. Ich zog sie wieder auf, stieg die Stufen zu ihrer Wohnung hinauf und las den Namen an ihrer Glocke. Maureen Wils… – an dieser Stelle passte der Name nicht mehr auf das Schild. Ich nahm an, es sollte Wilson heißen, wobei mir der Nachname herzlich egal war. Maureen, wiederholte ich laut, schüttelte den Kopf und verließ nun endgültig das Wohnhaus.

Auf dem Weg in meine Wohnung vibrierte mein Handy in der Hosentasche. Ich verknüpfte den Anruf sofort mit Maureen und nahm mein Handy nicht heraus. Erst nachdem ich es mir zu Hause gemütlich gemacht hatte, rief ich die Nachricht ab. In diesem Moment blieb mir beinahe das Herz stehen. Die Message war von meiner Herrin, die mich umgehend zu sich befohlen hatte. Zusätzlich forderte sie mich auf, in der engsten Hose, die ich hatte, zu erscheinen.

Schlagartig fühlte sich mein Magen an, als hätte er sich zu einem Knoten verschlungen. Sofort sprang ich auf, hastete ins Bad, duschte innerhalb von dreißig Sekunden und schlüpfte noch nass in die engste Hose, die ich im Schrank finden konnte. Das Hemd ließ ich offen stehen und glitt in die Schuhe. Meine Socken stopfte ich in die Taschen der Hose, falls ich sie brauchen würde.

13. BauMarkt

Da ich ohnehin schon zu viel Zeit verloren hatte, trat ich tüchtig aufs Gas. Ich nahm anderen Verkehrsteilnehmern die Vorfahrt und mogelte mich noch bei dunkelorange über die Ampel. Damit handelte ich mir das wütende Hupen eines anderen Autofahrers ein. Berechtigt, wie ich zugeben musste. Dennoch war es mir nicht möglich, einen vorbildlichen Autofahrer abzugeben.

Mit quietschenden Reifen parkte ich einen halben Meter vom Randstein entfernt vor dem Haus meiner Herrin und ließ den Wagen offen. Die Zeit ihn abzuschließen nahm ich mir nicht. Nachdem ich über den Rasen gehastet war, betrat ich keuchend den Vorraum und schloss die Tür. Ich war allein im Vorraum und hörte auch nicht, dass jemand kam, um mich abzuholen. Diesen Umstand nutzte ich, um rasch die Socken anzuziehen und das Hemd zu schließen. Noch außer Atem wartete ich auf meinen Auftrag.

Doch ich bekam keinen Auftrag, sondern wurde ins Wohnzimmer gerufen, in dem meine Herrin auf dem Sofa saß. Obwohl sie nur schwarze Jeans, ein enges Shirt mit tiefem Ausschnitt und Lackpumps trug, sah sie göttlich aus. Ihre himmlische Erscheinung war keineswegs von teurer Bekleidung abhängig. Sie sah in allem einfach umwerfend aus. Doch ehe ich weiter stumm für sie schwärmen konnte, wies sie mich an, die Hose fallen zu lassen und meinen Schwanz steif zu rubbeln. Obwohl ich nicht verstand, was sie mit mir vorhatte, dachte ich an die letzte Session mit ihr und bekam in Sekundenschnelle einen Steifen, ohne ihn angefasst zu haben.

Sichtlich erfreut kam sie auf mich zu und steckte mir einen Plug in den Schwanz, der ziemlich dick und lang war. Er schmerzte beim Einführen ein wenig, füllte mich aber komplett aus und dehnte meine Harnröhre – ein geiles Gefühl! So musste sich eine Frau fühlen, wenn ich sie mit meinem dicken Luststab penetrierte. Der Anflug eines Lächelns huschte über mein Gesicht.

Nachdem der Plug platziert war, steckte sie eine kleine Kugel an dessen Ende, aus dem ein Kabel hing. Dieses klebte sie an meinem Oberschenkel, gleich unter der Leiste, fest. Danach klebte sie noch zwei weiße große Plättchen auf beide Seiten meines Hodensacks. Mit Freude betrachtete sie meinen Schritt und steckte mir noch einen ziemlich großen Analplug in meine Hinterseite. Er fühlte sich kühl und schwer an, gar so, als wäre er ebenfalls aus Metall. Und auch an die Rückseite meines Oberschenkels klebte sie etwas, von dem ich annahm, dass es das gleiche Plättchen wie an der Vorderseite war. Im Moment fühlte ich mich, als wäre ich ein Cyborg.

Zufrieden klatschte sie mir mit der flachen Hand auf den Po, forderte mich auf, die Hose wieder hinaufzuziehen und den Schwanz seitlich rechts im Slip zu verstauen. Er stand noch immer wie ein Holzpflock, weshalb ich einige Probleme hatte, ihn soweit zur Seite zu biegen. Noch dazu fühlte sich dieser Plug geil an und ich würde wohl noch eine Zeitlang mit dieser Erektion herumlaufen müssen.

Als meine Herrin in Richtung Haustür ging und die Autoschlüssel vom Board nahm, wusste ich, dass ich sie chauffieren sollte. Sie mochte es, mich als Chauffeur zu benutzen.

Ehe wir das Haus verließen, warf sie noch einen Kontrollblick auf meinen Schritt. Sie zeigte sich entzückt, dass sich mein Steifer nur allzu gut unter der Hose abzeichnete. Beinahe hätte man die Adern sehen können, so stark drückte er sich gegen den dünnen Stoff. Deshalb hoffte ich, dass sich meine Erektion bald verflüchtigen würde. In diesem Zustand wollte ich nicht gerade bei jemand Fremdem auftauchen.

Während der Fahrt machte ich mir schlechte Gedanken. Meine Erektion nahm zwar ab, aber nicht ganz. Im Moment konnte die Psyche den körperlichen Reizen nicht Herr werden. Die beiden Plugs in mir heizten meine Hormone einfach auf, dagegen war ich machtlos.

Nach kurzer Fahrt bogen wir auf den Parkplatz eines großen Baumarktes ein. Wortlos stiegen wir aus und ich bekam eine Münze für den Einkaufswagen, den ich an sie übergeben musste. Dann betraten wir das Verkaufsareal und sie steuerte die Gartenabteilung an, in der sich die meisten Kundinnen befanden. Wie ein Hündchen trabte ich neben ihr her und legte langsam und unauffällig die Hände vor mein Geschlecht. Ich hielt die Luft an und wagte nicht, meine Herrin anzusehen. Still betete ich, sie möge meine Handlung nicht sehen. Doch wie immer war sie mehr als aufmerksam, ohne es sehen zu lassen.

»Das bringt nichts«, lachte sie und hielt ihren Blick weiterhin auf die Menschenansammlung vor uns gerichtet. Da sie mir aber nicht verboten hatte, meine Hände vor dem Schritt zu platzieren, behielt ich sie, wo sie waren. Aber mir war bewusst, dass dies nicht einmal der Anfang war.

Sie blieb stehen und holte eine Steuerung aus ihrer Handtasche. Schelmisch grinsend zeigte sie auf eine sehr attraktive Verkäuferin, die gerade Topfpflanzen goss.

»Du suchst dir jetzt eine Pflanze, gehst zu ihr und lässt dir alles darüber erzählen. Stelle viele Fragen, stell dich von mir aus dumm, aber zögere das Gespräch so lange wie möglich hinaus. Und – sprich laut, sodass du die Aufmerksamkeit der Kundinnen auf dich ziehst. Und vergiss nicht, dich seitlich zur Verkäuferin zu stellen. Nicht gegenüber! Und jetzt geh!«

Obwohl ich keine Ahnung hatte, wozu das Ganze gut sein sollte, schnappte ich mir den nächstbesten Blumentopf und sprach die Verkäuferin laut an. Sie schreckte hoch und ich entschuldigte mich sofort, ebenso laut wie zuvor. Nun hielt sie mich scheinbar für schwerhörig und stellte sich sofort mit einer ebenso lauten Stimme auf mich ein.

Cleveres Mädchen, dachte ich und stellte meine erste Frage.

Aber ich hatte noch keine drei Worte von mir gegeben, als ich ein heftiges Kribbeln in meinem Schwanz spürte. Sofort hielt ich inne und warf einen Blick auf meine Herrin. Sie saß gemütlich auf einer Gartenbank und hielt eine kleine Fernsteuerung in ihren Händen. Amüsiert erwiderte sie meinen Blick und das Kribbeln verstärkte sich. Meine Männlichkeit entfaltete sich nun wieder zu einer prächtigen Latte und zeichnete sich für jeden Umstehenden gut ersichtlich unter der Hose deutlich ab.

Ich schluckte schwer und wurde von der Verkäuferin aus meiner Starre geholt. »Ist ihnen nicht gut?«, fragte sie. »Möchten sie sich setzen oder ein Glas Wasser?«

Ein kurzes Schütteln meines Kopfes brachte mich wieder zum Gespräch zurück und signalisierte ihr gleichzeitig, dass ich nichts brauchte. Angestrengt versuchte ich, mich an die Frage, die ich bereits zu stellen begonnen hatte, zu erinnern. Doch sie war weg und ich formulierte eine neue Frage, die ich genauso lautstark vortrug wie vorhin. Durch die Besorgnis der

Verkäuferin aufmerksam geworden, hatten sich die meisten der Kundinnen zu mir umgedreht und sahen mich nun an. Natürlich entdeckten sie sofort mein dickes Rohr in der Hose und lächelten verstohlen. In diesem Moment stieg lodernde Hitze in mir auf und ich wusste, dass sich mein Gesicht rötlich verfärbt hatte. Unglaubliche Scham machte sich in mir breit und ich hatte den Impuls, davon zu laufen. Aber ich blieb, denn ich hatte meiner Herrin zu dienen. Noch dazu machte mich diese Scham geiler als es der vibrierende Plug je konnte.

Als die Verkäuferin mit der Beantwortung meiner Frage fertig war, stellte ich die nächste. Sie sah mich etwas irritiert an, begann dann aber wieder zu sprechen. Vermutlich hatte sie mir diese Frage bereits im Zuge der anderen beantwortet. Doch darauf konnte ich im Moment keine Rücksicht nehmen. Nur am Rande hörte ich sie sprechen, denn nun hatte meine Herrin auch noch die dumpfe Vibration des Analplugs eingeschaltet. Mein ganzer Unterleib vibrierte und es dauerte nicht lange, bis sich meine Atmung unwillkürlich in ein Hecheln verwandelte. Mit sehr viel Mühe versuchte ich, die Atmung zu kontrollieren, aber ich konnte es nicht. In diesem Moment fühlte ich mich, als würde mich jemand von hinten besteigen und mir vorn den Schwanz lutschen.

Unwillkürlich zuckte nun auch mein Becken und ich stemmte die Hände in die Hüften um dies vor den Anwesenden zu verbergen, die sich nun nicht mehr den Blumen, sondern nur noch mir, beziehungsweise meinem Prügel in der Hose, widmeten. Die meisten machten sich nicht die Mühe, so aussehen zu wollen, als würden sie sich mit den Pflanzen beschäftigen. Ohne jegliche Scheu betrachteten sie mich amüsiert.

Nun breitete sich noch mehr Scham in mir aus und ich hätte am liebsten die Hände vors Gesicht geschlagen. Doch ich wusste, dass dies von meiner Herrin nicht toleriert wurde. Die Verkäuferin hatte ebenfalls schon lange bemerkt, dass etwas mit mir nicht stimmte, redete jedoch einfach weiter. Was sie mir erzählte, konnte ich geistig nicht erfassen. Viel mehr hatte ich mit dem zuckenden Becken, meinen weichen Knien und der Luft zu kämpfen, die ich nun immer häufiger scharf einsog und ausstieß. Hin und wieder mischte sich auch ein wollüstiger Laut hinzu, den ich zu verbergen suchte.

Ab diesem Zeitpunkt wagte ich es allerdings nicht mehr, der Verkäuferin in die Augen zu sehen, oder auch nur einem einzigen Umstehenden. Schuldbeladen senkte ich meinen Blick auf die Pflanze und versuchte, mich abzulenken. Doch die Vibrationen waren stärker als mein Geist. Viel stärker.

Als meine Leibesmitte heiße Wellen der Lust in Richtung Kopf schickte, wusste ich, dass es bald soweit sein würde, ich mich nicht mehr beherrschen könnte und mich hier, vor versammelter Mannschaft, einem Orgasmus hingeben müsste.

Ein letztes Mal versuchte ich, gegen meine Wollust anzukämpfen, doch es war sinnlos. Nun hielt auch die Verkäuferin mit ihren Auskünften inne und starrte mich an. Als ich ihr hilflos in die Augen sah, explodierte ein Feuerwerk in mir und ich begann zu keuchen. Scharf sog ich die erdige Luft in meine Lungen, schloss die Augen, presste die Zähne aufeinander und grub meine Finger in meine Hüften. Mein Körper verspannte sich, als stünde ich eine zehntel Sekunde vor einem epileptischen Anfall. Ich zuckte noch mehr und hielt schließlich den Atem an.

Wie ein Vulkan entlud sich nun die Spannung in mir und ließ mich innerlich verbrennen. Die Umgebung verschwamm zu tausend Farben und ich genoss das Prickeln auf meiner Haut, die Leere in meinem Gehirn sowie die Hitze, die sich noch immer in heftigen Wellen in mir ausbreitete.

Nach einer kleinen Ewigkeit atmete ich stoßweise aus und öffnete die Augen. Die Leute rund um mich lachten hinter vorgehaltener Hand oder auch ganz offen. Ein Junge applaudierte amüsiert. Eine ältere Lady drehte sich demonstrativ um und stakste empört davon. Doch der Rest hatte kollektiv seine Augen auf den nassen Fleck auf meiner hellen Hose geheftet, der immer größer wurde. Sie sahen das feuchte Ergebnis meines offiziellen Orgasmus'. Gefühlsmäßig musste ich eine Unmenge an Sperma ausgestoßen haben.

Fassungslos blickte ich mich in der Menge um, aber ich sah keinen einzig mitleidigen Blick, nur amüsierte. Auch meine Herrin hatte ihr zufriedenes Lächeln aufgesetzt. Den Strom hatte sie bereits abgedreht und die Fernsteuerung in ihrer Handtasche verschwinden lassen. Keuchend, zitternd und mit einem großen, dunklen Fleck am Ende meiner Latte stand ich inmitten einer Menschentraube. Erneut wechselte mein Blick von der Hose zu den Kundinnen und wieder zurück. Dann drängte sich nur noch ein einziger Gedanken in mein Gehirn: Flucht!

Und in derselben Sekunde hatte ich mir einen Weg durch die Menge hinaus auf den Mittelgang gebahnt. Ich wollte nichts wie weg von diesen Menschen, die sich über mich lustig machten und von diesem Vorfall wahrscheinlich auch noch ihren Bekannten und Verwandten erzählten. Sie alle lachten über mich – und das mit Recht.

Wie von Sinnen stürzte ich aus dem Laden, überquerte den Parkplatz und kam bei einer Baumgruppe neben der Straße keuchend an. Meine Seite stach, denn ich hatte beim Laufen völlig falsch geatmet. Ängstlich warf ich einen Blick auf den weit entfernten Eingang des Baumarktes. Niemand verfolgte mich. Weder erboste Angestellte noch Leute vom Sicherheitsdienst, und schon gar keine geilen Weiber, die sich vielleicht eine Nummer erhofften, dachte ich sarkastisch.

Ermattet ließ ich mich im Gras nieder und lehnte mich gegen einen Baum. Der dunkle Fleck auf meiner Hose war wirklich eindeutig und weithin sichtbar. So konnte ich nicht nach Hause gehen. Zum Wagen meiner Herrin zu gehen, wagte ich ebenfalls nicht und somit rief ich mit dem Handy ein Taxi. Es war recht schnell zur Stelle und brachte mich wohlbehalten und ohne weitere Peinlichkeiten nach Hause.

Ich lief rasch über den Rasen zur Eingangstür. Glücklicherweise hingen aus den Briefkästen etliche Reklamehefte und ich schnappte mir meins. Anstatt es aber wie üblich in die danebenstehende Papiertonne zu werfen, verwendete ich es als Schild gegen neugierige Blicke von Nachbarn, auf die ich eventuell treffen konnte. Ein weiteres Mal würde ich mich dieser Erniedrigung nicht aussetzen. Zumindest nicht freiwillig.

Eilig hastete ich die Treppen hinauf und hätte es auch beinahe geschafft, ungesehen in meiner Wohnung zu verschwinden, doch im letzten Moment öffnete sich die Tür meiner ältlichen Nachbarin. Eine an sich nette Dame, doch hin und wieder konnte sie recht anstrengend sein. Da sie immer zuerst ihren Kopf auf den Gang streckte, um links und rechts zu sehen, hatte ich keine Chance, ihrer Aufmerksamkeit zu entkommen. Sie war seit langem Witwe und sehr einsam. Da sie mir leid tat, holte ich sie immer wieder für ein paar Minuten aus ihrer Einsamkeit. Doch heute stand mir nicht der Sinn danach. Ich war noch etwas verwirrt, noch immer geil, wollte alles im Kopf Revue passieren lassen und mich ein weiteres Mal daran erfreuen. In diesem Augenblick war ich mir wichtiger als die Nachbarin und ich sprach sie sofort an.

»Hallo Madame Laduce!« Freundlich fasste ich sie mit beiden Händen am Arm. »Ich bin heute schrecklich in Eile! Ich würde mich gern mit Ihnen unterhalten, aber heute geht es wirklich nicht. Bitte seien Sie mir nicht böse, wenn wir es auf ein anderes Mal verschieben.«

Meine Augen mutierten in Sekundenschnelle zu jenen eines Dackels und ich legte meinen Kopf schief. Sie sah mich an, streichelte mir mit ihren weichen, faltigen Fingern über die Wange und setzte ein verständnisvolles Lächeln auf. »Ist schon in Ordnung. Ihr Jungen habt viel zu tun. Das verstehe ich.« Dann rückte sie näher an mich heran und flüsterte mir ins Ohr: »Zieh deine Hose aus und steck sie in die Waschmaschine, Junge. Du tropfst ...«

Mit Schrecken stellte ich fest, dass ich den Werberprospekt unter den Arm geklemmt hatte, damit ich sie mit beiden Händen berühren konnte. Sofort hielt ihn mir wieder vor den Fleck und errötete. Madame Laduce aber tätschelte mir die Wange und meinte amüsiert: »Und ich dachte, nur mir passiert es, dass ich hin und wieder mal ein Tröpfchen verliere! Es ist schön zu wissen, dass es dir auch so geht.«

Mit diesen Worten entließ sie mich und schloss ihre Tür. Unschlüssig, was ich von dieser Aussage halten sollte, starrte ich auf die verschlossene Tür. Dann ging ich zu meiner Tür. Ich genoss den Schutz und die Sicherheit meiner Wohnung und ließ mich auf das Sofa fallen.

Nun schwand die letzte Anspannung und ich fühlte mich matt. Der Auftritt hatte mich viel Energie gekostet. Aber es steckte ein Rest Geilheit in mir, der vermutlich durch die beiden Plugs, die ich noch immer in mir trug, ausgelöst wurde.

Doch ich wollte sie noch nicht entfernen. Viel mehr hatte ich jetzt Lust, ein paar Fotos davon zu schießen. Zufrieden untersuchte ich den Spermafleck, der den rechten Teil meiner Hose zierte. Er war richtig groß und konnte als nichts anderes wahrgenommen worden sein. Ein Harnfleck wäre in der Mitte der Hose entstanden. Und somit war er eindeutig kein Zeugnis von Inkontinenz oder einer überfüllten Harnblase. Die gute Miss Laduce dachte entweder nicht daran, dass ich so böse sein konnte oder sie hatte ihre eigene Sexualität längst abgelegt und dachte in gesitteten Bahnen.

Um meine Fotosammlung in meinem PC zu erweitern, holte ich meine Kamera und dokumentierte meinen Erguss in die Hose. Dann zog ich sie aus und verewigte den Buttplug mit dem Kabel. Als letztes legte ich mich auf das Sofa, meinen Schwanz mit dem Prinzenzepter rechts seitlich auf meinem Bauch, und machte davon ebenfalls ein paar Bilder. Danach zog ich den Metallstab vorsichtig heraus.

Aber ehe er mich komplett verlassen hatte, schwappte eine kleine Portion weißen Lustsaftes neben dem Plug über meine dicke Eichel. Dieser erotische Anblick heizte mich wieder an und ich versenkte das Eisenstäbchen sofort wieder. Das fühlte sich gut an, sehr gut sogar!

Vorsichtig setzte ich mich auf die Kante des Sofas und zog ihn beinahe komplett aus der Öffnung. Ein weiterer Tropfen heißer Lustmilch zeigte sich an der Spitze der Eichel. Erfreut griff ich zur Kamera und schoss davon zwei Bilder. Dann lehnte ich mich gemütlich zurück, hielt den Schaft mit einer Hand fest und ließ den Plug nun langsam auf und ab gleiten. Das quatschende Geräusch des restlichen Ejakulats heizte mich noch mehr an. Sofort stand er wieder in voller Blüte und erzeugte ein angenehmes Prickeln auf der Haut.

Ich rief mir die Situation im Baumarkt in Erinnerung und wurde geiler. Erneut spürte ich die Augen der fremden Ladies auf mir, sah, wie sie tuschelten und lachten, wie sie mich verhöhnten und abwerteten. Ein weiteres Mal erniedrigte mich meine Herrin in der Erinnerung. Nun war meine Geilheit zügellos, sodass ich mich nach einem erfüllenden Höhepunkt sehnte. Aber ich wollte, wie schon zuvor auch, den Höhepunkt nicht durch banales Wichsen auslösen. Ich wollte einen Orgasmus, der nicht auf die übliche Weise entstanden war.

14. SchwanzFick

Rasch schälte ich mich aus meinem Hemd und zog die Hose über die Knöchel. Beides blieb achtlos auf dem Boden liegen. Aus dem Badezimmer holte ich vier Wäscheklammern, die ich mir vor dem Spiegel anlegte. Jeweils eine setzte ich auf meine empfindlichen Brustwarzen und die anderen beiden platzierte ich direkt neben den Plättchen auf meinem Hodensack. Noch stehend wippte ich auf den Zehenspitzen und versetzte damit die Klemmen in Schwingung. Sie ließen mich einen angenehmen Schmerz spüren und ich kehrte wippend ins Wohnzimmer zurück.

Aber ich nahm nicht auf dem weichen Sofa Platz, sondern auf dem harten Holzstuhl, der mir bei diversen Spielen an mir selbst schon oft gute Dienste geleistet hatte. Ich setzte mich mit weit gespreizten Beinen darauf, spannte die Muskulatur meines Pos an und ließ sie rasch wieder erschlaffen. Dann spannte ich sie wieder an und hüpfte gleich darauf im heftigen Stakkato auf meinem Plug herum, den ich nun ganz deutlich in mir spürte. Er vibrierte dumpf in mir und schickte seine Schwingungen direkt an meine Eichel, die sich prall und rot vom silbernen Plug abhob. Durch mein Hüpfen auf dem Plug setzte ich natürlich auch die vier Wäscheklammern in Bewegung, die mir einen süßen Lustschmerz schenkten.

Nun hielt ich erneut den Schaft meines Schwanzes fest und bewegte den Plug in rascher Abfolge ein und aus. Je schneller ich den Plug bewegte, desto schneller ließ ich den Analplug auf der harten Unterlage aufprallen. Ich drückte meinen Schaft ganz unten ziemlich fest zusammen und spürte so den Penisplug noch intensiver. Es verursachte sogar einen gewissen Schmerz, der zu meiner Geilheit beitrug.

Schon nach kurzer Zeit setzte mein Verstand aus und ich fickte mich wie von Sinnen mit dem Zepter in den Schwanz. Immer wieder stieß ich lüsterne Schreie aus und mein Bauch begann zu zucken. Als mich die heiße Woge des Höhepunktes mitriss, spritzte meine Lustmilch in unzähligen kleinen Portionen am Plug vorbei und landete auf dem Computertisch. Ein paar Tropfen davon klatschten heiß auf mein Gesicht. Mein Körper zuckte in unkontrollierter Ekstase und ließ meine Haut brennen. Erst nach langer Zeit ebbte die Hitze ab und meine Muskeln beruhigten sich wieder. Nur mein Atem ging noch stoßweise.

Langsam öffnete ich die Augen und sah mich um. Ich war völlig weggetreten gewesen. Aber es war unbeschreiblich. Zufrieden mit dieser Solosession machte ich noch zwei Fotos von den kleinen Spermaspritzern auf dem Tisch sowie meinem Gesicht. Im Badezimmer entfernte ich die Plugs, die Elektroden und die Wäscheklammern. Dann ging es ab in die Dusche, wo ich feststellte, dass das Ende der Harnröhre ziemlich stark gerötet war.

»Das gibt ein schönes Foto«, flüsterte ich meiner Eichel zu und hätte sie küssen wollen, wäre ich gelenkiger gewesen.

Die beiden Bilder waren rasch angefertigt und ich betrachtete eine Weile die Rötung und die leichte Schwellung. Bilder aus dem Baumarkt tauchten vor mir auf. Die lachenden Menschen, die verblüffte Verkäuferin, die Zufriedenheit auf dem Gesicht meiner Herrin und mein eigenes Entsetzen, als ich den immer größer werdenden Fleck auf der Hose bemerkt hatte.

Eine gewisse Art von Stolz loderte in mir auf und machte sich breit. Es war eine Leistung, sich aus einer solch prekären Situation nicht davonzustehlen, sondern sich ihr bis zur letzten Sekunde zu stellen. Die Scham und die Schmach über sich ergehen zu lassen und den Anwesenden dabei auch noch in die Augen zu sehen. Ich war mir sicher, dass die meisten Sklaven in dieser Lage einfach davongerannt wären. Sie hätten zwar die Missgunst ihrer Lady auf sich gezogen, aber das wäre den meisten wohl noch immer lieber gewesen, als vor rund zwanzig Frauen einen Erguss zu haben. Noch dazu vor Menschen, die wahrscheinlich sexuell nicht wirklich offen waren.

Während ich so dahin sinnierte und einzelne Passagen des Events bewusst aufrief, versteifte sich mein Schwanz erneut. Ohne es zu realisieren, rubbelte ich ihn und fasste ihn ziemlich hart an, sodass die Rötung der Eichel immer wieder schmerzte. Der Schmerz tat gut und ich wollte in diesem Moment mehr davon haben. Kurz dachte ich daran, meine Herrin zu bitten, mich wieder einmal einer Schlagsession zu unterziehen. Und kaum hatte sich dieser Gedanke eingeschlichen, schweifte ich auch schon zur letzten Schlagsession bei der professionellen Domina ab.

Ich sah mich über den Strafbock gebeugt, spürte beinahe den Rohrstock auf meinem blanken Arsch tanzen und fühlte die Fesseln, an denen ich riss, um dem Martyrium zu entkommen. Allein diese Gedanken ließen mich beinahe sofort wieder kommen. Ich stöhnte laut auf und zog die Vorhaut über der Eichel zusammen, sodass meine Schwanzmilch nicht in hohem Bogen herausspritzen konnte. Stattdessen sammelte sie sich pulsierend unter der zusammengezogenen Haut, suchte sich jedoch auch ihren Weg durch die kleinen Falten, die durch das Zusammenziehen entstanden waren. Langsam ließ ich die Haut los und erfreute mich an dem weißen, klebrigen Film, der sich über die Rötung und Schwellung gelegt hatte. Es sah so geil aus, dass ich mir vorsichtig den Fotoapparat vom Tisch angelte und zwei weitere Bilder davon machte.

Als ich schließlich im Badezimmer stand, um meinen Schwanz zu waschen, sah ich mir im Spiegel in die Augen und lachte mich an.

»Langsam denke ich, du bist in deinen eigenen Schwanz verliebt!«, sagte ich amüsiert, schüttelte dann aber wegen dieser Absurdität den Kopf und trocknete mich ab.

Nun war ich restlos befriedigt und völlig entspannt. Obwohl ich noch ein Weilchen in meinem neuen Buch lesen wollte, fielen mir erschöpft die Augen zu. Mein letzter Blick fiel auf den Wecker, der dreiundzwanzig Uhr elf anzeigte. Reichlich früh, um ins Bett zu gehen, dachte ich und schlief beinahe in der gleichen Sekunde ein. Die vielen Orgasmen sowie die Aufregung des Events hatten mich total ausgelaugt.

15. VanillaKlette

Der schrille Ton des Handys holte mich augenblicklich aus dem Schlaf. Blinzelnd sah ich auf das Display und stellte fest, dass ich erst eine knappe halbe Stunde geschlafen hatte. Die Nummer, die mich aufgeweckt hatte, kannte ich allerdings nicht. Da es aber kurz vor Mitternacht war, ging ich davon aus, dass es sich um einen Notfall handeln würde. Zu dieser Zeit ruft man sonst nirgendwo an.

Noch leicht vom Schlaf benommen, meldete ich mich. Es war kein Notfall, sondern Maureen, die eine Einschlafhilfe brauchte. Und sie erinnerte mich sogleich an die DVD, die sie von mir hatte.

Missmutig murmelte ich, dass ich gleich bei ihr sein würde und legte auf. Antriebslos ließ ich mich wieder in die Kissen fallen und schloss die Augen. Ich hatte überhaupt keine Lust, mich jetzt diesem kleinen Luder zur Verfügung zu stellen. Noch weniger hatte ich Lust, mich jetzt wieder anzuziehen um ihre kleine Pflaume zu lecken.

Herrgott, hat die keinen Vibrator?, fluchte ich innerlich und rollte aus dem Bett.

Halb schlafend streifte ich ein Shirt über, stieg in die alten Jeans, die neben dem Bett lagen und achtete nicht darauf, in welche Schuhe ich schlüpfte. Ich wollte die ganze Aktion so rasch wie möglich hinter mich bringen. In den nächsten

Tagen musste ich allerdings darüber nachdenken, wie ich aus dieser Sache wieder heil herauskam. Erpressung war wohl eins der wenigen Dinge, die ich nicht gebrauchen konnte, und ich wusste, dass ich einen Weg finden würde. Nur musste ich dafür bei klarem Verstand sein und durfte nicht völlig ausgepowert und sexuell total am Ende sein. Aber genau das war ich jetzt.

Missgelaunt trottete ich zu ihrem Wohnblock und drückte gegen die Haustür. Sie stand ebenso offen wie ihre Wohnungstür. Im Flur streifte ich meine Schuhe ab und schlenderte ins Wohnzimmer.

»Ich bin hier drinnen!«, flötete ihre Stimme aus dem Schlafzimmer.

Ich verdrehte die Augen, betrat aber dennoch den abgedunkelten Raum. Schnell lecken und wieder gehen – so war mein Plan. Aber ich hatte die Rechnung ohne den Wirt gemacht. Maureen zog mich zu sich ins Bett, knutschte herum, wollte gestreichelt und massiert werden, immer wieder ein wenig geleckt und die Zehen gelutscht bekommen. Artig befolgte ich ihre Anweisungen und verhielt mich, als wäre ich ihr Lover. Ich weckte in ihr die Illusion, ich sei ihr gefühlvoller, liebender Freund, ohne es zu wollen. Doch anstatt damit zufrieden zu sein, forderte sie mich auf, sie zärtlich zu ficken. Geräuschvoll stieß ich den Atem aus. Selbst wenn ich wollte, konnte ich nicht mehr. Der Nachmittag sowie der Abend hatten mich völlig ausgelaugt und jetzt brauchte ich bis zum Morgen Ruhe. Doch meine Erpresserin bestand darauf, gefickt zu werden.

Mit aller Mühe rubbelte ich mir einen etwas mehr als Halbsteifen und band ihn mit einem Haargummi von Maureen ab. Obwohl er sich nicht zu seiner üblichen Größe entfaltet hatte, war sie restlos begeistert. Sie konnte es nicht erwarten, ihn in sich zu spüren. Wie ein kleines Kind vor dem Christbaum schnatterte sie aufgeregt herum, zappelte und bedrängte mich.

Als ich endlich so weit war und langsam in sie eindrang, jubelte sie vor Freude. Offensichtlich hatte sie vor mir noch nie das Vergnügen gehabt, einen so mächtigen Schwanz in sich zu spüren. Obwohl mir ihr Jubel schmeichelte, wusste ich, dass es nun noch schwieriger war, sie loszuwerden. Sie würde mich auf alle Fälle behalten wollen.

Das Haargummi verursachte einen guten Blutstau und ich konnte sie ficken. Zwar nicht in der gleichen Intensität wie sie es bei unserer ersten Begegnung erlebt hatte, aber es reichte ihr offensichtlich. Bereits nach geschätzten zwei Minuten jauchzte und stöhnte sie, wand sich auf dem Laken und krallte sich in mich. Ich stieß noch ein paar Mal in sie und verharrte dann abgestützt über ihr. Sie blickte mich verliebt an und zog mich zu sich hinunter, um mich innig zu küssen.

Morgen, dachte ich, *gleich morgen muss ich mir einen gangbaren Weg einfallen lassen, wie ich sie loswerde!*

Standardsex war nun wirklich nicht meine Passion und ich dachte daran, dass sie mich möglicherweise täglich zu sich rufen könnte, um mit mir eine 08/15-Nummer abziehen zu können. Ich erschauderte, aber ich blieb noch so lange in ihrem Bett, bis sie eingeschlafen war. Auf keinen Fall wollte ich mir ihren Unmut zuziehen und sie zu unüberlegten und überstürzten Handlungen verleiten.

Nachdem ich sicher war, dass sie tief und fest schlief, sammelte ich meine Kleidung vom Boden auf und schlich ins Wohnzimmer. Dort befreite ich meinen Schwanz, der mittlerweile dunkelrot von dem Haargummi war. Sofort fiel er kraftlos in sich zusammen. Ich schaffte es gerade noch, über die Rasenfläche der Wohnanlage, hinein in meine Wohnung und weiter in mein Bett zu kommen. Dort schlief ich ein, noch ehe mein Kopf das Kissen berührte.

***

Während ich den nächsten Tag damit verbrachte, über Maureen und mein Entkommen aus ihrer Macht nachzudenken, schickte sie elf Kurznachrichten. Sie alle hatten einen so vertrauten Ton, als wären wir ein Paar – und zwar ein frisch verliebtes Paar!

Ich wusste zwar nicht, in welche Fantasiewelt sich Maureen geflüchtet hatte, aber sie gefiel mir ganz und gar nicht. Das Mädchen war weder mein Typ noch konnte ich mit einer Vanillafrau etwas anfangen. Außerdem wollte ich keine Beziehung. Und schon gar keine mit einer Frau wie ihr! Sie schien das aber anders zu sehen, und genau dem musste ich entgegenwirken.

Auf Grund der räumlichen Nähe war ich ziemlich ratlos, denn ich konnte mich vor ihr nicht verstecken. Sie würde das Licht brennen sehen und konnte mir jederzeit vor der Haustür auflauern. Mittlerweile hatte sie vermutlich herausgefunden, welchen Wagen ich besaß und konnte diesen blockieren. Sie hatte mich wirklich in der Hand und es sah so aus, als gäbe es kein Entrinnen.

Am Abend war ich so weit, innerlich aufzugeben. Welche Strategie mir auch immer eingefallen war, sie hatte einen Haken. Meist war es sogar ein gewaltiger Haken. Jedoch war ich mir nicht sicher, ob sie die Situation ebenso sah wie ich. Dennoch wollte ich nicht riskieren, dass sie mit der DVD an die Öffentlichkeit ging. Eine solche Aktion wäre mein gesellschaftlicher sowie beruflicher Ruin gewesen. Zwar kannte ich Maureen so gut wie gar nicht, schätzte sie aber als kompromisslos ein, wenn sie nicht bekam, wonach sie verlangte. Sie würde wohl über die sprichwörtlichen Leichen gehen.

Noch während ich auf dem Weg nach Hause über dieses Problem nachdachte, meldete mein Handy den Eingang einer SMS. Da ich vermutete, dass die Nachricht von ihr kam, ließ ich mir mit dem Lesen Zeit. Doch bereits nach wenigen Minuten schoss mir der Gedanke durch den Kopf, dass sie auch von meiner Herrin kommen könnte. Sofort angelte ich in der Tasche meiner Jeans danach und rief mit zittrigen Händen die Message auf. Zu meiner Erleichterung, aber auch Enttäuschung, war sie tatsächlich von der kleinen Erpresserin. Sie hatte mir soeben einen Auftrag erteilt.

Missgelaunt schlurfte ich die letzten paar Meter bis zu meiner Wohnung und wünschte, ich würde ganz weit weg von hier wohnen. Oder ich wäre ihr niemals begegnet!

***

Exakt um neunzehn Uhr wählte ich Maureens Telefonnummer und machte mich für meinen Auftrag bereit. Ich würde noch ein wenig mitspielen müssen, aber nicht mehr lange. Sie ließ es einige Zeit klingeln, ehe sie abhob. An ein Auflegen meinerseits war nicht zu denken. Zumindest verbot es mir meine gute Erziehung, die ich meiner Herrin verdankte.

Als sie endlich abhob, räusperte ich mich und flüsterte ihr zärtlich ins Ohr, wie sehr ich sie vermisst hätte und dass ich den ganzen Tag an nichts anderes als an sie hätte denken können. Ich erzählte ihr, dass ich mir ihre langen, schlanken Beine vorstellte, die durch schwarze Strümpfe noch aufreizender in der schwachen Beleuchtung ihres sündigen Schlafzimmers zur Geltung kamen. Ihre sinnlichen Lippen, ihre knackigen Brüste, die ich liebevoll knetete und die harten Brustwarzen genüsslich leckte, und so weiter. Ich kam mir richtig dämlich vor und es hatte für mich nicht den geringsten Reiz. Aus meinem Handy allerdings drang ein sanftes Stöhnen, das immer heftiger wurde. Offensichtlich masturbierte sie zu meinen Worten.

Um diesen Auftrag so rasch wie möglich hinter mich zu bringen, legte ich noch ein wenig mehr Laszivität in meine Stimme und tat so, als würde er mich ebenfalls sehr erregen. In kürzester Zeit hörte ich sie ihren Orgasmus in den Hörer wimmern; danach das erlösende Besetztzeichen. Sie hatte aufgelegt und mich damit entlassen.

Erfreut sah ich das Handy an und ließ mich auf der Couch nieder. Ich dachte trotzdem intensiv darüber nach, wie ich diese Vanillaklette loswerden konnte, aber meine Gedanken nahmen ihren eigenen Lauf.

16. LatexEvent

Sie führten mich zu jenem ersten Auftrag zurück, den ich vor langer Zeit von meiner Herrin erteilt bekommen hatte. Ich konnte regelrecht den pochenden Herzschlag spüren, der sich damals in meiner Brust ausgebreitet hatte, als ich mit zittrigen Fingern die E-Mail weiterscrollte. Die Nachricht war – wie eigentlich immer – kurz, prägnant und ließ keine Fragen offen:

»Du wirst ab sofort täglich vier Mal in dasselbe Kondom spritzen und es danach sofort in die Tiefkühltruhe geben. In die Mitte des Kondoms platzierst du ein Holzstäbchen mit einem kleinen Querbalken. An diesem Balken hängst du es auf, sodass der Inhalt die Form des hängenden Kondoms annimmt.« Obwohl ich mich über diesen Auftrag freute, konnte ich mir keinen Reim darauf machen ...

Das Telefon riss mich jäh aus diesem wundervollen Augenblick.

»Ja, hallo«, meldete ich mich lässig und noch etwas geistesabwesend. Doch plötzlich donnerte mir die harsche Stimme meiner Herrin ins Ohr und unwillkürlich schnellte ich vom Sessel hoch. Es hätte nicht viel gefehlt und ich hätte salutiert. Ich stand so stramm, als wäre ich beim härtesten Drillsergeant in Ungnade gefallen.

»Jawohl, Herrin«, sagte eine zittrige Stimme, die nicht mir zu gehören schien. »Es tut mir aufrichtig leid, Herrin. Ich war nur so ...«

Sie schnitt mir mit einem scharfen Ton das Wort ab, der keine weitere Ausführung zuließ. Keine Erklärung, keine Entschuldigung, keine Rechtfertigung. Nur Schweigen und Zuhören.

Sie fasste ihren Auftrag in knappe Worte und legte auf, ohne nachzufragen, ob ich ihn verstanden hatte. Geistesabwesend starrte ich den Hörer an, aus dem seit einigen Sekunden nur noch das Besetztzeichen zu hören war. Langsam legte ich auf und spürte, wie sich mein starrer Körper nach und nach entspannte und ich wieder atmen konnte. Ich ließ mich auf die Couch zurücksinken. Dann warf ich einen Blick auf die Uhr. Es war neunzehn Uhr zwanzig. Eigentlich hatte ich mir vorgenommen, abends einige Kleinigkeiten fürs Büro zu erledigen. Im Moment stresste mich mein Doppel-Sklavendasein und ich wünschte, ich hätte bereits eine Lösung für Maureen.

Da ich jedoch mit einem ziemlich heiklen Auftrag betraut worden war, wollte ich keine Zeit mit dem Sinnieren vergeuden. Sofort sprang ich auf, packte meine Autoschlüssel und war auf der Straße.

Mein erster Weg führte mich in den nächstgelegenen Sexshop, wo ich zielstrebig auf die linke, hintere Ecke des Ladens zuhielt. Nach wenigen Minuten fand ich, wonach ich gesucht hatte und begab mich augenblicklich auf den Weg nach Hause. Es war mein erster Auftrag in diese Richtung und er machte mich einigermaßen nervös. Immer wieder malte ich mir Szenarien aus, aber in der Vorstellung fiel es mir sehr schwer, diese Aufgabe bis zum Ende auszuführen. Allerdings würde ich mein Bestes geben, das stand fest.

Zu Hause duschte ich rasch und stylte mich präzise nach den Angaben meiner Herrin. Während des Ankleidens fluchte ich und kam mir dann vor dem Spiegel mehr als lächerlich vor. Außerdem begann meine Haut zu jucken und mir war unangenehm heiß. Wie ich diesen Abend, beziehungsweise diese Nacht, überstehen sollte, wusste ich nicht. Dennoch machte ich mich schleunigst auf den Weg, um pünktlich am genannten Ort zu sein.

Die Adresse befand sich an einer belebten Straße und ich musste etwas weiter weg fahren, um einen Parkplatz zu finden. Ich stellte den Motor ab und beobachtete das rege Treiben auf dem Gehsteig. Was machten all diese Menschen hier um diese Zeit, fragte ich mich. Beinahe ohne Unterlass strömten sie an mir vorbei und ich wagte nicht, auszusteigen. Nicht in diesem lächerlichen Outfit, denn es konnte sehr gut sein, dass ich jemand Bekanntem über den Weg lief – und das wäre mehr als peinlich gewesen. Doch die Uhr auf dem Armaturenbrett zwang mich letztendlich, den schützenden Wagen zu verlassen.

Wie ein scheues, katholisches Mädchen, das durch einen Sündenpfuhl laufen musste, senkte ich meinen Kopf und presste die Handtasche mit beiden Händen an meinen Bauch. Obwohl ich wusste, dass ich mich äußerst auffällig benahm und damit erst recht die Aufmerksamkeit auf mich zog, wagte ich es nicht, erhobenen Hauptes die Straße bis zum Treffpunkt entlangzugehen. Obwohl es relativ kühl war, trat mir der Schweiß aus den Poren und ich hatte mit Sicherheit ein hochrotes Gesicht. Aber gleichzeitig stellte sich auch wieder diese geile, kribbelnde, aufregende Spannung ein, die ich so sehr liebte. Mein Schwanz versteifte sich und schenkte mir einen leisen, rieselnden Schauer, der sich bis in die Haar- und Zehenspitzen fortsetzte.

Mit einem scheuen Blick und einem lüsternen Lächeln erreichte ich den Eingang des Lokals. Doch zu meinem Schrecken wartete die angekündigte Person nicht davor. Das Warten wäre keine Tragik gewesen, denn ich hatte im Laufe der Zeit gelernt, dass Herrinnen und Master sich auch zeitlich nicht nach den Untergebenen richteten. Sie kamen dann, wenn es ihnen gerade genehm war und der Sub hat geduldig zu warten. Und das war auch gut so. Aber in diesem speziellen Fall verteufelte ich die Mistress, auf die ich warten sollte.

Beschämt drängte ich mich in eine halbwegs dunkle Ecke, senkte weiterhin den Kopf und schielte verstohlen auf den Gehsteig. Die Besucher des Lokals musterten mich aufmerksam und so mancher stieß abwertend und laut die Luft aus.

Während ich wartete und mich zu Tode schämte, schoss erneut Blut in meinen Schwanz und richtete ihn so weit auf, dass er durch den dünnen Latexstoff meines Kleides sichtbar wurde. Wie ein verschreckter Teenager presste ich die Handtasche vor meinen Schritt und hoffte inständig, Madame würde bald kommen.

Kaum hatte ich diesen Wunsch zu Ende gedacht, stand sie auch schon vor mir. Eine kleine, rundliche Person mit einem gütigen Puppengesicht. Etwas zu grell geschminkt, aber nicht unhübsch. Ihr Latexmantel erhob sich ein wenig, als ein Windstoß um die Ecke fuhr. Sie musterte mich und zog den Mantel enger um ihren Körper.

»Du bist also der Ersatz ...«, sagte sie unzufrieden und musterte mich. »Na ja, gleichwertige Qualität bekommt man nur selten. Und schon gar nicht, wenn es schnell gehen muss. Da hat man sich eben mit allem zufriedenzugeben.«

Mit diesen Worten drehte sie sich zur Tür und wartete darauf, dass sie von mir geöffnet wurde. Obwohl ich um meinen Wert wusste, trafen mich ihre Worte ziemlich heftig. Ich zog den Kopf zwischen den Schultern ein und folgte ihr in den Swingerclub. Ich war nicht einmal dazu gekommen, sie standesgemäß zu begrüßen und war von ihrem Verhalten völlig irritiert. Dennoch folgte ich ihr aufmerksam, um ihren schlechten Eindruck von mir wenigstens zum Teil wieder ausmerzen zu können.

Als Lady Donna, so wurde sie von der Kellnerin begrüßt, durch das Spiegelzimmer schritt, verneigte sich ein nackter Mann, der gerade von einem anderen Mann geblasen wurde, tief. Sie quittierte diese Geste lediglich mit dem Hauch eines Kopfnickens.

Gleich am Eingang der strengen Kammer fiel ein junger Mann auf die Knie und versuchte, ihre Stiefel zu küssen. Doch er konnte nur den Lack im Vorbeigehen mit seinen Lippen streifen. Lady Donna machte sich nicht die Mühe, stehenzubleiben. Der junge Mann lächelte dennoch und blieb auf den Knien. Sein Latexhemd sah im gedämpften Rotlicht zerknittert aus, eine Hose hatte er nicht an.

Während die Lady Platz nahm, orderte sie ein Glas Sekt.

»Drei zum Glory Hole!«, rief sie und im gleichen Moment waren Schritte zu hören. »Du wärmst dich gleich mal auf«, befahl sie mir und zeigte mit dem Finger auf die Schwänze, die in freudiger Erwartung durch drei Löcher in einer Holzwand ragten.

Vorsichtig, um das Kleid nicht zu ruinieren, kniete ich mich vor den mittleren Schwanz und nahm ihn in den Mund. Die beiden anderen umfasste ich mit meinen Latexhandschuhen. Nun begann ich, alle drei im selben Rhythmus zu blasen und zu wichsen.

Es war gar nicht so einfach, alle drei gleichzeitig zu bedienen. Es erforderte Konzentration, die ich aber mit jeder Minute, die verging, verlor. Unter dem langen Latexkleid staute sich die Hitze ebenso wie unter der Langhaarperücke. Die Bearbeitung der drei Schwänze trug auch nicht gerade zu einer Kühlung bei. Aber ich legte noch mehr Leidenschaft in meine Hände und merkte bereits nach wenigen Minuten, wie der rechte Schwanz zu pulsieren begann. Kurz darauf pumpte er eine gewaltige Ladung seiner heißen Milch auf den Boden. Ein paar Tropfen benetzten auch den Saum meines Kleides. Doch darum würde ich mich später kümmern. Jetzt war es wichtig, die beiden anderen Schwänze zufriedenzustellen. Schließlich war es meine Aufgabe, als gehorsamer Sklave die Herrin stolz zu machen. Auch wenn ich nicht ihr Eigentum war.

Ich massierte also weiterhin den Schwanz mit meiner linken Hand, lutschte mit viel Hingabe an der dicken Eichel und kratze mich unauffällig mit der rechten Hand am Bauch, die gerade frei geworden war. Der Schweiß und das Puder bildeten zwischen meiner Haut und dem Latex eine fatale Mischung. Getrocknet und abgepackt konnte man sie sicher zu Höchstpreisen als Juckpulver verkaufen.

Als nächstes wand sich auch schon der zweite Schwanz in meiner Hand. Der Mann hinter dem Glory Hole presste seinen Unterbauch gegen die Öffnung und wies mich damit an, noch schneller zu wichsen. Innerhalb weniger Sekunden entluden sich ein paar dicke Tropfen, die geräuschvoll auf den Boden klatschten. Dann war ein stakkatoartiges Stöhnen zu hören. Ich freute mich, dass der zweite Mann das Spiel offensichtlich genossen hatte und ich nur noch einen zu befriedigen hatte. Doch in diesem Moment schoss ein Strahl heißer Lava aus seinem Rohr direkt in mein Gesicht. Es war also *er*, der hinter der Wand gestöhnt hatte und nicht der Zweitplatzierte!

Er stöhne noch ein paar Mal, dann verschwand auch sein Schwanz aus dem Loch. Ich kniete mit einer Ladung weißen Saftes im Gesicht, die mir langsam ins künstliche Dekolleté tropfte. Fragend sah ich mich nach Lady Donna um. Sie nickte nur und deutete mir mit der Hand, ich solle ins Badezimmer verschwinden, um mich frisch zu machen. Dann widmete sie sich wieder den beiden Damen, die, von mir unbemerkt, die Kammer betreten hatten.

Ich stand auf und konnte den beiden nicht in die Augen sehen. Viel zu groß war die Scham, mich in diesem Aufzug mit vollgespritztem Gesicht zeigen zu müssen. Noch während ich aufstand, machte ich bereits den ersten Schritt in Richtung Badezimmer. Doch mit den High Heels war ich nicht ganz vertraut und knickte zur Seite. Noch ehe ich stürzen konnte, erwischte ich den Beinbügel eines Gynstuhls und hielt mich daran fest. Ohne mich umzusehen, eilte ich aus der strengen Kammer und war froh, das Badezimmer kurz für mich allein zu haben.

Nachdem ich mir das klebrige Weiß aus dem Gesicht gewaschen hatte, kramte ich in meiner Handtasche nach dem Make-up, der Wimperntusche und dem Rouge. Meine so sorgfältig angelegte Kriegsbemalung war weg und ich musste mich ein zweites Mal bemühen, nicht wie eine billige Hure auszusehen. Es sollte natürlich wirken, aber doch ein wenig das Aussehen heben.

Während ich in der Handtasche mein Handy, Taschentücher und die Geldbörse zur Seite schob, kam ein anderer Mann in einem sehr kurzen Lackkleid zur Tür herein. Er grüßte höflich mit hoher Stimme und warf sich eine Locke seiner schwarzen Perücke kess über die Schulter. Dann stöckelte er zum WC, setzte sich bei offener Tür, presste die Knie aneinander und sah mich mit Scham an. Während es plätscherte, erneuerte ich mein Make-up und kratzte mich unentwegt an verschiedenen Stellen. Je mehr ich aber kratzte, desto heftiger juckte es. Ich wollte nur noch aus diesem Kleid raus, die Perücke abnehmen und endlich wieder durchatmen können. Doch dieser schräge Abend würde vermutlich noch sehr lange dauern.

Obwohl ich bereits fertig war, verließ ich den Waschraum nicht sofort. Ich wollte noch zwei Minuten für mich haben, in denen ich mich für die Begegnung mit den beiden Damen rüstete. Es würde nicht einfach werden, ihnen in dieser Aufmachung gegenüberzutreten.

Doch irgendwann musste ich mich in die buchstäbliche Höhle des Löwen stürzen. Also trat ich beherzt aus dem Bad und steuerte auf wackligen Beinen, aber mit einem angenehmen Kribbeln im Bauch, die strenge Kammer an.

Die drei unterhielten sich und beachteten mich nicht. Unsicher stellte ich mich in eine Ecke und senkte demütig meine Lider.

Nach einigen Minuten stand die schlanke Blonde auf und begutachtete mich.

»Das ist also die Ersatzschlampe?« Mit einem Finger an meinem Kinn hob sie meinen Kopf an und ich war gezwungen, ihr direkt in die Augen zu sehen. Eine Welle aus Scham überflutete mich und pumpte Blut in meinen Schwanz. Der dünne Latexstoff hob sich und bildete ein kleines Zelt.

»Rita!«, rief die andere der Damen, »die kleine Nutte findet dich geil!« Dann lachte sie derb. Meine Ersatzherrin fiel in das Gelächter ein.

Ich schluckte hart und sah Herrin Rita unsicher an.

»Heb mal dein Röckchen«, wies sie mich süffisant an und ließ ihren festen Blick nicht von meinen Augen. Ohne nach unten zu sehen, raffte ich das Latexkleid und zog den vorderen Rockteil so weit nach oben, dass mein Schwanz gut sichtbar wurde. Er stand wie ein Ast ab, der nicht an diese Stelle gehörte.

Nun waren auch die schwarzen Seidenstrümpfe, die von den mit Rosen besetzen Klammern des duftigen Strapsgürtels gehalten wurden, zu sehen. An den Füßen trug ich rote High Heels mit einem Riemchen um die Fesseln.

Etwa drei Sekunden, nachdem ich den drei Damen sowie einigen der im Raum stehenden Herren den Blick unter mein Kleid gewährt hatte, brachen die meisten in schallendes Gelächter aus. Allen voran meine Ersatzherrin Lady Donna sowie ihre Bekannte, Lady O. Der Rest der Anwesenden fiel nun ebenfalls in das Gelächter ein. Mein Gesicht lief rot an und ich hatte das Gefühl, in einer Sauna zu stehen. Aus jeder Pore trat mir der Schweiß aus und verursachte zusätzliches, unsägliches Jucken unter dem Latex. Kurz überlegte ich, ob ich nicht davonlaufen sollte. Aber das würde ich bitter bereuen. Keine Domina ließ sich vor anderen von einem niedrigen Wurm bloßstellen. Ich konnte sogar die Stelle bei meiner Herrin verlieren – das war es sicher nicht wert!

Deshalb atmete ich tief durch und versuchte, meine Erektion durch ungeile Gedanken in den Griff zu bekommen. Mein Pech allerdings war, dass mich Madame Rita nicht nur mit ihren prallen Brüsten, die oben aus der Lackkorsage wie zwei saftige Melonen ragten, sondern auch mit ihrer dominanten Ausstrahlung sexuell ziemlich ansprach. Ihr beinahe hüftlanges, blondes Haar, das sich seidig vom schwarzen Lackminirock abhob, setzte dem Ganzen noch die Krone auf. Mein Ständer ließ sich nicht bändigen. Da halfen nur noch schlechte Gedanken.

Herrin Rita drehte sich um und kramte in einem großen Beutel. Obwohl ich nichts lieber getan hätte, als den Rock fallen zu lassen, hielt ich ihn tapfer in die Höhe und entblößte weiterhin meinen Schambereich. Auch wenn sie nicht meine Herrin war, handelte ich genau so, als wäre sie es. Und da sie keine Anweisung gegeben hatte, verharrte ich in dieser sehr peinlichen Stellung.

Noch ehe ich erkennen konnte, was sie in den Händen hielt, hatte sie mir ein Halsband umgelegt und eine Leine daran befestigt. Wortlos zog sie mich hinter sich her und ich folgte ihr auf wackligen High Heels mit erhobenem Rock. Sie führte mich eine Runde durch den Swingerclub und präsentierte mich den zahlreichen Gästen. Allgemeines Gelächter war die Folge. Einige der Anwesenden folgten uns bis ins Badezimmer, wo ich den ganzen Rockteil hochheben und mich breitbeinig in die offene Dusche stellen musste.

Gekonnt wartete Herrin Rita, bis alle Schaulustigen einen Platz gefunden hatten, um dem Schauspiel ihre ganze Aufmerksamkeit zu schenken.

Mit einem Flackern in den Augen wies sie erneut auf meinen Schwanz hin, der sich unter meinem Kleid versteckt hatte.

»Und das findet er auch noch geil, wie man sehen kann. Wollen wir der kleinen Schlampe ihre Geilheit austreiben?«

Einige klatschten, andere riefen belustigt durcheinander und forderten die Herrin auf, endlich zu beginnen.

Mit dem Spektakel offensichtlich zufrieden, hob sie gebieterisch die Hand. Alle verstummten beinahe gleichzeitig. Spannung lag in der Luft. Niemand bewegte sich. Ich war fasziniert, welche Macht diese kleine Frau ausstrahlte.

Kühl lächelnd schnippte sie mit dem Finger gegen meine Latte, die so prall war, dass sie zwei, drei Mal nachwippte. Hart wie ein Fahnenmast stand sie steil nach oben gerichtet, gar so, als wollte sie sich den erhobenen Rockteil ansehen. Ich kam mir dabei extrem lächerlich vor, aber all meine Bemühungen, der Erektion gegenzusteuern, schlugen fehl. Allerdings fragte ich mich, ob ich nicht genauso lächerlich aussehen würde, wenn mein Schwanz schlaff nach unten hing. Es würde wohl nichts ändern, aber trotzdem versuchte ich weiterhin, gegen die mächtige Latte anzukämpfen.

Lady Rita nahm den Brausekopf von der Wand und ließ das Wasser in die Ecke laufen. Dennoch starrten die Männer auf meinen Riemen, der nun leicht zu zucken begann. Ein untrügliches Zeichen dafür, dass er bald die ersten Lusttropfen aus seiner bereits feucht glänzenden Eichelöffnung abgeben würde.

Ohne den Kopf zu senken, äugte ich auf meine Schwanzspitze und achtete nicht auf die Herrin, die ohne Vorwarnung den Wasserstrahl auf meine Latte richtete. Ihre schwarzen Lackhandschuhe hoben sich von dem Brausekopf, auf dem das eiskalte Wasser kondensiert war, scharf ab. Es sah aus, als hielte sie einen vereisten Metallstab in der Hand.

In diesem Moment blieb mir die Luft weg und ich rang nach Atem. Eiseskälte breitete sich blitzschnell in meinem Körper aus und stach bis hinauf in mein Gehirn. Mein Körper zog sich instinktiv zusammen und beinahe wäre mir der Rockteil des Kleides entglitten. Doch in der gleichen Sekunde schaltete sich mein devoter Anteil ein und mahnte mich, der Lady den Spaß nicht zu verderben. Noch dazu würde die Bestrafung für ein Auflehnen bei weitem schlimmere Ausmaße annehmen, als diese Dusche mit geschätzten vier Grad. Ich spannte meine Muskeln an, um ein Zittern zu verhindern, presste die Augen zusammen und hielt mich am Saum des Kleides fest. Doch ein jäh einsetzendes Gelächter ließ mich in die Runde blicken.

Sie alle hatten ihre Augen auf meinen Schwanz gerichtet, den ich nur noch als kalte Stelle wahrnahm. Ein Blick darauf verriet mir, weshalb hemmungslos gelacht wurde. Mein soeben noch in prachtvoller Größe stehendes Zepter war innerhalb von ein, zwei Sekunden zu einer größeren Klitoris geschrumpft. Es waren lediglich dicht gedrängte Hautfalten zu sehen, die kaum zwei Zentimeter von meinem Bauch abstanden. Auch mein Gehänge hatte sich in den Bauchraum gezogen und sah von weitem vermutlich wie dicke Schamlippen aus.

»Jetzt«, verkündete Herrin Rita feierlich, »passt das Kleidchen perfekt zu unserem Mädchen!«

Das Badezimmer füllte sich erneut mit johlendem Gelächter und Beifallsklatschen. Ich krallte meine Finger in den Saum und versuchte, mich auf meine Atmung zu konzentrieren, um nicht aus Scham davonzulaufen. Allerdings wurde mein Minischwänzchen im gleichen Augenblick in einen sehr kleinen Käfig gesteckt, der aus Lederschnüren bestand. Er quetschte das bisschen Haut so weit ein, dass ich beinahe schwanzlos aussah. Nun hatte Madame Rita wirklich ein Mädchen aus mir gemacht. Es fühlte sich eigenartig an.

Leider hatte ich keine Zeit, um es auf mich wirken zu lassen, denn Madame zog mich an der Leine aus dem Badezimmer hinaus. Gemächlich schritt sie durch den Club, um mich all jenen Gästen zu präsentieren, die nicht Zeuge meiner geschlechtlichen Verweiblichung im Badezimmer geworden waren. Dann führte sich mich in die strenge Kammer zurück. Die nackten Männer folgten uns, die meisten dabei heftig wichsend. Vermutlich stellten sie sich vor, an meiner Stelle in dem Kleid zu stecken und an der Leine mit dem Keuschheitsgürtel vorgeführt zu werden.

Als wir die strenge Kammer betraten, schlüpfte Lady O aus ihrem Schuh und hielt ihren nackten Fuß in den Raum. Herrin Rita zog mich am Halsband auf Hände und Knie. Dankbar, meinen eingesperrten Schwanz nicht mehr präsentieren zu müssen, rutschte ich auf den Knien zu dem dargebotenen Fuß, umfasste ihn zärtlich und nahm die Zehen in den Mund. Ein leichter Schweißfilm bedeckte den dargebotenen Fuß, aber er schmeckte nicht wirklich unangenehm.

Während ich mit Hingabe die Zehen lutschte, mit nassen Lippen küsste und mit der Zunge massierte, hob Herrin Rita mein Kleid und legte den Rockteil auf meinen Rücken. Ich konnte die lüsternen Blicke der Bi-Männer auf meinem blanken Po spüren. Ich war mir sicher, dass so mancher in diesem Augenblick den Wunsch hegte, seine Zunge in meine Rosette zu stecken, um sie ausgiebig zu lecken oder einen Finger genüsslich hineinzuschieben, vielleicht auch einen zweiten, um sie für das Einführen ihres Schwanzes vorzubereiten, diesen dann an meiner Rosette zu reiben, um dann langsam einzudringen, während sie das Latexkleid an ihren Händen fühlten. Für so manchen stellt das einen wahren Hochgenuss dar.

Doch Herrin Rita führte einen großen Analplug mit einem roten Stein, einem Rubin nicht unähnlich, ein und verschloss damit den Zugang. Dankbar, dass sie mich nicht all den geilen Männern zum Besteigen anbot, leckte ich umso intensiver den Fuß von Lady O.

Als sie mir den Fuß entzog, streifte ich ihren Schuh wieder über. Das Metallende ihres schwarzen Lackstilettos ließ mich schmachten. Gern hätte ich ihn noch länger betrachtet, aber sie befahl mir in harschem Ton, mich auf den Rücken zu legen.

»Beine anwinkeln, Rock hoch!«

Gehorsam führte ich ihren Befehl aus und spürte die Blicke der drei Ladies, die im selben Moment losprusteten, als sie meinen völlig minimierten Schritt sahen. Die Perücke war nun auch ein wenig zur Seite gerutscht und ich kam mir so lächerlich vor, dass ich wieder knapp davor war, diesen Club zu verlassen. Aber ich nahm mir vor, die Demütigungen wie ein echter Sub zu tragen und blieb regungslos auf dem Boden liegen. Stolz erfüllte meine Brust und ich war für die nächsten Spiele gewappnet.

Lady O stand auf und stieg über mich hinweg, als wäre ich eine leere Flasche. Langsam schritt sie vor der ersten Reihe der nackten Männer dahin und begutachtete die Schwänze. Sofort legten die Männer ihre Hände auf den Rücken und streckten der Lady ihre Latten erwartungsvoll entgegen. Sie entschied sich für einen kleinen, glatzköpfigen Mann mit behaartem Bauch und Rücken. Sie packte ihn an seinem Schwanz, der nur ein wenig aus dem dichten Busch seiner Schamhaare hervorragte und zog ihn zu mir. Ohne ein Wort zu verlieren, drängte sie ihn über mich und drückte ihn an der Glatze in die Hocke. Sein Anus präsentierte sich nun genau über meinem Gesicht.

»Lecken und wichsen!«, herrschte sie uns an.

Sofort streckte ich die Zunge nach seiner Rosette aus. Doch anstatt eine glatte, samtene Oberfläche zu lecken, kräuselten sich unzählige Haare um meine Zunge und verfingen sich in meinen Zähnen. Im gleichen Moment merkte ich an den leichten Auf- und Abbewegungen seines Arsches, dass er sich wichste. In seiner Geilheit drückte er seine behaarte Rosette immer stärker auf mein Gesicht, begann darauf zu kreisen und machte mir das Atmen beinahe unmöglich.

Dennoch versuchte ich, dem Befehl der Herrin gerecht zu werden. Mit viel Mühe leckte ich seine Rosette und versuchte, ein wenig einzudringen. Doch immer wieder hinderten mich unzählige Haare daran. Einige davon hatten sich sogar gelöst und klebten nun an meiner Zunge sowie am Gaumen und auf der Innenseite der linken Wange.

Aber schon nach kurzer Zeit wurden seine Wippbewegungen immer schneller und heftiger. Leises Stöhnen drang an mein Ohr, vor dem nicht die Perücke hing und ließ mich hoffen, dass alles bald vorbei sein würde. Doch noch ehe ich diesen Gedanken zu Ende gebracht hatte, ließ er sich vollends auf mein Gesicht fallen und pumpte seine heiße Milch direkt auf meinen Schwanz, der noch immer im Lederkäfig eingequetscht war.

Schwer keuchend erhob er sich und tappte durch den Raum zur Tür hinaus. Er schien befriedigt zu sein.

Froh, ihn von meinem Gesicht zu haben, holte ich rasch seine haarigen Geschenke aus meinem Mund. Lady O sah mich an und grinste. Vermutlich konnte sie den Ekel aus meinem Gesicht herauslesen.

Völlig unvermutet schlug sie plötzlich auf die Innenseite meiner Schenkel. Ein untrügliches Zeichen dafür, dass ich sie weit spreizen sollte. Sofort kam ich dem unausgesprochenen Befehl nach und spürte sogleich, dass mir die erkaltende Spermamilch des behaarten Glatzköpfigen vom Schwanz über den Damm bis zu den Arschbacken entlanglief. Ein kalter Schauer durchzuckte meinen Körper, der einige Anwesende zum Schmunzeln brachte.

Herrin Rita grinste mich von oben an, hob ihr rechtes Bein und stellte es auf meine Brust. Dann zog sie das linke nach und nahm mir den Atem. Obwohl sie klein und zierlich war, presste ihr Gewicht die Luft aus meinen Lungen. Gleichzeitig verursachten ihre spitzen Absätze einen höllischen Schmerz auf meiner empfindlichen Brust. Sie lächelte mich zynisch an und blieb mit voller Belastung auf den Absätzen stehen, die sich immer tiefer in mich bohrten.

Dann wandte sie ihren Blick ab und schenkte ihn den Männern, die stumm auf einem Haufen standen und an ihren Lippen hingen.

»Sollen wir dieses Sklavenschwänzchen dafür bestrafen, dass es sich im Gesicht nicht richtig rasiert hat und sich deshalb jetzt einige Haare wegwischen musste?«

Wie aus einem Mund wurde ein deutliches »Ja!« hörbar. Einige applaudierten. Die Menge war in ihrer Hand und sie kostete dies weidlich auf meiner Brust stehend aus.

Ihren Abgang machte sie über meinen Bauch und hinterließ auch dort schmerzende Stellen. Doch ich war froh, dass sie von mir stieg und mir befahl, mich hinzuknien. Den Rockteil schlug sie mir wieder auf den Rücken, sodass mein Arsch mit dem roten Stein in der Rosette den Anwesenden entgegenprangte. Ich spürte auch, dass sich das Sperma nun von den Lederriemen des Käfigs nach unten zog und auf den Boden tropfte. Der Haarige musste jede Menge seiner Schwanzmilch auf mich gespritzt haben.

Noch während ich mich auf das Tropfen konzentrierte, sauste ein Hieb auf meinen Arsch, der sich tief eingrub. Mein Atem stockte und ich biss die Zähne zusammen. Es war ein großflächiger Schmerz, wahrscheinlich von einem Lederpaddel mit Löchern darin. Mir blieb jedoch für aufwändige Analysen keine Zeit. Der nächste Schlag traf mich neben der ersten Stelle und löste den gleichen Schmerz aus. Ich zuckte zusammen und presste meine Augen zusammen, um den Schmerz ohne Jammern und Klagen ertragen zu können. Doch nach dem achten oder neunten Schlag stieß ich einen kurzen Schrei aus. Zwar unterdrückt, aber doch hörbar. Meine linke Arschbacke brannte wie Feuer und das Paddle schnappte wie ein Haifisch zu.

Lady O vergewisserte sich mit einem Blick in mein Gesicht, ob es mir gut ginge und gab Herrin Rita das Zeichen zum Fortfahren. Ich krallte meine Finger in die Handflächen, stöhnte jedoch bei jedem weiteren Schlag kurz auf.

Die Schlagsession kam mir ewig vor. Ich musste aber zugeben, dass ich wahrscheinlich nicht einmal zwanzig Schläge bekommen hatte. Dennoch verließen mich meine Kräfte und ich begann die Herrin zu bitten, die Bestrafung abzubrechen. Sie versetzte mir noch zwei weitere Hiebe, hob mein Kinn so hoch, dass ich meinen Oberkörper aufrichten musste. Eine einzelne Träne bahnte sich ihren Weg über meine Wange und verweilte kurz an meinem Kinn, ehe sie auf meine Brust tropfte.

»Was hast du gesagt?«, fragte sie mit zynischem Unterton. »Ich soll was tun?«

»Ich möchte Sie untertänigst bitten, die Bestrafung zu beenden, Mylady«, stotterte ich kaum hörbar. Dann blickte ich betreten zu Boden und wartete bangend auf ihre Reaktion.

»Und warum sollte ich das tun?«

Sie hob mein Kinn ein wenig mehr an, damit ich ihr trotz gesenkter Lider in die Augen sehen musste.

Im Raum herrschte absolute Stille. Alle warteten gebannt auf die Antwort und die Reaktion der strengen Domina.

Diese Stille war unheimlich und ich wusste, dass ich jetzt keinen Fehler machen, keine falsche Antwort geben durfte.

Während ich panisch nach einer passenden Antwort suchte, bildete sich ein Schweißfilm auf meinen Händen und auf meinem Gesicht. Ich würde nicht mehr lange Zeit haben, denn Herrinnen waren für gewöhnlich nicht mit Geduld gesegnet. Und eine zu lange Wartezeit konnten sie als erneuten Grund für eine Bestrafung heranziehen.

»Weil ich ein nichtsnutziges, schwaches Weib bin, das nichts aushält und nur schwanzgeil ist, verehrte Herrin«, krächzte ich verlegen. Meine Kehle war völlig ausgetrocknet und ich fürchtet, dass meine Stimme endgültig versagen würde, wäre ich gezwungen, noch mehr zu sprechen. Mich überflutete eine Welle der Angst, die direkt in meinem Schritt mündete.

Innerhalb einer Sekunde war ich so geil wie schon lange nicht mehr und mein Schwanz füllte sich augenblicklich mit

Blut. Doch die Lederriemen des Keuschheitsgürtels hielten die Erektion eisern zurück. Lediglich ein wenig Haut konnte sich durch die kleinen, gitterförmigen Öffnungen quetschen. Der dadurch verursachte Stau schmerzte unheimlich und ich krümmte mich nach vorn.

Als ob Lady Rita diese Reaktion erwartet hatte, gab sie den Befehl, mich auf Knien umzudrehen und den Gästen meinen fleischigen, dunkelroten Venushügel zu zeigen. Gehorsam hob ich also wieder das Kleid und präsentierte ihnen die weinrote Erhebung zwischen meinen Beinen. Beschämt sah ich die Männer an und musste feststellen, dass einige gar nicht lachten. Sie hefteten ihre Blicke auf meinen Schritt und rubbelten an ihren Schwänzen, als ob es das letzte Mal in ihrem Leben wäre. Ich war erstaunt, dass sie sich an einem solchen Anblick derart aufgeilten.

»Auf den Rücken, schnell!«, keifte mich Lady O an und ich ließ mich nach hinten fallen. »Beine spreizen!«

Und an die wild wichsenden Männer gewandt: »Ihr kommt hierher und spritzt unserer kleinen Hure auf die Pussy.«

Rasch lösten sich vier Männer aus der Gruppe und eilten zu mir. Ihre Füße schoben sie unter meinen Arsch und rückten so dicht zusammen, dass sich ihre Schwanzspitzen beinahe berührten. Den Blick noch immer auf meine rote Scham fixiert, wichsten sie dem Endspurt entgegen. Für sie gab es die Welt nicht mehr, nur noch ihre Lüsternheit und meine mädchenhafte Stelle zwischen den Beinen.

Ihre Körper waren angespannt und sie begannen, leise zu ächzen. Einer von ihnen zitterte am ganzen Leib und schon nach wenigen Minuten drückten beinahe alle vier gleichzeitig ihren Luststab nach unten und entluden sich unter lautem Stöhnen auf meiner weiblichen Stelle im Käfig. Das klatschende

Geräusch des Spermas auf meiner Haut machte mich wieder geil.

Mein Schwanz schrie nach Freiheit und danach, gewichst zu werden oder ficken zu dürfen. Erneut brach mir der Schweiß aus und ich hatte das Gefühl, als würde ich in einer viel zu heißen Sauna liegen.

Noch während ich mit der Hitzewallung kämpfte, hörte ich das unverwechselbare Geräusch einer Sofortbildkamera. Es wurden drei Bilder geschossen, die mir von Lady O auf die Brust geworfen wurden.

»Für deine Herrin«, blaffte sie mich an und verließ mit den anderen beiden Damen die strenge Kammer. Die Herren waren bereits ins Spiegelzimmer gescheucht worden.

Ich lag wie benommen auf dem Rücken und war mir nicht sicher, was ich zu tun hatte. Da es keine Anweisung gab, nahm ich an, dass sie mit mir fertig waren und ich gehen konnte. Dennoch blieb ich, für den Fall, dass sie weitere Dienste in Anspruch nehmen wollten, noch eine geraume Zeit liegen. Außerdem war ich erschöpft und konnte nicht mehr klar denken. Mein Herz schlug zwar schon etwas langsamer und die Hitze baute sich ab, aber trotzdem fühlte ich mich noch nicht fit genug, um zu meinem Wagen zu gehen. Wie sehr mich diese Vorführung emotional gefordert hatte, wurde mir erst jetzt bewusst. Die Scham hatte mich all meiner Energien beraubt.

Als ich wieder bei Kräften war, rappelte ich mich auf, steckte die Fotos in die Handtasche und stolperte ins Badezimmer. Weiße Tropfen liefen von meinem Bauch die Schenkel entlang und hinterließen auf den Schuhen feuchte Spuren. Mit einem Seufzen hob ich ein weiteres Mal mein Latexkleid hoch, löste die Lederriemen und ließ das warme Wasser der Dusche über meine Beine laufen. Dann zog ich die Netzstrümpfe sowie die

Schuhe aus, klemmte sie unter den Arm und schlich barfuß zur Tür hinaus. Ich wollte den Club unbemerkt verlassen.

Vom Spiegelzimmer her drang ein kollektives Stöhnen sowie ein rhythmisches Klatschen, das mich dennoch magisch anzog. Vorsichtig näherte ich mich dem Raum und lugte durch einen Sehschlitz in der Wand. Die drei Herrinnen ließen sich gerade von etlichen Herren besteigen.

Herrin Rita kniete auf der roten Spielwiese, lutschte einen Schwanz und ließ sich von einem anderen in die Möse stoßen. Lady O lag zwischen zwei Männern, die es ihr im Sandwich-Style besorgten und die dritte Domina, deren Namen ich nie erfahren hatte, ritt im Höllentempo auf einem dicken Prügel.

Die restlichen vier Männer wichsten, während sie mit den Brüsten der Damen spielten oder ihre Finger eine Lustperle streichelten. Unbewusst schüttelte ich den Kopf und verließ diesen Schauplatz mit dem Wissen, dass mich diese Herrinnen nur zum Anturnen verwendet hatten. Ihre sexuellen Gelüste lebten sie gerade mit normalen Männern aus. Ich war vermutlich bereits vergessen.

Ein weiteres Mal gedemütigt schlich ich mit hängendem Kopf durch den Club auf die Straße hinaus. Erst dort wurde mir wieder bewusst, dass ich mit Perücke und Latexkleid unterwegs war. Erneut ließ diese Erkenntnis meine Leibesmitte wachsen. Es zeichnete sich ein kleines Zelt durch das Kleid ab, doch dieses Mal versteckte ich die Erhebung nicht hinter meiner Handtasche. Irgendwie turnte mich das Wissen, dass mich Fremde so sahen, noch mehr an.

Da es bereits kurz nach dreiundzwanzig Uhr war, kamen mir nur wenig Passanten entgegen. Schon von weitem überzeugte ich mich davon, sie nicht zu kennen. Zwar trug ich meinen Kopf nicht stolz erhoben und sah ihnen auch nicht in die Augen, aber ich stellte mich dieser Herausforderung und ging selbstbewusst vorüber. Und ich genoss es in vollen Zügen. Auch wenn ich es mir nicht ganz eingestehen wollte, so war die Benutzung durch die zwei Ladies mehr als genussvoll gewesen und bildete die Grundlage für mein darauffolgendes Experiment.

Ich war nicht nur emotional aufgewühlt, ich fühlte mich in dem Kleid sogar ein wenig sexy. Dennoch hatte ich Angst, an jemanden zu geraten, der einen Transvestiten auf öffentlicher Straße anpöbelte. Diese Furcht trieb mich letztendlich doch recht schnell zu meinem Wagen.

Dort angekommen, schob ich das Kleid so weit hoch, dass ich meinen beinahe senkrecht stehenden Prügel mit der dunkelroten Eichel gut sehen konnte. Ich erlaubte mir, kurz daran zu reiben, damit die Geilheit ein wenig abklingen konnte.

Doch genau das Gegenteil war der Fall. Mein Schwanz pulsierte, die Adern traten deutlich hervor und er zuckte. Meine Atmung kam stoßweise und ich fuhr mit quietschenden Reifen davon.

Während der Fahrt durch die Stadt musste ich immer wieder an der Vorhaut ziehen, meine Eier kneten und den Schaft drücken, um meine unsägliche Gier nach einem Orgasmus im Zaum zu halten. Es würde noch rund eine viertel Stunde dauern, bis ich mich zu Hause genussvoll in Ekstase bringen konnte.

Doch so lange konnte ich unmöglich warten. Gleich nach der Stadtgrenze bog ich in ein Sonnenblumenfeld ein, ließ den Wagen am Feldrand stehen und eilte ein paar Schritte zwischen den kniehohen Blumen durch. Meinen Schwanz hatte ich mit der Hand umfasst und schob während des Laufens die Vorhaut langsam vor und zurück.

Als ich mir sicher war, vor fremden Augen geschützt zu sein, nahm ich meinen Harten sowie das Latexkleid ins Visier, umfasste ihn noch fester und wichste ihn heftig. Schon nach wenigen Sekunden glühte mein Stab und schleuderte meine Milch wie ein Vulkan aus der dicken Eichel. Die heißen Tropfen platschten geräuschvoll auf die satten Blätter der Sonnenblumen. Dort verweilten sie oder liefen auf dem Blatt entlang, bis sie auf das darunter liegende Blatt oder auf den Boden tropften. Rasch holte ich meine Kamera aus dem Auto und hielt diesen geilen Anblick fest.

Auf dem Weg nach Hause behielt ich das Latexkleid nach oben gerafft und wandte meinen Blick immer wieder von der Straße ab, um mir meinen nackten Schritt darin anzusehen. Das schwarze, glänzende Material sah in Verbindung mit meiner weißen Haut einfach klasse aus. Als ich ausstieg, musste ich lachen, denn das grenzte nun schon an Selbstverliebtheit.

In meiner Euphorie hatte ich nicht darauf geachtet, dass ich mich in einem solchen Outfit nicht in der Wohnsiedlung, wo die meisten mich kannten, zeigen sollte. Außerdem lief ich Gefahr, Maureen zu begegnen.

Aber mir wurde erst bewusst, dass ich noch mit Perücke und Latexkleid unterwegs war, als ich den Schlüssel ins Schloss steckte. Mit rasendem Herzen schlüpfte ich durch den Türspalt, ehe mich meine alte Nachbarin, Madame Laduce, ansprechen konnte. Wie immer öffnete sie ihre Wohnungstür, sobald sie mich kommen oder gehen hörte. Langsam hatte ich die Vermutung, dass sie Tag und Nacht hinter der Tür saß und in das Treppenhaus hinauslauschte. *Einsamkeit muss schrecklich sein*, dachte ich und machte mich an die Arbeit, im Badezimmer die Schminke von meinem Gesicht zu bekommen.

17. OutdoorBenutzung

Es war halb sechs Uhr morgens, als mich das Handy ein paar Tage später aus meinen Träumen riss. Ohne nachzusehen, wer es wagte, mich um diese unchristliche Zeit in meinem Schlaf stören, meldete ich mich verschlafen.

»Du wirst mir heute als Sklave dienen!«, flötete Maureen heiter ins Telefon und doch merkte ich ihr Bemühen, dominant, oder zumindest streng, zu klingen.

Oh nein, bitte nicht!, dachte ich und ließ mich ermattet ins Kissen fallen, lauschte jedoch ihren Anweisungen. Diese aufdringliche Person hatte ich komplett vergessen. Oder besser gesagt, in den letzten Winkel meines Gedächtnisses verdrängt.

Wie ich es von meiner Herrin gewohnt war, äußerte ich mich nicht dazu. Gehorsam wartete ich, bis sie den letzten Satz ausgesprochen hatte und eine Pause machte. Erst dann ließ ich ein klares und deutliches »Jawohl« vernehmen.

Maureen war plötzlich wütend und keifte ins Telefon: »Außer einem ›Jawohl‹ hast du nichts zu sagen? Kommt denn da kein einziger Einwand? Ich bin gespannt, ob du mich nach meinen Wünschen bedienen kannst. Ich wette nämlich, das kannst du gar nicht. Bei dieser Madame Barbara war doch alles nur gestellt. Und jetzt, wo du wirklich zeigen müsstest, was du drauf hast, ziehst du den Schwanz ein. Aber wage es ja nicht, dich diesen Befehlen zu widersetzen. Die DVD landet ganz schnell bei deinem Chef und einigen Kollegen.«

Ihre Unsicherheit zeigte sich nicht nur in der Wahl ihrer Worte, sondern auch an dem leichten Zittern in ihrer Stimme. Sie war nervös.

Ich unterdrückte ein herzliches Lachen und konnte mir ein fieses Grinsen nicht verkneifen. Die Kleine hatte keine Vorstellung von Dominanz und auch nicht von Submission. Ihre ersten Gehversuche in dieser Welt waren ziemlich witzig und absolut zum Scheitern verurteilt. Auf diese Weise würde sie niemals einen Sub dazu bringen können, ihr uneingeschränkt zu Diensten zu sein.

»Verzeiht!«, sagte ich gespielt unterwürfig. »Es liegt mir fern, Kritik zu äußern. So, wie es sich für einen richtigen Sklaven geziemt. Ich werde natürlich versuchen, Euren Ansprüchen gerecht zu werden. Aber ich hoffe auf Nachsicht, wenn ich es nicht perfekt zu Wege bringe. Immerhin bin ich nur ein dummer Sklave, der nicht makellos ist.«

Es folgte kurze Stille. Sie dachte nach. Ich musste mir das Lachen noch immer verkneifen. Wir waren inmitten eines Spiels, das aber ganz bestimmt nicht so enden würde, wie sich Maureen das vorgestellt hatte.

»Das klingt schon besser.« Erneut bemühte sie sich um einen strengen Tonfall. »Ich werde dir zeigen, wie sich ein guter Sklave zu verhalten hat, und du wirst lernen, auch wenn ich dich zum Lernen zwingen muss. Bestrafung muss eben sein, wenn du dich daneben benimmst oder dich einem Befehl von mir widersetzt!«

Eine weitere Stille folgte und ich hatte das Gefühl, als müsste ich jetzt etwas sagen. Meine Herrin wäre längst zu einem Ende gekommen. Sie hätte niemals wie ein altes Waschweib geschwafelt. Aber schon an solchen Kleinigkeiten erkannte man die Klassenunterschiede. Meine Herrin war eindeutig dominant, Maureen nur ein einfältiges Mädchen. Dennoch machte es mir im Moment Spaß und ich spielte mit oder besser gesagt, ihr etwas vor.

Nachdem sie mir mitgeteilt hatte, dass ich mich um achtzehn Uhr bei ihr einzufinden hätte, hatte sie aufgelegt. Ich drehte mich auf den Bauch und schlief sofort wieder ein.

Als ich wieder meine Augen öffnete, erinnerte ich mich daran, dass meine Einberufung erst um achtzehn Uhr stattfinden sollte. Weshalb sie mich mehr als zwölf Stunden vorher angerufen hatte, blieb mir ein Rätsel. Doch ich hatte keine Lust, mich damit auseinanderzusetzen. Es war einfach unwichtig – ebenso wie sie es als Person auch war.

***

Irgendwann am späteren Vormittag kroch ich aus dem Bett und kontrollierte, ob ich auch keine Nachricht meiner Herrin verschlafen hatte. Mein Handy zeigte lediglich den Anruf von heute Morgen an.

Nun gut, dachte ich, dann spiele ich eben heute am Abend mit Maureen und ihrer Freundin.

Das Dröhnen der Kaffeemaschine übertönte mein Lachen. Das kleine Luder dachte wirklich, sie könnte mich zu ihrem Sklaven abrichten. Diese Naivität amüsierte mich. Dennoch musste ich mich in Kürze ernsthaft damit auseinandersetzen, wie ich sie loswerden konnte, ohne dass sie von der DVD Gebrauch machte.

Mit Madame Barbara hatte ich zwar nur ein einziges Event, aber es würde mir ewig in Erinnerung bleiben. Es waren weniger die Praktiken, mit denen sie sich an mir austobte, sondern ihre ganz spezielle Art der Dominanz. Ein Blick von ihr reichte aus, um mich wissen zu lassen, was ich zu tun hatte. Es war, als hinge ich an einem unsichtbaren Faden ihres Dirigentenstabes.

Sie dirigierte das Konzert und ich spielte für sie. Wir waren ein perfektes Paar, aber nur für einige Stunden.

Kurz danach verlor sie bei einem Zugunglück ihr rechtes Bein. Noch während des Krankenhausaufenthaltes hatte sie sämtliche Kontakte, die mit BDSM zu tun hatten, abgebrochen. Ich ging davon aus, dass sie sich in dieser schwachen Position niemandem zeigen wollte, der sie als starke Frau kannte.

Dennoch kam mir zu Ohren, dass sie trotz ihrer Beinprothese ihrer Leidenschaft frönte. Eine starke Frau bleibt nun mal eine starke Frau – ob mit oder ohne Prothese. Ich hätte sie dennoch verehrt, aber sie wollte es eben anders.

Auf der DVD war ein Ausschnitt unserer Session zu sehen. Rund zwei Stunden, in denen ich ihre Marionette war und sie ihr gekonntes Fingerspiel zeigte.

Während ich in meiner Erinnerung schwelgte, schlürfte ich meinen Kaffee. Erst als ich aus der leeren Tasse trinken wollte, fiel mir auf, dass ich geistesabwesend war und ärgerte mich ein wenig, das himmlische Aroma des schwarzen Wachmachers nicht genossen zu haben. Aber schon in der nächsten Sekunde war ich wieder bei Madame Barbara.

Sie hatte mich damals via Inserat aufgegabelt und mich an einem öffentlichen Brunnen in der Altstadt getroffen. Nach einem kurzen Gespräch war uns beiden klar, dass wir einander verstanden und miteinander eine Session haben wollten. Sie erklärte mir, dass der Tag viel zu schön wäre, um ihn in einem geschlossenen Raum zu verbringen und schlug vor, gemeinsam in den Wald zu fahren. Sie würde eine Stelle kennen, an der so gut wie niemand vorbeikam, aber »recht brauchbare« Bäume vorhanden wären.

Da ich bis dato noch nie eine Outdoorsession gemacht hatte und mit dem Wort »recht brauchbar« in Bezug auf Bäume nicht viel anfangen konnte, willigte ich ein. Aber ich hätte auch eingewilligt, wenn sie mir eine Kirche oder den Marktplatz vorgeschlagen hätte. Vermutlich wäre ich ihr überall hin gefolgt. Die kurze Belastungsprobe, die sie mir vor der Session abverlangt hatte, übertraf alles, was ich bislang kennengelernt hatte.

Die Autos ließen wir am Waldrand auf einem Parkplatz stehen. Ihren riesigen Rucksack hievte ich mir auf den Rücken und wir folgten einem ausgetretenen Pfad. Doch schon bei der ersten Biegung verließen wir den Wanderweg und schlugen uns zwischen den Bäumen durch lockeres Unterholz. Nach weniger als einer halben Stunde kamen wir zu einer Stelle, auf deren Boden Gras wuchs. Hier waren die Bäume großzügig verteilt. So kam auch das Sonnenlicht zwischen den Kronen durch und gab dem saftigen Grün der Erde ausreichend Energie zum Wachsen.

Als ich meinen Kopf gen Himmel richtete und die Sonne meine Augen blendete, spürte ich den festen Blick der Lady. Zwar versuchte ich, sie anzusehen, doch alles, was ich sah, waren schwarze Flecken. Dennoch wusste ich, dass ich mich jetzt meiner Kleider entledigen sollte. Ohne die Richtigkeit meiner Empfindung zu überprüfen, legte ich den Rucksack und meine Kleidung ab. Jetzt konnte ich zwar wieder sehen, aber Lady Barbara verzog keine Miene.

Mit leichten, stakkatoartigen Stößen mit dem silberfarbenen Griff einer Reitgerte dirigierte sie mich so lange nach hinten, bis ich mit dem Rücken an einen dicken Baum stieß. Einer seiner riesigen Äste stand im neunzig Grad Winkel rund zwei Meter über meinem Kopf vom Stamm ab. Wortlos nahm sie ein schwarzes Seil aus dem Rucksack, bildete damit eine mittelgroße Acht und ließ mich in die beiden Schlaufen steigen.

Mit einem einzigen Handgriff zog sie beide Schlingen zusammen und führte die beiden Seilenden an der Hinterseite des Stammes zusammen. Nun konnte ich meine Füße keinen Zentimeter mehr nach vorn bewegen.

Das zweite Seil warf sie so gekonnt in die Luft, dass es gleich beim ersten Versuch über dem dicken Ast landete. Die beiden Enden schlang sie um meine Handgelenke und zog das Seilende so lange nach unten, bis ich mit ausgestreckten Armen dicht an den Baum gedrängt stand.

Langsam wurde mir heiß, denn nun hatte ich mich einer Fremden völlig ausgeliefert. Ich hatte mich wehrlos fesseln lassen, ohne zu wissen, was mich erwarten würde. Insgeheim schalt ich mich einen Narren, hatte aber dennoch ein gutes Gefühl bei der ganzen Sache. Ich war mir sicher, diese Session unbeschadet zu überstehen. Madame Barbara war nicht der Typ, der jemandem Schaden zufügte. Zumindest schätzte ich sie so ein.

Wäre sie das allerdings nicht gewesen, so wäre es zu diesem Zeitpunkt ohnehin zu spät gewesen. Ich war von ihrer Laune, ihrer Erfahrung und ihrem Fingerspitzengefühl abhängig. Am allermeisten jedoch von ihrem Verstand.

Während ich noch darüber nachdachte, ob ich nun einen Fehler gemacht haben könnte oder nicht, schlang sie mir ein Seil um die Hüften und führte die beiden langen Enden um eine schlanke Birke, die rund zwei Meter von meinem Standpunkt entfernt wuchs. Sie zog so lange daran, bis ich nur noch auf den Zehenspitzen stehen konnte und mein Rücken eine ziemlich konkave Krümmung aufwies. Mit einem Spezialknoten zurrte sie es fest, sodass es mir unmöglich war, mich auch nur einen einzigen Millimeter nach hinten zu bewegen. Dennoch hatte sie die Möglichkeit, durch einen weiteren Zug am Seil, meinen ohnehin schon überstreckten Rücken noch nach vorn zu ziehen. Nun hing ich an den Händen, denn die Zehenspitzen boten in dieser Position wenig Unterstützung.

Mein Schwanz war frei zugänglich und für jedermann offen dargeboten. Ich hatte mich, wie eine Katze, die auf dem Rücken liegt und ihren empfindlichen Bauch präsentiert, dem Wohlwollen meines Gegenübers ausgeliefert. Allein dieses Gefühl erregte mich schon ungemein.

Um mich nicht übermütig werden zu lassen, zog sie mir einen schwarzen Sack aus sehr weichem Material über den Kopf. Im ersten Moment bekam ich Panik, weil ich Angst hatte, darunter zu ersticken. Doch dieser Sack hatte an den richtigen Stellen Öffnungen für den Mund und die Nase. Die Belüftung funktionierte hervorragend und es dränge sich sogar ein wenig Licht durch die Schlitze. Von meiner näheren Umgebung konnte ich allerdings nichts sehen.

Somit blieb mir nichts anderes übrig, als mich auf meinen Hörsinn zu konzentrieren. Das Erste, was ich vernahm, war ein metallisches Geräusch. Obwohl es ein wenig furchteinflößend klang, so war es dennoch erregend. Selbst in dieser Situation zweifelte ich nicht daran, dass Madame Barbara mir etwas antun könnte, das weit über meine Grenzen ging. Erwartungsvoll hing ich in den Seilen und genoss die kribbelnde Ungewissheit.

Das metallische Geräusch entpuppte sich als zähnefletschende Krokoklemmen, die sich in beide Brustwarzen verbissen. Der heftige, überraschende Schmerz ließ mich kurz aufheulen. Die Lady quittierte ihn mit leisem Lachen. Nur zu gern hätte ich dabei ihren Gesichtsausdruck gesehen.

Kurz danach hörte ich das gleiche Geräusch und spürte, wie sich die scharfen Zähne eines weiteren Paares der Krokoklemmen in meinen Sack verbissen. Dieses Mal war ich vorbereitet und sog nur scharf die warme Frühjahrsluft zwischen den Zähnen ein. Doch diese Klemmen schlugen ihre Zähne noch tiefer in meine Haut als jene an den Brustwarzen. Unwillkürlich schüttelte ich mein Becken, um diesen hellen Schmerz loszuwerden. Doch damit war es Madame noch nicht genug. Gekonnt befestigte sie jeweils ein größeres Gewicht an den Klemmen, die meinen Sack nach unten zogen. Im ersten Moment hatte ich das Gefühl, als würde er auf den Boden klatschen.

Als hätte die Herrin gefühlt, dass ich litt, streichelte sie meinen Sack mit ihren Fingern. Dann ließ sie ihre Hand über meinen prallen Schwanz gleiten und massierte mit der Vorhaut meine Eichel. Allein die sanfte Berührung jagte einen wohligen Schauer durch meine Männlichkeit, die sich zu dem peinigenden Schmerz gesellte. Diese konträre Mischung entlockte mir ein lautes Stöhnen.

Madame Barbara schien dies als ungebührlich zu empfinden und wies mich mit einem heftigen Schlag der Gerte zurecht. Ich zuckte zusammen und wollte meinen Schwanz instinktiv aus der Gefahrenzone bringen, indem ich versuchte, mein Becken nach hinten zu ziehen. Doch das Seil hielt es an Ort und Stelle fest.

»Ein Fluchtversuch wird mit sieben Gertenhieben geahndet«, flüsterte sie und versetzt mir den ersten Schlag, der den ganzen Schaft der Länge nach traf. Ich stieß einen spitzen Schrei aus und erhielt sogleich den nächsten Hieb. Der dritte ließ meinen Schwanz in sich zusammenfallen und der vierte fühlte sich an, als hätte sie ein Lagerfeuer darauf entfacht.

Dieses Feuer ließ sie ein wenig brennen und setzte mir die fünfte Strieme nach einer kleinen Pause. Sie wusste ganz genau, was sie tat. Trotz all meiner Pein war ich von dieser Frau völlig begeistert.

Doch meine Begeisterung schwand augenblicklich, als ich den sechsten Hieb bekam. Meine recht beachtliche Männlichkeit hatte sich bereits auf ein Minimum reduziert, gar so, als wollte sie sich vor weiteren Misshandlungen verstecken. Dennoch traf ihn der Lederschlag der Gerte zielsicher und punktgenau.

Mit zusammengepressten Augen und angespannten Muskeln wartete ich auf den letzten, den siebten Hieb. Ich sehnte ihn herbei, damit die ganze Tortur endlich ihr Ende fand. Doch er blieb aus. Ich lauschte angespannt, konnte aber nichts außer den Vögeln des Waldes hören. Unsicherheit machte sich in mir breit. War Madame einfach weggegangen und hatte mich hier hängen lassen?

Plötzlich schoss Panik wie ein Feuerwerkskörper in mir hoch. Mein Mund wurde trocken, die Haut kribbelte.

»Madame?«, fragte ich schüchtern und kaum hörbar durch die Atmungsöffnung meines Kopfsacks.

Alles blieb ruhig, nur die Vögel trällerten weiterhin ihr fröhliches Lied, als wäre nichts gewesen. Kein Knacken eines Zweiges, keine Atemgeräusche, kein Knistern eines Stoffes. Nur der laue Wind wehte um meinen nackten Körper.

Mein Kopfgefängnis schrumpfte innerhalb einer hundertstel Sekunde und wurde mir mit einem Mal viel zu eng. Ich hatte das Gefühl, nicht mehr atmen zu können und sog panisch die Luft ein. Diese Luft verwendete ich sogleich für eine erneute Anfrage. Dieses Mal jedoch lauter, panischer, voluminöser.

»Madame Barbara? Sind sie noch hier?«

Kein Laut. Nur das Singen der Vögel war zu hören.

Mit ruckartigen Bewegungen versuchte ich, den Sack von meinem Kopf zu schütteln, doch er blieb, wo er war. Träge ruhte er auf meinem Haar, meiner Nase und den Schlüsselbeinen.

»Verdammte Scheiße!«, rief ich verzweifelt aus und zerrte wie ein Wildpferd an meinen Fesseln. Doch sie gaben ebenso wenig nach wie der dicke Ast.

Blanke Angst kroch wie Morgentau an meinen Beinen entlang, hüllte meinen Körper bis zum Hals ein. Nur unter dem schwarzen Sack kochte ich. Erneut zerrte ich an den Fesseln und stieß gleichzeitig mit dem Kopf nach vorn ins Leere. Doch alles war vergeblich. Nichts bewegte sich, alles blieb an seinem Platz und hielt mich gefangen.

»Hey!«, brüllte ich aus vollem Hals. »Hey! Ist da jemand? Ich brauche Hilfe!«

In diesem Moment knackten mehre Äste auf dem Boden. Dann noch einmal. Und ein weiteres Mal. Jemand näherte sich.

»Madame Barbara?«, schrie ich flehentlich aus der Maske. »Sind Sie das? So antworten Sie doch bitte!«

Das Knacken kam nun von der anderen Seite. Etwas umkreiste den Baum. Plötzlich schoss mir das Bild eines Wolfes durch den Kopf. Ein Wolf auf der Suche nach Beute. Ein Stück weiter weg vernahm ich ein weiteres Knacken. Der zweite Wolf!

Ich füllte meine Lungen mit Luft und war gerade dabei, sie in einem gellenden Schrei auszustoßen, als mich ein harter Schlag zwischen den Beinen traf.

»Sieben!«, rief Madame Barbara und lachte auf. Dann zog sie mir den Sack vom Kopf.

Ich blinzelte mit tränennassen Augen in die Sonne.

»Du hast dich tapfer geschlagen, mein Junge. Dafür sollst du belohnt werden.«

Worin sie meine Tapferkeit gesehen hatte, war mir zwar schleierhaft, aber ich sagte nichts. In dem Moment war ich nur noch froh, dieses Martyrium als beendet ansehen zu können. Langsam fiel die Angst von mir ab, die Eiseskälte verschwand.

Und doch hörte ich wieder dieses mysteriöse Knacken der dürren Äste auf dem Boden. Ich drehte mich, soweit es die Fesseln zuließen, in die Richtung, aus der es kam. Aus den Augenwinkeln sah ich einen nackten Mann auf uns zukommen. Ein weiterer Sklave, dachte ich erleichtert und ließ mich in die Fesseln fallen. Ich war erschöpft und hätte jetzt eine Ruhepause im Gras und einen Schluck Wasser gut vertragen können. Doch ich wagte nach dieser Schlappe nicht, darum zu bitten. Scham schlich sich nämlich anstelle der Angst über meinen Rücken und bohrte sich tief in mich. Ich war nicht stark genug gewesen, diese Aufgabe wie ein Mann zu ertragen. Es war eher das Verhalten eines kleinen Mädchens, das ich an den Tag gelegt hatte.

Während ich betreten zu Boden blickte und mich für diese ungebührliche Reaktion schämte, dirigierte Madame Barbara den Mann direkt vor mir auf die Knie. Er sah sie an, sie nickte. Dann starrte er auf mein Gehänge.

Himmelherrgott, was hat sie denn nun wieder vor, fragte ich mich und starrte zuerst ihn an, dann sie. Doch sie beachtete mich nicht. Ihr Blick war auf das Gesicht des Mannes gerichtet, das nicht mehr als zwanzig Zentimeter von meinem noch immer sehr kleinen Kümmerling entfernt war.

Der Mann schluckte heftig, fixierte meine Männlichkeit und rang ganz offensichtlich mit sich, ihr näher zu kommen. Ein absoluter Heterokerl, der sich überwinden musste, einen fremden Schwanz anzusehen, witzelte ich in mich hinein. Allerdings nahm ich davon Abstand, meine Heiterkeit zu zeigen. Denn vor weniger als zwei Minuten hatte ich wie ein Mädchen geflennt und jetzt machte ich mich über einen Mann lustig, der gegen seine Natur handeln musste, das war einfach nicht fair.

»Du weißt, was du zu tun hast!« Die strenge Stimme schnitt durch die Ruhe des Waldes und ließ uns Männer erschaudern.

Hilflos sah der kniende Mann zuerst mich, dann Madame Barbara an. Es schien, als hätte er glänzende Augen, aus denen in Kürze Tränen fließen würden. Seine Finger kneteten unaufhörlich aufeinander herum und seine Lippen bebten leicht.

»Bitte«, flehte er kaum hörbar. »Bestraft mich mit der Peitsche, legt mir einen Keuschheitsgürtel an, foltert mich oder sperrt mich in euer Verlies – aber bitte, bitte nicht das!«

Nun zitterte auch schon seine Stimme. Er tat mir unheimlich leid, denn diese Aufgabe schien für ihn nicht ausführbar zu sein.

Während er flehte, zeigte sich ein kurzes Aufblitzen in Madame Barbaras Gesicht. Ein hämisches Grinsen machte sich bei ihr breit und ihre Mundwinkel zuckten leicht nach oben. Offensichtlich hatte sie es genau darauf abgezielt. Dennoch konnte ich keine Befriedigung aus ihrer Mimik lesen. Da fehlte etwas, das sie unbedingt haben wollte. Ich vergaß meine Angst, meine kribbelnden Arme und meine müden Beine. Hier bahnte sich etwas Gewaltiges an, an dem ich teilhaben durfte. Mein Schwanz regte sich, aber es war mehr die freudige Erwartung als echte Geilheit.

Ohne ein Wort zu dem Winseln zu sagen, trat sie auf ihn zu, legte ihre Hand auf seinen Hinterkopf und drückte ihn sanft, aber bestimmt, mit dem Gesicht auf meinen Schritt. Den Schwanz bekam er genau auf den Lippen und den Sack an seinem Kinn zu spüren. Sein Körper versteifte sich, die Augen waren fest zusammengepresst und er gab ein schwaches Ächzen von sich. Dann ließ sie ihn los, trat wieder einen Schritt zurück und sah ihn von der Seite an.

Auch er wich ein wenig zurück und verharrte einige Sekunden. Dann spitzte er die Lippen und näherte sich meinem Schwanz erneut. Dieses Mal jedoch ohne manuellen Druck, wenngleich auch keinesfalls freiwillig.

Gebannt sahen Madame Barbara und ich auf die immer kleiner werdende Distanz zwischen mir und seinen Lippen. Doch noch ehe er meine Haut erreicht hatte, wurde mein Schwanz plötzlich dicker und richtete sich ein klein wenig auf. Er schmiegte sich nun mit dem Schaft an seine Lippen. Er hielt kurz inne, küsste ihn vorsichtig und dann ein weiteres Mal. Der Bann war aber noch nicht gebrochen. Mit verzweifeltem Blick setzte er sich auf seine Fersen und sah auf den halbsteifen Penis, der sich ihm lüstern entgegenreckte.

»Es ist Zeit, ihn zu massieren!«, wies die Herrin den Mann zurecht.

Er sandte ihr einen flehenden Blick, seufzte und schloss seine Hand zaghaft um meinen weichen Schaft. Die Hand eines Mannes fühlte sich zwar anders als die einer Frau an, aber auch sie tat mir gut. Ich ließ mich in meine Fesseln fallen und genoss die zaghaften, ungeübten Wichsbewegungen des Mannes.

Nach nur kurzer Zeit der Massage entwickelte sich mein bestes Stück unter seinen Händen zu seiner ganzen Pracht und stand beinahe parallel zu meinem Bauch. Meine pralle Eichel war mit dem Mann auf Augenhöhe und ich konnte erkennen, dass er ihn noch immer mit Furcht sowie großem Respekt betrachtete.

Ein weiterer Blick von der Herrin ließ den Mann aufrichten und meinen Schwanz von oben eingehend betrachten. Immer wieder versuchte er, seine Scheu zu überwinden, um sich ihm ein weiteres Mal mit dem Mund zu nähern. Aber er war zu schwach. Kurz bevor es zu einem erneuten Kontakt kam, zog er den Kopf nach hinten. Resigniert blickte er Madame an.

»Ich wusste doch, dass du ein elender Schlappschwanz bist, der es nicht bringt«, zischte sie kaum hörbar. Im gleichen

Moment trat sie einen Schritt nach vorn, nahm seinen Hinterkopf in die Hand und führte ihn mit den Lippen hinauf zu meiner Eichel.

»Und jetzt bläst du diesen Schwanz!«, donnerte sie plötzlich.

Ich zuckte ebenso wie der Mann zusammen. Ohne zu antworten, näherte er sich Millimeter für Millimeter meiner zarten, rosa Haut auf der Eichel. Obwohl er sich sehr viel Zeit nahm, schaffte er es nicht. Entmutigt sackte er erneut auf die Fersen und sah zu Boden.

Doch die Herrin ließ sich davon nicht beeindrucken. Sie nahm seinen Kopf, zog ihn hoch, hielt meinen Schwanz mit der linken Hand und drückte seine Lippen von oben direkt auf meine Eichel. Seine Lippen öffneten sich langsam und schon war der Kopf meines Schwanzes in seinem Mund verschwunden.

Er würgte und hielt sich an meinen Beinen fest, wollte seinen Kopf wieder nach oben drücken, doch die Hand der Herrin gebot ihm Einhalt.

Nach einigen Sekunden verringerte sie den Druck und er konnte seinen Kopf nach oben bewegen. Doch zu meiner Verwunderung, schloss er nun zaghaft die Lippen um meinen Schaft und beugte seinen Kopf nach unten. Gleich darauf nahm er mit seiner rechten Hand den Schaft in die Hand und unterstützte damit seinen Blowjob.

Es fühlte sich zwar unerfahren an, aber für die ersten Gehversuche beim Blasen wirkte es recht geschickt. Sein eigener Schwanz hatte sich allerdings tief in seinen Bauch zurückgezogen. Ich konnte nur noch ein paar Hautfalten erkennen.

Beim Auftreten von Angst zieht doch jeder seinen Schwanz ein, dachte ich sprichwörtlich und schmunzelte in mich hinein.

Nachdem der Sklave seine Scheu überwunden hatte, steigerte er sich immer mehr in seine Aufgabe hinein. In hohem Tempo tauchte rund ein Drittel des Lehrobjekts in seiner feuchten Mundhöhle ein, ließ sich von seinem zusätzlichen Zungenspiel verwöhnen und ich genoss die massierende Unterstützung seiner Hand. Obwohl dieser Sklave noch Neuling war, formte sich trotzdem ein Feuerball in meiner Leibesmitte, der mich stöhnen ließ.

Der Mann umschloss meinen Schaft enger mit den Lippen und den Fingern, erhöhte seine Massagefrequenz und entfachte nach kurzer Zeit eine Explosion in mir. Als mein Schwanz zu zucken begann und ich meine Lust hinausschrie, lehnte er sich nach hinten und wichste mich so lange, bis mein Vulkan weiße Lava spuckte.

Madame Barbara lächelte wohlwollend und sagte: »Jetzt hast du den Beweis!« Sie machte auf ihrem Absatz kehrt und verließ uns in Richtung Parkplatz.

Doch nach wenigen Schritten blieb sie stehen und hantierte an einem Baum. Bei näherem Hinsehen erwies sich das kleine Gerät, das sie von der Rinde nahm, als Filmkamera. Sie musste sie bereits vor unserem Event dort angebracht haben. Keine zwei Minuten später war sie aus unserem Blickfeld verschwunden.

Der Mann kniete noch vor mir und sah betreten zu Boden. Weiße Tropfen klebten an seiner Brust und auf dem rechten Oberschenkel. Ich hing nach wie vor in den Seilen und atmete schwer. Es war trotz allem ein geiler Orgasmus.

Nachdem ich ihn bat, mich loszubinden, stand er sofort auf und löste die Knoten.

»Das war wohl dein erster Blowjob, oder?«, fragte ich ihn.

Er nickte stumm und konnte mir nicht in die Augen sehen.

»Hey Mann«, sagte ich kumpelhaft zu ihm, »du brauchst dich nicht zu schämen. So ist es den meisten von uns ergangen.

Das erste Mal ist immer schlimm. Aber man ist auch stolz, wenn man es hinter sich hat, nicht wahr?«

Scheu sah er mir kurz in die Augen und nickte grinsend.

Gemeinsam rollten wir die Seile auf und verließen den Ort der Wollust.

Noch heute gehe ich ab und zu dorthin. Es hat etwas Magisches für mich ...

***

An dieser Stelle riss ich mich selbst aus meinen Gedanken. Ich war völlig vom Weg abgekommen, denn eigentlich wollte ich darüber nachdenken, wie ich dem kleinen Biest diese DVD mit sämltlichen Kopien entlocken konnte, ohne dabei grob werden zu müssen.

Unter der Dusche hatte ich plötzlich den Geistesblitz, wie ich dem Ganzen ein Ende bereiten und dabei noch als Sieger hervorgehen konnte. Gut gelaunt nahm ich den Rasierer zur Hand und brachte meinen Körper auf Vordermann.

Kurz vor achtzehn Uhr lief ich in den Blumenladen um die Ecke und besorgte einen Strauß weißer Lilien für Maureen. Sie sollte meine Unterwürfigkeit gleich an der Wohnungstür erkennen. Dann sprintete ich über den Rasen, klingelte an ihrer Tür und sprang die paar Stufen zu ihrer Wohnung hoch.

Die Tür war bereits offen und ich trat ein.

»Wir sind im Wohnzimmer!«, rief Maureen. »Du hast sofort hierherzukommen!«

Sie versuchte, krampfhaft dominant zu wirken, kam dabei jedoch nur völlig lächerlich bei mir an. Dennoch senkte ich die Lider und ging ins Wohnzimmer. Wie ich es von meiner Herrin gewohnt war, stand ich auch hier inmitten des Raumes und wartete auf weitere Befehle.

»Na das ist aber süß! Er bringt Blumen mit«, sagte sie erfreut.

»Sind die für mich?« Sie stand auf, um sie mir abzunehmen.

»Ja, Madame«, entgegnete ich unterwürfig. »Als kleines Zeichen meiner Wertschätzung. Hätte ich gewusst, dass eine weitere Dame anwesend sein würde, hätte ich natürlich zwei Sträuße besorgt. Verzeiht mir meine Unwissenheit!«

Es war schwierig, den zynischen Ton aus meiner Stimme zu nehmen, aber es gelang mir ganz gut. Ich dachte auch kurz darüber nach, ob diese andere Frau meine Pläne stören könnte, aber schon nach wenigen Sekunden wusste ich, dass sie völlig harmlos war.

Maureen nahm die Blumen an sich und bat Mary, ihre Freundin, sie in eine Vase zu stellen. Sie wartete, bis ihre Freundin mit der Vase zurückkam. Die Blumen wurden auf dem Fernseher platziert.

Dann bekam ich den Befehl, mich auszuziehen. »Aber langsam, wenn ich bitten darf!«, forderte Maureen mich auf. »Und sieh uns gefälligst in die Augen. Wir wollen nämlich sehen, wie sehr du dich dabei schämst!«

Als ob ich mich vor zwei so jungen Hasen für meinen Körper schämen müsste. Unauffällig schüttelte ich den Kopf und begann, mich nach dem langsamen Rhythmus der Musik aus dem Lautsprecher auszuziehen. Um das Programm auszudehnen, verharrte ich relativ lange in den jeweiligen Positionen oder zeigte die gleiche Pose ein paar Mal hintereinander.

Als ich nackt war, hielt ich meinen Penis scheu mit beiden Händen bedeckt. Dies war für meine Neu-Herrin eine Aufforderung, hinter dem Tisch hervorzukommen, um meine Hände zu nehmen und hinter meinem Kopf zu verschränken. Ich würde wetten, dass sie diese Haltung auf einer Internetsite gefunden hatte.

Dann forderte sie Mary auf, zu uns zu kommen. Gemeinsam

schlichen sie um mich herum und betasteten meinen Körper. Mary griff als Erste nach meinem Schwanz und massierte ihn. Er blieb weich.

»Was ist denn mit dem los?«, fragte sie ein wenig pikiert. »Der steht ja gar nicht.«

Maureen sah mich an und forderte mich auf, ihrer Freundin zu antworten.

»Es geziemt sich nicht, in Gegenwart zweier Ladies eine Erektion zu haben«, unterrichtete ich sie.

Beide sahen mich verdutzt an. »Du darfst aber eine haben. Sie ist sogar erwünscht. Also los! Mach schon!«, forderte mich Mary eigenmächtig auf.

Dann kniete sie sich vor mich auf den Boden, nahm mein Glied in ihren Mund und begann es sanft zu blasen. Während ich meinem kleinen Freund auftrug, sich von den sanften Lippen nicht beeindrucken zu lassen, bat ich die beiden Damen untertänigst, mich auf die Couch legen zu dürfen.

In einer bequemen Position zeigte ich mich erkenntlich und ließ eine leichte Erektion zu. Beschämt erzählte ich, dass ich eine Stimulation der Brustwarzen bräuchte, um so richtig in Fahrt zu kommen. Maureen ließ sich das nicht zwei Mal sagen und nuckelte brav an ihnen herum. Während sie neben mir kniete, fand meine Hand den Weg unter ihr Röckchen, schob den String zur Seite und streichelte ganz leicht an ihren Schamlippen entlang, die innerhalb weniger Sekunden ziemlich nass waren.

»Verehrte Herrin«, meldete ich mich zaghaft zu Wort. »Wäre es möglich, mich mit der Gerte ein wenig zu disziplinieren? Ich werde nämlich ziemlich schnell ungehorsam, wenn keine Gerätschaften im Spiel sind.«

Maureen sah mich an. »Und ob ich dir Gehorsam beibringen werde!«, rief sie aus und holte auch schon die Spielgerte, die neben der Vase auf dem Fernseher lag.

Rasch scheuchte sie Mary von mir und befahl mir, mich auf den Boden zu knien. Dann schlug sie ein Mal auf meinen Arsch. Ich jaulte und bäumte mich auf. »Bitte, Herrin, wenn Sie erlauben ... So geht das nicht. Auf diese Art schinden sie einen Sklaven.«

Verdutzt sah sie mich an und ich wusste, dass sie diesen Schlag am liebsten zurückgenommen hätte.

Ich setzte einen Dackelblick auf und hielt ihr meine offene Hand hin. »Wenn Sie gestatten, verehrte Lady, werde ich ihnen die Schlagführung zeigen, sodass Sie auch etwas davon haben.«

Bereitwillig übergab sie mir die Gerte. »Zeig es mir an Mary«, fauchte sie.

Mary schüttelte heftig den Kopf.

Maureen seufzte, lüftete ihren Rock und präsentierte mir auf allen vieren ihren flachen Hintern.

Umständlich erklärte ich, wie man die Gerte zu halten habe und wie eine gute Schlagführung zu erfolgen hätte. Ich redete eigentlich nur Schwachsinn und amüsierte mich köstlich dabei.

Dann folgte die Praxis. Ich dosierte die Schläge in jenem Maß, das sie lustvoll aufstöhnen ließ. Nach dem dritten Schlag bat ich Mary, sich doch Maureens Brüsten zuzuwenden.

Mary legte die beiden Knospen ihrer Freundin frei, legte sich darunter, knetete und leckte sie.

In der Zwischenzeit streichelte ich den Po meiner Neu-Herrin, leckte immer wieder neckisch über die Klitoris, setzte ein paar sanfte Schläge und massierte auch Mary unter dem Röckchen. Nun waren beide Damen höchst erregt und ich streifte ihre Kleidung ab.

Als sie nackt waren, legte ich Maureen mit einem Lächeln ein schwarzes Tuch um die Augen, das vermutlich für mich bestimmt gewesen war. Dann bat ich Mary, aus dem Schlafzimmer ein Kissen für ihre Freundin zu holen, damit sie weich knien konnte.

Während diese naive Frau unterwegs war, positionierte ich mein Handy vor dem Fernseher und schaltete die Kamera ein.

Maureen kniete sich dankbar auf das Kissen. Mit sanften Gertenschlägen drängte ich Mary ebenfalls auf die Knie und auf das Kissen. Nun berührten sich die Brüste der beiden Frauen. Ich nahm das rote Seil vom Tisch und schlang es um ihre schlanken Leiber.

»Küss sie!«, forderte ich leicht stöhnend auf und ließ meine Hände zwischen ihre Schenkel gleiten, wo ich erneut ihre Scham zart massierte.

Die beiden waren mittlerweile so geil, dass sie sich zu küssen begannen. Mary spielte nun ohne Aufforderung an Maureens Nippeln und ihre Hand glitt zwischen ihre Beine. Während ihre zarten Finger die kleine Knospe streichelten, ließ ich einen Finger in ihre tropfnasse Lustgrotte gleiten. Sie begann zu stöhnen und wand sich. Auch Mary war zwischen den Beinen nass und ich beschloss, nun aufs Ganze zu gehen.

Ich entfernte das Seil, drückte Maureen ein wenig nach hinten, sodass sie sich mit dem Rücken auf den Boden legte. Zärtlich streichelte ich ihren Bauch und legte Mary meine flache Hand auf den Hinterkopf. Mit leichtem Druck dirigierte ich sie so weit nach unten, dass sie ihr Gesicht in die nasse Spalte ihrer Freundin tauchte.

Meine Nerven waren gespannt. Ein kleiner Fehler und ich konnte meine Rettungsaktion vergessen. Deshalb ging ich noch behutsamer mit ihr um als zuvor.

Mit der rechten Hand streichelte ich Marys Hintern, während meine linke Hand Maureens Schamlippen leicht spreizten. Mit einem leichten Druck auf den Kopf brachte ich das Mädchen so weit, dass sie ihren Mund öffnete, ihre Zunge herausstreckte und vorsichtig über Maureens Perle leckte. In diesem Moment schien sie Gefallen daran gefunden zu haben und leckte ein weiteres Mal an der Erbse. Maureen stöhnte auf und spreizte ihre Beine weit auseinander.

Um Mary zu motivieren, kniete ich mich hinter sie, ließ sie ein paar Mal sanft die Gerte spüren und drang dann ganz langsam in sie ein. Während sie ihre Freundin leckte, vernahm ich ein genussvolles Stöhnen. Ihre Hände wanderten hinauf zu Maureens Nippeln, die sie zart zwischen den Fingern rieb.

Ich fickte sie nun immer schneller und hoffte, dass die beiden bald kommen würden.

Und mein Wunsch erfüllte sich.

Schon nach kurzer Zeit schlang Maureen ihre langen Beine um den Körper ihrer Freundin, streckte ihr das Becken entgegen und rieb sich an der feuchten Zunge selbst in den Orgasmus.

Kaum schrie Maureen ihren Höhepunkt heraus, begann auch Mary zu keuchen und zu zappeln. Sie krallte sich in das Kissen, ließ von Maureens Muschi ab und schnurrte wie ein Kätzchen. Kurz danach lagen beide ermattet, aber sichtlich glücklich, aufeinander und ließen die heißen Wellen ihrer Gier nachwirken.

Lächelnd zog ich mich aus Marys Möse zurück, holte mein Handy und verstaute es unbemerkt in der hinteren Tasche meiner Jeans. Im Badezimmer reinigte ich mich rasch oberflächlich, kleidete mich an und setzte mich ganz leger auf die Couch.

Die beiden Mädels kamen nun langsam aus ihrer Orgasmuswelt und waren beinahe peinlich berührt, als sie merkten, dass sie noch immer nackt aufeinanderlagen. Fluchtartig verließen sie das Kissen und griffen nach ihren Kleidern.

»Wer war jetzt wessen Sextoy?«, fragte ich erheitert und legte meinen Arm demonstrativ überlegen auf die Rückenlehne der Couch. Mein herausfordernder Unterton ergänzte meine lässige Haltung.

Maureen sah mich trotzig an. »Aber das nächste Mal lassen wir uns nicht überrumpeln. Dann wirst du unser Diener sein. Übriges: Wer hat dir erlaubt, dich wieder anzuziehen? Zieh dich auf der Stelle aus und bereite uns einen Cocktail zu. Nackt! Die Flaschen findest du hier in der Bar und die ...«

Grob schnitt ich ihr das Wort ab: »Ich werde gar nichts tun! Nicht das Geringste. Aber du wirst etwas tun!«, herrschte ich sie an und zeigte energisch mit dem Finger auf sie.

Maureen stockte der Atem. Sie wich ein wenig zurück.

»Du«, betonte ich eindringlich, stand auf und stellte mich so dicht vor sie, dass ich sie wie ein Wolkenkratzer überragte, »wirst mir auf der Stelle die DVD aushändigen. Und auch die Kopie!« Ich sah sie wütender an, als ich eigentlich beabsichtigt hatte. Doch jetzt wurde mir so richtig bewusst, dass dieser kleine Mistkäfer die DVD auch tatsächlich weitergegeben hätte und wurde wirklich sauer.

Mary hielt schützend ihre Bluse vor den blanken Oberkörper und drängte sich ängstlich an die Wohnzimmervitrine. »Maureen, komm schon! Gib ihm die DVDs. Das war ohnehin eine blöde Idee. Es ist kriminell und nicht richtig. Na los, gib ihm das Original und die Kopie. Es ist besser so.«

Maureen sah ihre Freundin an. »Und wieso sollte ich das machen? Er kann uns gar nichts tun und das weiß er. Er blufft doch nur!«, schnatterte sie aufgeregt. Ihr Hals zeigte eine Unmenge an roten Stressflecken, die sich bereits auf ihr Dekolleté ausbreiteten.

Wortlos holte ich mein Handy aus der Hosentasche und

startete den soeben gedrehten Film. »Darüber werden sich deine Eltern ebenso freuen wie deine Chefin«, erklärte ich trocken.

Wutentbrannt sprang sie auf und wollte nach dem Handy greifen. Doch ich wehrte sie ab und hielt sie mit einer Armlänge auf Distanz. In diesem Moment wurde ihr die aussichtslose Situation bewusst. Resigniert holte sie die beiden DVDs aus dem Schlafzimmer und überreichte sie mir.

»Das ist alles? Mehr hast du nicht? Eine Kopie auf der Festplatte oder einer Freundin geschickt?«

Sie schüttelte stumm den Kopf.

Als ich Mary eindringlich ansah, verneinte auch sie vehement. Ich glaubte den beiden und nickte. »Gut.«

»Und wie kann ich jetzt wissen, dass du den Film nicht trotzdem herzeigst?«, fragte sie ohne eine Spur von Überheblichkeit oder gespielter Dominanz.

»Du wirst mir vertrauen müssen«, entgegnete ich lächelnd und verließ die Wohnung. Das Zuschlagen der Tür war im ganzen Haus zu hören.

Mit der Situation zufrieden, rief ich meinen Freund Frances an, mit dem ich bis lange nach Mitternacht in einer Bar saß und feierte. Allerdings hatte er keine Ahnung, dass ich es tat und weshalb. Erst jetzt war mir so richtig bewusst, wie belastend diese Situation für mich gewesen war – und mir wurde noch etwas sehr Bedeutsames in Erinnerung gerufen, etwas, das ich mittlerweile als Selbstverständlichkeit angesehen hatte ...

Gleich am nächsten Tag besorgte ich einen riesigen Blumenstrauß mit einem Kärtchen darin. Ich legte ihn vor die Haustür meiner Herrin, klingelte jedoch nicht und beobachtete sie auch nicht von weitem. Es reichte mir, dass sie wusste, wie glücklich ich war, sie als Herrin zu haben.

»PartyTime«

Die Internet-Story

mit dem Gutschein-Code

AX3TBORFX

erhalten Sie auf

www.blue-panther-books.de

diese exklusive Zusatzgeschichte als E-Book in den Formaten PDF, E-PUB und Kindle.
Registrieren Sie sich einfach online oder schicken Sie uns die beiliegende Postkarte ausgefüllt zurück!

Weitere erotische Geschichten:

Alex Lain

SexDiener

Sein größter Wunsch: beherrscht zu werden ...

Unterwerfung ist sein Leben.
Er ist nicht glücklich, wenn er nicht dienen kann.

Er stellt das Dienen über alles.
Selbst wenn er dadurch seinen Job und seine Freunde vernachlässigt.

Wenn seine Meisterin ihn ruft, muss er kommen.
Er gibt sich den fantasievollen Spielen der Herrschaft hin ... und wird süchtig danach.

Dankbar für jede Erniedrigung!

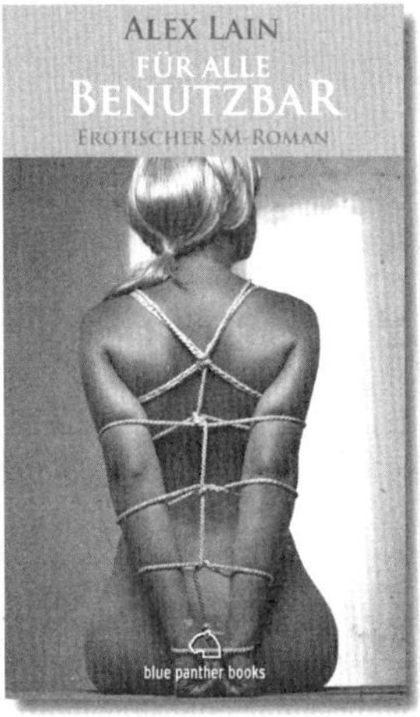

LESEPROBE: ALEX LAIN FÜR ALLE BENUTZBAR

Der Tag verlief ganz im Zeichen des kommenden Abends. Sarah erledigte zwar ihre geplanten Arbeiten, war jedoch mit dem Kopf ganz bei Tom und ihrem Treffen. Sie überlegte, wie der Abend wohl verlaufen würde, malte sich romantische Szenen aus, die von zwischenzeitlicher Benutzung abgelöst wurden. Während des gesamten Tages befand sie sich in einer Art Schwebezustand, aus dem sie nicht mehr wieder rausgehen wollte.

Nachdem sich Sarah lange im Badezimmer aufgehalten hatte, schlüpfte sie in einen schwarzen Lackmini, zurrte eine schwarz-weiße Lackkorsage eng an ihren Oberkörper und streifte über die halterlosen Strümpfe und ihre hochhackigen, schwarzen Lack-Overknees. Um nicht wie eine Nutte auf der Straße herumzulaufen, warf sie ihren beigen Frühjahrsmantel über und sah darin recht bieder aus. Dass sie darunter Lack ohne Höschen trug, konnte schließlich niemand ahnen.

Schon von weitem sah Sarah, dass vor Toms Haus einige Fahrzeuge parkten. Das Haus schien jedoch verlassen zu sein, denn im vorderen Teil brannte kein Licht. Nur die schwachen Lichter der Gartenbeleuchtung warfen ihren trüben Schein trotzig in die Schwärze der Nacht. Da sie noch drei Minuten Zeit hatte, schlenderte sie ein wenig die Straße entlang, ohne etwas Interessantes zu entdecken.

Um Punkt zwanzig Uhr stand sie mit gesenktem Blick auf der Fußmatte und wartete, dass ihr die Tür geöffnet wurde. Beinahe im gleichen Augenblick stand Tom hinter ihr und kitzelte sie. Sarah stieß einen kurzen, hellen Schrei aus und wand sich zwischen seinen Fingern. Ausgelassen zog er sie an sich und küsste sie über ihre Schulter wild und leidenschaftlich. Dann kreuzte er seine Unterarme über ihren Schlüsselbeinen und flüsterte ihr sanft ins Ohr: »Baby, du siehst in diesem Sherlock Holmes Mantel einfach umwerfend aus!« Er lachte und drehte sich mit ihr im Kreis. »Habe ich dir schon gesagt, wie sehr ich dich mag, Kleines?«

Sarahs Herz schwoll an und drohte in ihrer Brust zu zerbersten. Sie wollte sich umdrehen, sich an ihn schmiegen und küssen, doch er hielt sie in ihrer Position fest.

»Wenn wir da jetzt hineingehen, dann bist du mein Baby, auf das ich stolz sein will. Das mir zeigt, dass es für mich da ist, mir gehorcht und mich in allen Lagen respektiert. Wirst du das schaffen? Machst du das für mich, Baby?«

Sarah versteifte sich kurz in seinen Armen, die ihr plötzlich zu eng wurden. Sie hatte das dringende Bedürfnis, sich aus der Umklammerung zu befreien, um atmen zu können. Doch sie stand still wie eine Maus vor der Schlange und hielt den Atem an. Ohne es zu wollen, hörte sie sich »Jawohl, mein Gebieter« sagen.

Er küsste sie freudig auf die linke Wange, nahm ihre Hand und zog sie wie eine willenlose Puppe zur Tür hinein.

Im Vorraum zog er ihr den Mantel aus. Sie nahm Zigarettendunst sowie ein leichtes alkoholisches Aroma wahr, was aus einem der hinteren Zimmer kommen musste. Daraus schlussfolgerte sie, dass Tom Besuch hatte und sie ihre Dienste anbieten musste. Oder wollte er sie vorführen? Waren auch andere Frauen zugegen? Submissive? Dominante? Welche Altersgruppe würde sie empfangen? Unzählige Fragen drängten sich in ihrem Kopf um die Vormachtstellung, doch sie alle blieben unbeantwortet. Tom nahm sie wieder an die Hand und steuerte auf den Partyraum zu, in dem leise Musik zu hören war. Sarahs Herz schlug im dreifachen Rhythmus der Latinoklänge, die nun laut hörbar waren.

Schwungvoll riss Tom die Tür auf und stellte seine Sklavin in die Mitte des Raumes. »Meine Herren, das ist Sarah«, erklärte er lautstark, um die Unterhaltungen zu unterbrechen. »Sie wird jetzt ihren prachtvollen Körper für euch tanzen lassen!«

Während Sarah sich mit geschlossenen Augen auf den Rhythmus der Musik einstellte, bestaunten die drei anwesenden Herren, die geschätzte dreißig Jahre alt waren, das Tanzobjekt mit schief gelegtem Kopf und gekräuselten Lippen.

Sarah begann zu tanzen und im gleichen Augenblick grölten die drei Männer. Das war wie im Zirkus bei den Tanzbären!, schoss es ihr durch den Kopf, ließ sich von den Gedanken jedoch nicht von ihrer Aufgabe abhalten. Wie erwartet, dauerte es nicht lange und zwei Hände packten sie am Arsch. Sie öffnete die Augen und sah sich einem blonden Mann gegenüber, der sie fest an sich drückte, um mit ihr zu tanzen. Gekonnt wanderten seine Hände unter den Lackmini und spreizten ihre Pobacken, gleichzeitig lehnte er sich nach hinten und zog sie mit. Tanzend drehte er sich den beiden anderen klatschenden Männern zu, die nun vollen Einblick auf ihre bloßgelegte Scham und den blanken Arsch hatten. Sie beugten sich ein wenig nach vorn und befingerten die samtig-rosafarbene Lustgrotte der jungen Sklavin. Doch noch ehe einer der Finger in ihrer Spalte verschwinden konnte, drehte sich der Mann wieder weg und rieb seinen Schwanz an ihrem Unterleib. Während er sie einige Pirouetten drehen ließ, stülpe er den Lackmini hoch, sodass die Zusehenden in schneller Folge ihren nackten Arsch sowie ihre glatt rasierte, weiße Pflaume sehen konnten. Sie fühlte sich wie ein Stück Torte auf dem Drehteller, das von Passanten gierig begutachtet wurde.

Als das Lied zu Ende war, holte der Blonde Sarahs Brüste aus der Korsage und prüfte ihre Festigkeit. Auch ein gezielter Griff in ihre Spalte war eine Prüfung. »Schön eng!«, sagte er lachend und schob ihr den glänzenden Finger mit ihrem Saft grob in den Mund. Wie auf Kommando kamen die anderen beiden auf die Sklavin zu und steckten ihr ebenfalls jeweils einen Finger in die Pussy, während die andere Hand die Festigkeit ihrer Titten prüfte.

Der Blonde zog sie jedoch ein Stück weit weg und drückte ihren Kopf weit nach unten, sodass sie mit den Händen den Boden berührte. Mit einem gekonnten Druck zwischen ihren Knöcheln öffnete er ihre Beine, sodass sie weiter in der Grätsche stehen musste. Ihr blanker Arsch war nun frei zugänglich und schon spürte sie einen Finger in ihrer Rosette. Dann zwei weitere in ihrer Möse und auch noch einen an ihrer Lustperle. Gierige Hände erforschten ihren Leib und die straffe Haut, als wäre sie nichts weiter, als ein Lustobjekt männlicher Begierde. Inmitten dieses Spiels zog sie der Blonde hoch und die Finger der anderen beiden glitten aus ihren Öffnungen. Er tanzte wieder ein wenig mit ihr und hatte dann eine glorreiche Idee. »Wer von euch möchte die Reise nach Jerusalem spielen? Dieses Dreckstück hier wird unser Sessel sein …« Grinsend nahm er den leeren Holztisch aus der Ecke und legte ihn mit der Platte auf einen anderen massiven Tisch, sodass die Tischbeine in die Höhe ragten.

Mit einem kurzen Pfiff beorderte er Sarah zu sich, riss ihr die Kleider vom Leib und setzte sie an die Kante des Tisches.

Dort zog er ihr noch die Overknees aus, sodass sie splitternackt vor den fremden Herren auf dem Tisch sitzen musste. Es war demütigend und anregend zugleich, völlig nackt von Fremden angestarrt zu werden.

Während sich der Blonde mit ihrem Hals beschäftigte und diesen mit beiden Händen etwas fester massierte, bat er Tom um vier kurze Seile. Er blickte ihr in die Augen und verstärkte den Druck auf ihren Hals. Sarahs Luftzufuhr wurde stark gemindert und sie versuchte krampfhaft, Luft einzusaugen. Panik stieg in ihr hoch und sie wollte sich aus dem Griff befreien, doch seine Hände waren wie Stahlklammern. Verzweifelt schlug sie mit den Beinen und Armen aus, doch ihr Peiniger schlang blitzschnell ein Bein um ihre Beine und hielt sie fest. Die rudernden, schlagenden Arme schien er nicht zu registrieren. Er drückte sich an ihr Knie und rieb seinen prallen Schwanz daran. Immer tiefer sah er ihr mit starrem Blick in die Augen und weidete sich an ihrer Panik, ersticken zu müssen. Als Tom mit den Seilen ins Zimmer trat, ließ er seine Hände vom Hals über ihre Brüste gleiten und ging zwei Schritte auf seinen Freund zu, um die Seile entgegenzunehmen.

Sarah sprang vom Tisch, rieb sich den Hals und atmete vorn übergebeugt kräftig durch. Tom registrierte kurz diese Haltung, fand sie jedoch offensichtlich völlig in Ordnung und ließ sich gemütlich neben der Stereoanlage auf der Couch nieder.

Der Blonde schob Sarah ungeachtet ihrer Haltung auf den Tisch zurück, packte ihre Beine an den Knöcheln und hob sie gespreizt in die Höhe. Direkt am Ende des Tischbeines fixierte er ihren linken Knöchel mit dem Seil, kurz darauf auch den rechten. Vorsichtig zog er ihren Arsch so weit an die Tischkante, dass er ein klein wenig über die Platte ragte. Mit der Hand fuhr er nun über ihre weit geöffnete Spalte und wischte beiläufig die Feuchtigkeit an ihrer Wange ab.

Dann schnappte er sich ihre Arme und fixierte die Handgelenke ebenfalls an den Tischbeinen, direkt an der Tischplatte, sodass sie sich hinten abstützen konnte, aber jedem, der direkt vor ihr stand, in die Augen sehen musste. Ihre glatte, rosa Lustgrotte war nun zu einem offenen Tor geworden und jeder konnte sie ungehindert befingern, ficken, lecken oder etwas in sie stecken. Bedrückende Scham überfiel sie, als alle drei ihr direkt in die Möse starrten. Der Blonde überprüfte, ohne ihr noch mal ins Gesicht zu sehen, ein letztes Mal die Position ihres Arsches und rief Tom ein beschwingtes »Los geht's!« zu.

Tom rieb sich die Hände und drehte die Musik, die inzwischen verstummt war, wieder auf. Die drei Männer, die neben Sarah standen, tanzten nun um den Tisch, an den sie gefesselt war. Jeder versuchte, so lange wie möglich vor ihr zu verweilen, musste dann aber weiter, wenn der nächste von hinten drängte. Als die Musik erstarb, packte der Mann, der ihr am nächsten stand, rasch seinen Schwanz aus und schob ihn ohne jede Vorwarnung in ihr zartes Loch. Mit heftigen Stößen pumpte er in sie und grinste. Doch recht rasch ertönten wieder heiße Latinoklänge und er musste aufhören, sich an der jungen Stute zu erfreuen. Da er seinen Schwanz nicht wieder in die Hose zurückschob, holten auch die anderen beiden ihre Schwänze heraus und ließen sie aus dem Reißverschluss herausstehen.

Schon nach sehr kurzer Zeit verstummte die Musik und der Blonde war an der Reihe. Er stieß seinen harten Kolben in Sarahs trockene Rosette, sodass ihr kurz die Luft weg blieb. Ohne auch nur eine Sekunde auf ihre zusammenzuckende Reaktion zu achten, fickte er lachend in sie hinein. Sarahs Rosette schien wie ein Feuerring zu brennen und je mehr sie sich verspannte, desto schmerzhafter wurde dieser Ritt.

Weitere erotische Geschichten:

Joanna Grey

Befreie mich, versklave mich

Erotischer SM-Roman

Ein neuer Mann | Eine neue Liebe
Eine neue Erfahrung ...

Sie weiss nicht, dass in ihr eine Sklavin steckt.

Schritt für Schritt und mit viel Einfühlungsvermögen erweitert er ihre Schmerz- und Lustgrenzen.

Fühlen Sie das Vertrauen und die Nähe zwischen Dominanz und Unterwerfung.

Sara Bellford

LustSchmerz Erotischer SM-Roman

Sir Alan Baxter hat eine Passion:
Er sammelt Frauen!

Er will sie um ihretwillen besitzen

Sie wollen vom ihm gedemütigt und
geliebt werden

Gemeinsam zelebrieren sie die schönsten Höhepunkte aus Lust, Schmerz und Qual ...

Julia Hope

Lass mich kommen!

Erotischer SM-Roman

Ihr Freund | Ihre Schülerin | Ihre Dauergeilheit ...

Ihre Schülerin führt sie an den Rand des Orgasmus.

Ihr Freund verbietet ihn ihr.

Aber sie kann nicht anders, als alle bizarren Einfälle ihrer Schülerin und ihres Freundes auszuführen und so ständig geil zu sein.

Und sie will endlich kommen ...

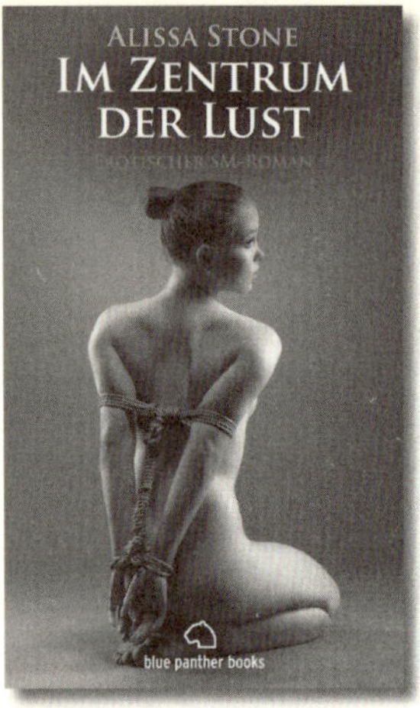

LESEPROBE:

ALISSA STONE

IM ZENTRUM DER LUST

… Mit einem Ruck entriss Alex mir die Augenbinde. Ich atmete laut ein. Zum einen, weil ich mit seiner Reaktion nicht gerechnet hatte und zum anderen, weil ich nun sah, wer vor mir auf dem Bett lag. Nämlich Mila.

»Wenn du es nicht zu Ende bringst, dann übernehme ich das. Während du uns dabei zusiehst und geduldig auf deine Strafe wartest«, sagte Alex. »Noch hast du die Wahl.«

»Ich nehme die Strafe in Kauf«, sagte ich. Niemals würde ich diese pedantische Irre verwöhnen. Milas Augen funkelten vor Schadenfreude und ein anmaßendes Grinsen lag auf ihren dünnen Lippen.

Alex packte meine Handgelenke und verhakte die Manschetten hinter meinem Rücken.

Er deutete auf eine der Säulen. »Ich möchte, dass du dich dorthin stellst.«

Ich erhob mich vom Bett und folgte mit erhobenem Haupt seinem Befehl. Niemals würde ich Mila Lust bereiten. Niemals.

Die Säulen standen im schwachen Licht der Bodenspots, während sich das Bett unter dem dominanten Schein des Lampenschirms präsentierte. Alex drehte an einer Ringschraube, die über meinem Kopf in der Säule steckte. Als er dieselbe Schraube in Höhe meiner Hände in den Marmor drehte, bemerkte ich, dass die Säule über mehrere Schraublöcher verfügte. Er stand direkt neben mir und hakte die Ringe der Manschetten daran fest. Mein Herz pochte wie verrückt und ich hoffte, er würde mich auf irgendeine Art berühren. Nur damit ich das Gefühl bekam, ich wäre ihm wichtiger als Mila.

Doch nichts dergleichen geschah. Stattdessen wendete er sich Mila zu, die, auf Ellenbogen gestützt, vor uns auf dem Bett lag und mich selbstgefällig musterte.

»Du wirst Lydia nicht aus den Augen lassen. Jedes Mal, wenn sie ihren Blick von uns wegbewegt, erhöht sich ihre Strafe um zehn weitere Schläge.«

Das konnte doch nicht sein Ernst sein! Sie würde mir absichtlich eine höhere Strafe aufbrummen wollen, da war ich mir jetzt schon sicher.

Alex stellte sich neben das Bett und zog Milas Beine zu sich, sodass sie quer über dem Bett lag. Sofort drehte sie ihren Kopf zur Seite und fixierte mich mit stechendem Blick. Ein abfälliges Grinsen lauerte auf ihren Lippen.

Demonstrativ spreizte sie die Beine. Alex öffnete seine Hose und sein erigierter Penis schwang heraus. Er kniete sich auf das Bett und schob sich zwischen Milas Schenkel. Dann stieß er in sie. Eifersucht stieg in mir hoch. Ich sollte für meine Verweigerung also zweimal bezahlen. Zum einen würde Alex mich mit Schlägen bestrafen, zum anderen hatte ich Mila das Vergnügen beschert, von ihm genommen zu werden – während ich zusehen musste. Dass mich Letzteres so treffen würde, hätte ich nicht gedacht. Wie gern wollte ich an ihrer Stelle sein. Ob sie wusste, dass ich etwas an Alex fand? Hatte ich mich verraten, als ich sie gefragt hatte, ob auch er beim Clubevent sei?

Ohne mich aus den Augen zu lassen stöhnte sie laut auf. Ihr Blick lachte mich aus. Es war albern, wie sie aufopfernd dalag und bei jedem Stoß so tat, als wäre sie kurz davor zu kommen. Ich verdrehte die Augen, und sogleich hörte ich Milas lechzende Stimme: »Zehn Schläge mehr!«

Das war nicht fair und sie wusste das. Ihr Blick verriet mir, dass sie nur darauf gewartet hatte.

Alex schenkte dem Ganzen keine Beachtung. Er beugte sich über Mila und saugte an ihren Brustwarzen, während er ihre Arme auf das Bett gepresst hielt und sich mit sanftem Rhythmus in ihr bewegte. Seine Muskeln waren angespannt und die Leidenschaft beherrschte seine Gesichtszüge. Er benutzte Milas Körper, ohne ihre Bedürfnisse außer Acht zu lassen. Immer wieder küsste er ihre Haut oder leckte mit der Zungenspitze über ihre Nippel, woraufhin sich ihr Brustkorb ihm gierig entgegenbäumte.

Obwohl ich so tat, als ließe es mich kalt, tobte in mir ein Hurrikan. Mit voller Wucht drückte er Neid und Eifersucht gegen meine Bauchdecke. Mir war übel und ich hätte sie am liebsten beide wüst beschimpft, nur um endlich wieder frei atmen zu können.

Zu allem Überfluss blinzelte ich viel zu oft, denn die Pflicht, ständig hinsehen zu müssen, entwickelte sich zur Qual. Doch ich wollte mich vor Mila beweisen. Und allein das erforderte mehr Disziplin, als ich aushielt. Die Emotionen schwappten über und füllten meine Augen mit Wasser. Beim nächsten Blinzeln löste sich eine Träne und blieb an meiner Wange haften. Ich versuchte die Augen möglichst lange offenzuhalten, damit die Tränen schnell versiegten. Bald sehnte ich nur noch den Moment herbei, wo Mila ihre Augen endlich schließen würde, damit ich das angestaute Wasser unbemerkt aus den Augen pressen konnte. Doch Mila tat mir den Gefallen nicht. Selbst als sie ihren Mund ein letztes Mal öffnete und mit angespannter Mimik das finale Beben aus ihrem Körper stöhnte, beließ sie ihren Blick auf mir.

Ich beobachtete Alex, der sich langsam aus ihr zurückzog. Sein Penis war noch immer prall, als er sich seitlich neben Mila aufs Bett legte und ihre Wange streichelte.

»Danke, Herr«, sagte sie.

Ich stieß einen Seufzer durch die Nase. Diese Heuchlerin.

Milas Körper hob sich unter den tiefen Atemzügen, während Alex seine Finger über ihren Körper gleiten ließ. Ihre Augen wirkten leer, entspannt. Die Schadenfreude war verschwunden, stattdessen zeichnete sich Glückseligkeit auf ihren Lippen ab. Dann gab Alex einen Kuss auf Milas Schulter und drehte mit den Fingern ihr Gesicht in seine Richtung. Als er ihr ein Lächeln schenkte, neigte ich den Kopf nach unten. Ich schluckte den Kloß hinunter und versuchte, die aufkeimende Eifersucht wegzuatmen.

Ich verabscheute Mila und hätte sie niemals zum Orgasmus bringen wollen. Doch viel weniger wollte ich sie zusammen mit Alex sehen. Dabei hatte ich mir das selbst zuzuschreiben. Ob er gewusst hatte, was das in mir auslösen würde? Womöglich war es sogar seine Absicht gewesen. Ich sollte es bereuen, dass ich die Aufgabe abgebrochen hatte.

»Zwanzig Schläge mit dem Paddle«, sagte Alex. »Und bring den kleinen Stock mit.«

Mila nahm ein Holzbrett, das aussah wie ein Tischtennisschläger, und griff dann nach einem zwanzig Zentimeter langen Stöckchen mit Lederschlaufe.

Ich atmete tief durch. Mit dem Paddle würde er mir wohl den Hintern versohlen. Aber was zum Teufel hatte er mit dem Stock vor?

Alex löste meine Hände von der Säule und verband die Manschetten vor meinem Körper. Er fasste meine Hüften und drehte mich mit dem Gesicht zur Marmorsäule. Erneut fixierte er meine Handgelenke am Haken. Obwohl die Angst in mir flackerte, genoss ich jede seiner Berührungen. Seine Nähe erregte mich.

»Geh zwei Schritte zurück und beuge dich nach vorn, sodass dein Rücken gerade ist.«

Ich neigte mich nach unten und öffnete die Beine, auch um Halt zu finden. Ein kalter Luftzug streifte durch meine Mitte. Seine Hand lag sanft auf meinem durchgestreckten Rücken. Mehrmals streichelte er über meine Kehrseite. Ich schloss die Augen, weil ich diesen schönen Moment für mich haben wollte.

»Öffne deinen Mund.«

Ich riss die Augen auf und blickte auf den Stock, den er mir quer vors Gesicht hielt.

»Ich möchte, dass du ihn im Mund behältst, während Mila dir die Strafe verabreicht. Hast du mich verstanden?«

Eine Woge des Protestes erfasste mich, als er ihren Namen nannte. Warum musste ausgerechnet sie mich bestrafen?

»Ich verspreche es«, sagte ich. Denn ich wollte keine Schwäche zeigen, nicht vor ihr. Alex schob mir den Stock in den Mund und ich klemmte ihn zwischen die Zähne. Ich würde beweisen, dass ich Mumm besaß. Gegenüber Mila, Alex und mir selbst.

Behutsam tätschelte sie mit dem Paddle mein Gesäß. Meine Muskeln verspannten sich, da holte sie aus und verpasste mir einen kräftigen Hieb. Ich sog scharf die Luft ein.

»Eins«, rief sie und machte mir die Tragweite meines Versprechens bewusst. Es folgte ein zweiter Schlag auf die andere Backe. »Zwei!«

Ich wippte nach vorn und stemmte die Handflächen gegen den glatten Marmor. Unerwartet legte Alex seine warme Hand auf mein Rückgrat. Ich fragte mich, warum er das tat. Wollte er mir Halt geben? Oder mich beruhigen?

Wieder trafen zwei Schläge meine Kehrseite, begleitet von Milas monotoner Stimme.

Nach dem fünfzehnten Hieb stand mein Hintern in Flammen und jeder weitere brannte, als hätte man glühende Scheite draufgelegt. Am liebsten hätte ich den Schmerz hinausgeschrien, doch ich durfte und wollte den Stock nicht fallen lassen. Ich biss so fest zu, dass ich befürchtete, er würde jeden Moment zerbrechen. Meine Beine zitterten vor Anspannung, aber das war mir egal.

»Mila«, rief Alex plötzlich. »Gönn ihr eine Pause. Und bring sie auf andere Gedanken.«

Was? Warum musste er gerade jetzt die Strafe hinauszögern?

Eine Handfläche rieb über mein loderndes Gesäß. Ein Finger strich durch die Furche meiner Pobacken und arbeitete sich bis zu meiner Mitte vor. Ich stieg von einem Fuß auf den anderen und atmete scharf ein.

»Sieh mich an«, sagte Alex und hob mein Kinn. »Deine Strafe ist noch nicht vorbei. Nutze die Zeit, um runterzukommen. Du bist viel zu verkrampft.«

Er lehnte an der Säule und hielt mit beiden Händen meinen Kopf, während Mila ihre Finger über meine Klitoris tanzen ließ. So lange, bis wohlige Schauer im Schoß das Brennen übertönten und ich nur mit Mühe ein Aufstöhnen zurückhielt. Deutlich spürte ich die Macht, die Alex über mich besaß. Ich spürte sie tief in mir. Sie erregte mich. In dem Moment war mir egal, ob es Mila war, die mich stimulierte. Ich sah nur Alex vor mir, spürte seine Hände an meinem Gesicht. Sein Blick erforschte jede meiner Regungen und er schien zufrieden zu sein, mit dem, was er in meinem Gesicht zu lesen bekam. Ich entspannte den Kiefer, um gezielter in die wachsende Erregung atmen zu können, als Mila ihren Finger in meine Scheide schob. Sie tastete sich exakt zu der Stelle vor, die eine unerträgliche Lust durch meinen Leib jagte. Ich zitterte vor Erregung. Und sie hörte nicht auf, über diesen einen Punkt zu reiben, bis sich ein lautes Stöhnen aus meiner Kehle löste. Der Stock glitt über meine Lippen und fiel klappernd zu Boden. Alex hob eine Braue und ließ meinen Kopf los, der sich sofort der Schwerkraft ergab. Langsam zog Mila ihren Finger aus mir.

»Noch die fünf Schläge, dann darfst du gehen«, sagte er und trat von der Säule weg.

Hitze stieg mir ins Gesicht, das nun direkt auf meine geschwollene Scham gerichtet war. Alex ging an mir vorbei, während der sechzehnte Hieb mich traf und das Feuer auf meinem Hintern neu entzündete.

Die darauf folgenden Schläge waren hart, aber ich ertrug sie. Das Einzige, was ich nicht ertrug, war mein Versagen. Wieder hatte ich ihn enttäuscht und wieder war eine Chance dahin. Ich verdiente die Schläge. Und mehr noch verdiente ich es, gehen zu müssen.

Weitere erotische Geschichten:

Skyler Red
Sexuelles Erwachen

Ich erwache wie aus einem Traum,
als ich meine Ehe beende.

Erstaunt stelle ich fest, dass das Leben voller Sex sein kann, wenn man es nur will.

An mir entdecke ich völlig neue lustvolle und gierige Seiten, die ich nun mit meinem Spanischlehrer auslebe.

Er ermutigt mich, meine verruchteste und geilste Seite zu zeigen und sie mit ihm oder anderen Männern zu praktizieren ...

Ich bin sexuell erwacht!

Megan Parker Time of Lust 1

Als das junge New Yorker Model Zahira dem geheimnisvollen Santiago begegnet, verfällt sie ihm mit allen Sinnen.
Schwer verliebt folgt sie ihm auf seine Privatinsel »Ivory«.
Doch das vermeintliche »Paradies« offenbart sich ihr anders als erwartet.
Der reiche Santiago verlangt Unterwerfung und absolute Hingabe.
Zahira erlebt Ekstase und Lust, aber auch Angst und Schmerz, denn sie ist seiner Willkür und seinen Männern ausgeliefert ...
Kann sie sich Santiagos Verführungskraft widersetzen?

Helen Carter
RockStar

Der harte Weg eines RockStars!

Er liebt den Erfolg,
den Alkohol und den Sex!

Ein RockStar, den alle wollen:
Die Groupies, die Presse
und seine neue grosse Liebe.

Kann er es schaffen,
allen gerecht zu werden?